Eine Magd aus der Bretagne.

Eine Romanze

Mabel Winifred Knowles

Writat

Diese Ausgabe erschien im Jahr 2023

ISBN: 9789358812510

Herausgegeben von
Writat
E-Mail: info@writat.com

Inhalt

KAPITEL I

„Ein Spion – ein französischer Spion! Tiens , Monsieur! Aber es ist sicher." Der Redner, ein etwa dreißigjähriger Mann in Jagdkostüm, stand neben seinem Pferd und blickte mit gerötetem Gesicht und zusammengezogenen Brauen auf eine Gestalt herab, die ausgestreckt vor ihm auf dem Boden lag, die Gestalt eines Mann, ebenfalls jung, aber selbst in Unbewusstheit von weitaus einnehmenderem Aussehen als der, der stirnrunzelnd über ihm stand. In kurzer Entfernung versammelte sich eine Jagdgruppe, die die Szene mit großem Interesse beobachtete, frisch von der Jagd, bestehend aus einem breitschultrigen, gutaussehenden alten Mann von etwa siebzig Jahren und einem jungen Mädchen, dessen schönes Gesicht einen mitfühlenden Ausdruck zeigte Sie beugte sich auf ihrem Zelt vor, um einen Blick auf den bewusstlosen Fremden und mehrere Begleiter zu erhaschen, die Jagdtrophäen trugen und an ihren Handgelenken Falken mit Kapuze trugen.

„Nein, Guillaume", warf das Mädchen ein, bevor ihr Vater antworten konnte, „aber warum so eine Versicherung? Er ist sicherlich kein Spion, denn die goldenen Sporen auf seinen Fersen verkünden seine Ritterschaft."

„Ja", antwortete ihr Cousin spöttisch, als er auf ein Pferd zeigte, das mit gesenktem Kopf und geblähten Nüstern neben dem am Boden liegenden Mann stand. „So deutlich, schöner Cousin, wie die kupierten Ohren und die Mähne dieses Rosses ihn zum Feind der Bretagne verkünden."[#]

[#] Es war damals üblich, dass französische Ritter ihren Pferden die Ohren und Mähnen abschnitten und auch nie auf Stuten ritten.

In den Augen des Mädchens lag ein Funke der Empörung, als sie sich an ihren Vater wandte.

„Zumindest", drängte sie, als würde sie gegen ein unausgesprochenes Urteil plädieren, „verurteilen wir niemanden ungehört. Sehen Sie, mein Vater, es kann viele Erklärungen für seine Anwesenheit hier geben; das ist sicherlich so, ich bin mir sicher, dass er es ist." Kein Spion. Nein, Cousin, dein Verstand ist in diesem Fall zu scharf, denn ein Spion würde seine Nationalität nicht so verkünden, wenn die Mähne eines Pferdes so deutlich spricht.

„Tush, Gwennola !" tadelte ihr Vater lächelnd. „Das hat nichts mit der Einmischung der Frau zu tun, dass du wie ein wandernder Gelehrter argumentieren solltest . Dennoch liegt in dem, was du sagst, Gerechtigkeit, und ich würde sogar einem Franzosen Gnade und Gerechtigkeit entgegenbringen , wenn er auch ein Spion wäre Mit den Gebeinen von St. Yves soll er so fest wie eine Eichel an der nächsten Eiche hängen.

Mit diesen Worten und trotz der offensichtlichen Missbilligung seines Verwandten befahl er zwei seiner Diener, abzusteigen und den unbewussten Gegenstand ihres Streits hochzuheben.

Es war klar, dass ein Sturz vom Pferd den Fremden betäubt hatte, und die Ursache war nicht weit zu suchen in den verdrehten Wurzeln der Bäume, die teilweise von Gras und Farn verdeckt waren, was sich für einen unvorsichtigen Reiter durchaus als gefährlich erweisen könnte.

Als sie ihn aufrichteten, stöhnte der junge Mann, öffnete halb seine dunklen Augen und schloss sie dann wieder in einer erneuten Ohnmacht.

„Er ist verletzt", sagte Gwennola mitfühlend. „Siehe, er stöhnt wieder: Sei vorsichtig, wie du ihn hochhebst , Hiob. Ja – auf deinen Schultern – also, und befiehl ihnen, den östlichen Raum für seinen Empfang vorzubereiten: Ich werde mich selbst um seine Verletzungen kümmern, wenn ich zurückkomme."

„Eine barmherzige Samariterin, schöne Herrin", bemerkte ihr Cousin höhnisch, als er sich wieder in seinen Sattel sprang. „Doch seien Sie gewarnt, damit die Hand, die es nährt, nicht von der Viper des Verrats gebissen wird."

„Nein", sagte ihr Vater mit einem Lächeln in Richtung seiner Tochter, „ Gwennola hat recht, auch wenn sie für ein Dienstmädchen zu voreilig ist, was, fürchte ich, an der Verwöhnung ihres alten Vaters liegt. Ist es nicht so, meine Nola? Denke ich Fremde sollten am besten den Diensten von Pater Ambrose überlassen werden, damit die Angst vor der Wahrheit von Guillaumes schlechten Prophezeiungen umso geringer ist.

Gwennola erlaubte ihrem Zelter, noch näher an das Ross ihres Vaters heranzukommen, während sie ihm lächelnd das Gesicht zuwandte.

„Nein, mein Vater", sagte sie zärtlich. „Es liegt nur daran, dass ich die Gerechtigkeit so liebe wie du, und außerdem sagt mir mein Herz, dass dieser arme Ritter, selbst wenn er ein Franzose wäre, kein Spion ist."

„Dennoch", sagte ihr Vater streng, „ist ein Franzose der Feind des Bretonen; er kommt nicht zufällig in den Wald von Arteze , mein Kind, und obwohl es mir nicht an Gastfreundschaft gegenüber einem kranken Mann mangelt, wird er ihn doch kaum willkommen heißen." Der Diener des Königs von Frankreich findet unter dem Dach einen Soldaten der Herzogin Anna."

„Besser die Begrüßung des Spions mit dem Halfter, ohne weitere Umschweife", sagte Guillaume de Coray mit einem boshaften Lächeln. „Denken Sie an St. Aubin du Cormier, Monsieur, und lassen Sie sich von jemandem warnen, der Ihnen sagt, dass dieser falsche Kerl ein Spion ist, trotz all seiner goldenen Sporen und seines schönen Aussehens", fügte er mit einem weiteren bedeutungsvollen Blick auf seinen Cousin hinzu, „der verschwunden ist." Bisher, um das Herz meiner süßen Herrin hier zu erweichen.

„Nein", sagte der alte Mann streng, „ich werde mich an das halten, was ich gesagt habe. Der Franzose soll Gerechtigkeit haben, aber nicht mehr – der nächste Baum für den Spion, und auch kurzer Prozess, wenn er seine Rechenschaft nicht gut abgeben kann." Präsenz hier."

Gwennola seufzte. „Er ist kein Spion", flüsterte sie vor sich hin, doch ihrem Vater wagte sie keine Antwort zu erwidern, sondern beugte sich tief über den schönen Vogel, der mit einer dünnen goldenen Kette an ihrem Handgelenk befestigt war, um vielleicht die Tränen in ihren blauen Augen zu verbergen von dem Wunsch, das leuchtende Gefieder ihres Haustiers zu betrachten oder die winzigen goldenen Glöckchen auf seiner Kapuze zu zählen. So ritten sie schweigend durch die Waldlichtungen und die lange Allee voller flüsternder Eichen hinauf, wo die Sonne eines Juniabends schräge Strahlen goldenen Glanzes durch das raschelnde Laub über ihnen warf.

Das Château de Mereac lag am Rande des Waldes von Arteze , nicht viele Meilen von der kleinen bretonischen Stadt Martigue entfernt . Das Land diesseits von Rennes war seit jeher das umstrittene Land zwischen der Bretagne und ihrer überheblichen Schwester Frankreich; Unzählige Fehden tobten ständig zwischen den Völkern, wie sie im Mittelalter und noch später an unserer eigenen schottischen Grenze ausgetragen wurden, und jeder Bretone betrachtete seinen französischen Nachbarn als natürlichen und unversöhnlichen Feind. Aber im Jahr 1491 hatte sich diese natürliche Feindseligkeit von einem schwelenden Antagonismus zu einer aktiven Flamme bitteren Hasses entwickelt; Seit einigen Jahren stand der rote Kriegsengel mit einem blutbefleckten Schwert in der Hand zwischen den beiden Ländern. Seit der Thronbesteigung Karls VIII. war der reiche Preis der Bretagne von seiner ehrgeizigen Schwester und Gouverneurin Anna von Beaujeu , der heutigen Duchesse de Bourbon, die fast dem Namen nach Herrin Frankreichs war, begehrt. Französische Armeen hatten das Gebiet von Zeit zu Zeit verwüstet, doch die Bretagne, stur, tapfer und unzähmbar , hatte der gierigen Hand widerstanden, die ausgestreckt wurde, um sie zu ergreifen. Mit begeisterter Loyalität hatten sich die Bretonen um ihre kleine Herzogin versammelt, die im Alter von dreizehn Jahren eine Waise zurückgelassen hatte, um sich den Gefahren ihrer erhabenen Stellung allein zu stellen. Ihre Schönheit, ihre Hilflosigkeit, aber vor allem ihr Mut appellierten an die Liebe und Ritterlichkeit ihres unbezwingbaren Volkes. Es ist wahr, dass es unter den großen Adligen Verräter ihrer Sache gab, Unentschlossene, die erst der einen, dann der anderen Seite Treue anboten, enttäuschte Freier, die, wie der Comte d'Albret, ihrem Zorn über die

Verachtung eines Kindes Luft machten, indem sie sein Land verrieten ; Dennoch wurde Anne von der überwiegenden Mehrheit ihrer Untertanen verehrt, und ihr Name inspirierte zu ritterlichen und hingebungsvollen Taten, die den allzu gierigen Feind bisher in Schach gehalten hatten. Aber ihr Fall war verzweifelt, und nun ja, jeder Bretone wusste es; Die Armeen Frankreichs könnten jederzeit über ihre Grenzen vordringen und Zerstörung und Verwüstung mit sich bringen. Was für ein Wunder, dass der Name eines Franzosen Gift für das Ohr eines Bretonen war? Was wäre ein Wunder, wenn diejenigen, die sozusagen im Schatten des großen und mächtigen Feindes lebten, ihren Feinden kaum Gnade schenkten, als sich die Gelegenheit dazu bot?

Doch für den Moment war eine Ruhepause im Streit eingekehrt; Die Haltung Frankreichs schien vorerst ruhig, wenn nicht sogar freundlich zu sein. Es wurde gemunkelt , dass der Graf Dunois, Cousin des französischen Königs und Freund der Herzogin Anne, wie er es auch ihres Vaters gewesen war, danach strebte, die beiden Länder durch Friedensbande zu vereinen. Es war ihm bereits gelungen, die Freilassung seines Freundes Ludwig von Orleans herbeizuführen, des erbitterten Feindes der Herzogin von Bourbon, und manche sagten, der Liebhaber der Herzogin von Bretagne, trotz all ihrer zarten Jahre und der Tatsache, dass er bereits der Geliebte war Ehemann von Yeanne , der deformierten jüngeren Tochter Ludwigs XI., zu deren Heirat ihr königlicher Vater ihn gezwungen hatte.

Tatsächlich war die Luft voller Gerüchte und Intrigen, und in der Ferne grollte bedrohlich der Donner des Krieges. Es hieß, der Bund, den Dunois vorschlug, sei der heilige Bund der Ehe zwischen dem König von Frankreich und der Herzogin der Bretagne, doch das Gerücht war vage und zweifelhaft und wurde von denen, die sich daran erinnerten, dass Anne bereits durch Stellvertreterin mit dem König der Römer verheiratet war, kaum geglaubt , dessen kleine Tochter im zarten Alter von zwei Jahren ebenfalls mit Karl VIII. verlobt wurde.

Es war also eine Zeit, in der die Menschen vorsichtig und misstrauisch vorgingen, mit Augen, die aus Angst vor Feinden nach rechts und links blickten, und mit offenen Ohren, um auf den Atem des Verrats zu lauschen. Vor allem an den Grenzen der Bretagne war solche Wachsamkeit geboten. Was für ein Wunder also, wenn der Sieur de Mereac , der mit seiner Tochter und seinem Verwandten an seiner Seite von der Jagd nach Hause ritt, zuerst über den Rat des einen und dann des anderen nachdachte und schließlich entschied, dass das Schicksal des Franzosen mit Gerechtigkeit, aber wenig Gnade gemildert werden musste , und dass das Seilende das beste Mittel für den Feind der Herzogin Anne war?

KAPITEL II

Mit der vagen Verwunderung, wieder zu Bewusstsein zu kommen, versuchte Henri d'Estrailles , zunächst schwach, dann immer deutlicher, sich an die Ereignisse zu erinnern, die seinem Sturz vorausgegangen waren. Aus den Nebeln flüchtiger Schatten, die sein Gehirn zu lähmen schienen, erinnerte er sich daran, wie er im Zug des Grafen Dunois nach Rennes aufgebrochen war, der auf einer Gesandtschaft des Königs von Frankreich zur jungen Herzogin unterwegs war; davon, wie er sich am Vortag verirrt hatte und ziellos über weite Heiden und Ländereien , durch Täler und Wälder gewandert war, bis das Stolpern seines guten Pferdes Rollo seinen Gedankengang unterbrochen hatte. Dann, als sich der Nebel noch mehr von seinem müden Gehirn löste, kam die weitere Verwunderung über seine gegenwärtige Situation. Er lag nicht auf einer moosigen Wiese, während Rollo sein Gesicht mit stummen Zärtlichkeiten besprühte , sondern in einem Bett, dessen feines Leinen und reiche Vorhänge eher an das Schloss eines Seigneurs als an die Hütte eines Bauern erinnerten, während der Schmerz in seiner Seite zunahm Als er schwer atmete, wurde ihm bewusst, dass er von keiner ungeübten Hand verbunden worden war. Zu schwach, um aufzustehen, lag er da, täuschte noch immer vage die letzten Stunden des Bewusstseins vor und versuchte vergeblich, sie in die Gegenwart einzupassen, bis er schließlich, erschöpft, die Augen schloss und eingeschlafen wäre, wenn er nicht geweckt worden wäre durch das sanfte Zurückziehen des schweren Vorhangs am Fußende des Bettes, und seine Augen fielen beim Öffnen auf die schönste Vision, die sie je gesehen hatten, sagte er sich. Es war die Gestalt eines jungen Mädchens, schlank und groß; Der hohe, herzförmige Kopfschmuck mit seinem langen, herabhängenden Schleier umrahmte ein schönes, kindliches Gesicht, denn die Blüte früher Jugend lag auf der sanften Farbe ihrer Wangen und rosigen Lippen, und in den großen blauen Augen lag ein Ausdruck unschuldiger Schüchternheit der halb lächelnd in seine verwunderten Braunen blickte; Das Rotgold der Locken, die unter dem steifen Kopfschmuck hervorlugten, kontrastierte mit dem Dunkelgrün ihres eng anliegenden Oberteils und der langen herabhängenden Ärmel. Eine ganze Minute lang blickte der Kranke mit der ganzen Kühnheit eines Menschen, dessen Gehirn noch kaum erkannt hatte , ob es sich um eine Vision oder um Substanz handelte, und als die blauen Augen seinem eifrigen Blick begegneten, senkten sie sich, und die Farbe stieg in einer sanften Welle auf Die Wangen des Mädchens färbten sich rot, und der Vorhang konnte an seinen Platz rutschen.

Er war wieder allein, aber Henri d'Estrailles hatte kein Verlangen mehr nach Schlaf; sein Puls schlug immer noch mit den Emotionen, die die Vision hervorrief; mehr denn je wollte er wissen, wohin das Schicksal ihn geführt hatte. Es war kein unfreundliches Schicksal, sagte er sich, sondern tatsächlich der Stern der Venus selbst, der ihn so unwissentlich geführt hatte. Seine ruhelose Erregung verhieß nichts Gutes für seine Verletzungen, als er sich von einer Seite zur anderen warf, und sein Gesicht war bereits vom Fieber gerötet, als der Vorhang erneut zur Seite gezogen wurde und er vor Enttäuschung den Atem anhielt, wie dieses Mal statt der Auf dem wunderschönen Gesicht seiner Träume erschien das faltige, freundliche Gesicht eines Priesters im schwarzen Gewand eines Benediktiners.

„Ah, mein Sohn", murmelte er sanft, während er den Vorhang neben dem Bett des Patienten zurückzog und sich neben ihn setzte, „es ist gut. Ich sehe, dass dir meine Salben und Salben bereits geholfen haben „Vielleicht" – er hielt inne und lächelte, als er die hundert Fragen in dem eifrigen, ihm zugewandten Gesicht las – „du bist zweifellos genauso besorgt, mein Sohn", fügte er freundlich hinzu, „zu wissen, unter wessen Dach du ruhst, wie wir." zu fragen, was einen Fremden dazu brachte, unbeaufsichtigt in unserem Wald von Arteze umherzuwandern ?"

Die Besorgnis in den Augen des alten Mannes war nicht zu verbergen, als er auf die Antwort auf seine Frage wartete, und der kranke Mann lächelte, als er antwortete:

„Vielleicht hast du mich einmal für einen Spion des Königs von Frankreich gehalten? Nein, nein, Vater, die d'Estrailles von d'Estrailles haben sich noch nie einer so abscheulichen Aufgabe gebeugt und werden es mit der Hilfe Unserer Lieben Frau auch tun Niemals beschmutzte ich eines der stolzesten Wappen Frankreichs so sehr. Mein Auftrag hier in der Bretagne war Sache des Grafen Dunois, denn ich fuhr in seinem Zug nach Rennes in einer Gesandtschaft meines Herrn an Ihre Herzogin, verirrte mich aber in dieser so trostlosen und In einem gefährlichen Land hätte ich beinahe mein Schicksal durch die Hand eines widerspenstigen Baumstumpfes erlitten, wäre da nicht, glaube ich, der unbekannte Wohltäter gewesen, der den barmherzigen Samariter gespielt hat.

Pater Ambrose atmete erleichtert auf. „ Das wird eine gute Nachricht für meinen Herrn sein", sagte er herzlich, „und auch für die schöne Demoiselle de Mereac , die ihren Vater so hübsch anflehte, dass Sie kein Spion seien, dass er Sie gerne vor der Erhängung verschonen würde, die Monsieur verhängt hat." de Coray hielt Sie für Ihr Stärkstes.

Auf der Wange des jungen Mannes zeichnete sich eine Röte der Wut ab.

„ Parbleu !" Er rief leise: „In der Tat, bretonische Gerechtigkeit, einen bewusstlosen Mann aufzuhängen, weil er wahrlich unbeaufsichtigt reitet und nicht für sich selbst sprechen kann! Dieser Monsieur –"

„Nein", unterbrach der Priester und legte beruhigend eine Hand auf die geballte Faust des anderen. „Beruhige dich, mein Sohn, sonst fürchte ich, dass du unter Fieber leiden wirst. Hab Geduld, und ich werde dir sagen, wie es dazu gekommen ist, wie mir die Demoiselle selbst gesagt hat", fügte er lächelnd hinzu .

„Und die Demoiselle?" fragte d'Estrailles eifrig, als der Priester seine Erzählung von der kurzen Episode beendete, die so nahe am Ende seiner Karriere gestanden hatte. „Sie ist ohne Zweifel der Engel, der sofort auf mich herabblickte, als ich staunend dalag, und der meine Gedanken so sehr verwirrte, dass ich glaubte, ich hätte das Paradies selbst erreicht?"

„Sie ist eine gute Magd und wunderschön", sagte der alte Priester mit einem Hauch von Rauheit in seiner Stimme. „Außerdem", fügte er mit einem lächelnden Seitenblick zu seinem Vernehmer hinzu, „ist sie mit ihrem Verwandten, Monsieur Guillaume de Coray , verlobt ."

„De Coray ?" wiederholte der junge Franzose verächtlich. „Was! Der Hund, der mich an den ersten Baum gefesselt hätte, weil ich, Parbleu , nicht die Ehre seiner Bekanntschaft hatte? Nein, Vater, eine so süße und sanfte Magd würde sich schlecht mit einer so unritterlichen Ehefrau paaren!"

Pater Ambrose seufzte. „Es ist der Wille ihres Vaters, Monsieur", sagte er, „und deshalb ist es eine Sache, die so sein muss – wenn auch aus einer kleinen Entscheidung, wie ich vermute, seitens Lady Gwennola . "

„ Gwennola ", murmelte d'Estrailles und verweilte zärtlich in den Silben. „Es ist ein Name, der perfekt zu einer so schönen Frau passt – Gwennola . Ach, mein Vater, obwohl ich sie nur einen Moment lang gesehen habe, wird mein Herz bitter, wenn ich daran denke, dass sie mit jemandem verlobt ist, dessen ritterliche Instinkte wohl nicht höher sein können als ein Küchenjunge eines Metzgers; aber sagen Sie mir, wenn Sie tatsächlich die Zeit für einen Fremden wie mich aufbringen können, hat dieser Sieur de Mereac kein anderes Kind als dieses schöne Mädchen?"

Der Priester schüttelte den Kopf und seufzte schwer. "Ach!" er antwortete: „Jetzt nichts mehr, Monsieur; obwohl es kaum drei Jahre her sind, seit er sich über den Besitz eines so tapferen Sohnes freute, wie sein Vater es sich nur wünschen konnte; gutaussehend, edel und mutig, schien es unmöglich, dass Yvon de Mereac ein großer Ritter werden würde . " dessen Name in der gesamten Bretagne erklingen sollte; aber leider, leider! die Heiligen hatten es nicht so gewollt – er fiel, mein Herr, dieser tapfere Jüngling, kaum zwanzig Jahre alt, in der blutigen Schlacht von St. Aubin du Cormier und den Hoffnungen die sich so zärtlich um das aufkeimende Versprechen seiner edlen Männlichkeit versammelt hatten, wurden in der Dunkelheit des Grabes ausgelöscht; es war nicht einmal möglich, seinen

Körper zu bergen, obwohl eine lange und schreckliche Suche unter den verstümmelten Erschlagenen auf dem Schlachtfeld durchgeführt wurde, und Seit dem Tag, als Guillaume de Coray die Nachricht von seinem Tod überbrachte, ist der Sieur de Mereac ein alter und untröstlicher Mann gewesen, der seinen Zorn in Zorn und Bitterkeit gegen die Franzosen hegte, die so seine Hoffnungen zunichte gemacht hatten.

„Das ist eine traurige Geschichte", sagte d'Estrailles . „Dennoch, mein Vater, ist es schließlich das Risiko, das alle Soldaten eingehen müssen; einige werden geboren, um hundert Schlachten zu schlagen und durch alle unversehrt zu kommen , während ein anderer, wie dieser arme Junge, umkommt, bevor er sein Jungfernschwert in der Schlacht gefärbt hat Das Blut seiner Feinde. So ist das Schicksal, und wir müssen uns gern damit abfinden . Im Übrigen scheint es mir, dass dieser Monsieur de Mereac eher um seinen lebenden Erben als um seinen toten Sohn trauern würde, wenn dieser Poltroon seine Nachfolge antreten soll Schurke, der edle Ritter kaltblütig hängen ließ.

„Ja", seufzte der Priester, „das Erbe fällt tatsächlich diesem selben Guillaume de Coray zu, und deshalb wird dir, mein Sohn, klar, dass er zwangsläufig Gwennola de Mereac heiratet ; so kommt das alte Erbe wieder an das Kind zurück." ihres Vaters, und seine Enkel könnten ihrerseits noch über die Länder von Mereac herrschen .

Aber darauf antwortete d'Estrailles nicht, da er sah, dass es für ihn unvorstellbar war, dass schamlose Lippen die rosigen Lippen berühren würden, die ihm vor so kurzer Zeit ins Herz gelächelt hatten. Der bloße Gedanke ließ ihn fieberhaft auf seinem Bett herumwälzen, lange nachdem der alte Priester ihn verlassen hatte und er in der Dunkelheit lag.

„ Gwennola ", flüsterte er vor sich hin, „ Gwennola ", und fragte sich, wann er die Vision ihrer Schönheit noch einmal sehen würde.

KAPITEL III

Das Château de Mereac lag auf einer leichten Anhöhe und überblickte auf der einen Seite den Wald von Arteze , während sich weit entfernt auf der anderen Seite weite Heideflächen und Ländereien erstreckten, die mit Ginster- und Ginstersträuchern, Dornen und Disteln und hier und da mit riesigen Felsbrocken bedeckt waren Steine lagen verstreut herum. Dies ist ein sehr trostloses Land, aber dennoch großartig und sogar schön auf seine raue, traurige Art, denn es gibt eine Ader der Poesie, die sich durch die Bretagne zieht, selbst in ihren einsamsten und trostlosesten Teilen, eine Poesie, die ihren Ausdruck in der Geschichte von findet seine Menschen, eingebettet in die Musik seiner wilden Winde, Wellen und schroffen Moorlandschaften, Musik in Moll, die über Wüsten und durch Täler und Wälder jammert, Musik, die von Liebe und Leidenschaft singt, dem freien, unzähmbaren Geist der Kelten , mit all seiner Romantik und Liebe zum Übernatürlichen. Wie ihre schottischen Brüder schwelgen sie in Legenden, Folklore und Heldenverehrung, über die König Artus und seine Fee Morgana für immer herrschen, um Ritterlichkeit, Leidenschaft und Liebesideale zu wecken. Die scharfe Luft und der Salznebel ihrer Küsten dienen auch als Inspiration für diese großherzigen Männer und Frauen und stärken sie zu Heldentaten und Ruhm – Ruhm, für den ihre Vorfahren in alten Zeiten gekämpft und gewonnen haben.

Vor dem alten Château de Mereac verlief ein Fluss mit Obstgärten und Gärten, die bis zum Wasserrand abfielen, und hier spazierte an jenem Junimorgen die Demoiselle de Mereac mit einer begleitenden Jungfrau, beide, wie es schien, voller Absicht auf ihre Andachten, da sie sahen, dass sie ihre Köpfe nicht von ihren Livres d'heures hoben , selbst als der Schatten eines Mannes den Weg der jungen Châtelaine kreuzte . Aber als der Schatten zu fester Substanz wurde, blickte sie gern auf, allerdings mit einem Stirnrunzeln auf ihrer glatten weißen Stirn und einem ausgesprochen unfreundlichen Blick in ihren blauen Augen. Das begleitende Mädchen zog sich diskret in die Ferne zurück, während der Kavalier vor der Dame seine Ehrerbietung erwies.

„Ich bitte um Verzeihung, süße Herrin", bemerkte er lächelnd, „dass ich deine Andachten gestört habe. Als ich näher kam, glaubte ich das Rascheln von Engelsflügeln in der Luft zu hören."

Die Demoiselle de Mereac richtete sich steif auf und blickte ihn mit blitzenden Augen an.

„Sie tun gut daran, Monsieur", erwiderte sie kalt, „zu beobachten, dass sie bei Ihrer Ankunft abgereist sind."

Guillaume de Coray zuckte mit den Schultern.

„Nein, mein Lieber", bemerkte er kühl, „ich bin nicht gekommen, um über Engel zu reden, obwohl ich es gewagt habe, einen davon zu erwähnen, sondern weil ich gerne mit dir über den Fremden sprechen würde, der dort so schwerkrank liegt", und er deutete Richtung Schloss.

„Mein Vater, Monsieur", antwortete Gwennola hochmütig, „würde meiner Meinung nach die beste Antwort auf alle Fragen zu Monsieur d'Estrailles sein. Zweifellos hat er Ihnen bereits mitgeteilt", fügte sie verächtlich hinzu, „dass er davon überzeugt ist, dass er kein Spion ist." dieser französische Ritter, aber ein edler Herr aus dem Gefolge des Grafen Dunois.

„ Das habe ich gehört", erwiderte ihr Verwandter. „Aber es ist auch meine Angewohnheit, süße Herrin, wenig zu glauben, was nicht bewiesen ist. Darüber hinaus bin ich mir sicher, dass dieser Kerl weniger Anspruch auf die Gnade deines Vaters hat, als du dir erträumt hast . Mit bedrohlichem Tonfall sagte er: „Um ihm alles zu sagen, was ich wusste, wäre die nächste Filiale und kurzer Prozess die Gastfreundschaft, die ihm der Sieur de Mereac entgegenbrachte . "

„In der Tat, Monsieur", antwortete das Mädchen, ihr Gesicht rötete sich vor Zorn, „Sie sind sehr weise; aber warum haben Sie Zeit, einen so vernichtenden Schlag auszuführen? – nicht aus Liebe , glaube ich , zu dem armen Ritter, der dort krank liegt." "

„Nein", erwiderte er und versuchte, seine Stimme sanfter zu klingen, bis sie dem wütenden Schnurren einer Katze ähnelte, „aber eher aus Liebe zu dir, süße Gwennola , denn ich weiß, wie traurig dein zartes Herz sein würde, wenn du die Begegnung mit deinem Schurken sehen würdest." sein gerechter Untergang.

„Einfach Untergang!" sie erwiderte, das Purpur färbte erneut ihre Wangen. „Nein, Monsieur, es entspricht sicherlich nicht der ritterlichen Ehre , etwas anzudeuten, was schwer zu behaupten oder zu beweisen ist – nein, ich werde nichts mehr von Ihren niederträchtigen Unterstellungen gegen einen tapferen Mann hören. Gehen Sie, Monsieur, und überlassen Sie mich meinen Andachten ."

„Nein", knurrte er, „gewiss, Süße, es ist keine Zeit für Andachten, wenn der Stern der Venus am Himmel steht; lasst uns gemeinsam gehen, und da es dir gefällt, nicht von kranken Verrätern und Spionen zu reden, lasst uns reden." über süßere Themen: über unsere Liebe, schöne Dame, und über den Tag, an dem du meine Braut sein wirst.

Sie schauderte und löste sich von seinem ausgestreckten Arm, als hätte er sie gestochen.

„Nein, Monsieur", antwortete sie, „haben Sie mit dem Spott Schluss gemacht; Sie kennen meinen Willen hinsichtlich unserer Verlobung – was die Ehe anbelangt – –"

Sie hielt sich zurück, erschrocken über die plötzliche Veränderung seines Gesichtsausdrucks; Anstelle des höflichen, spöttischen Lächelns war es ernst und hart geworden, während sich der grausame Mund über seinem Zahnfleisch zusammenzog, bis seine Zähne darunter weiß zu sehen waren, aber in die Augen hatte sich ein unverkennbarer Ausdruck der Angst eingeschlichen, als er über den Fluss in Richtung des Flusses blickte Wald dahinter; Dann warf er ihr und ihrer Jungfrau einen kurzen Seitenblick zu und murmelte eine Entschuldigung, warum er sie ihren Gebeten überlassen hatte. Mit einer hastigen Verbeugung drehte er sich um und ging schnell auf die Burg zu.

„Was kann das sein? Hast du was gesehen, Marie?" fragte Gwennola , als ihre Jungfrau, die sie allein sah, auf sie zueilte. „Was hat Monsieur de Coray so erschreckt ? – er wurde so blass, als hätte er einen Geist aus der anderen Welt gesehen."

Beide Mädchen bekreuzigten sich, und Marie fügte hinzu, dass sie glaubte, zwischen den Bäumen die Gestalt eines Mannes gesehen zu haben, diese sei aber so schnell verschwunden, dass sie nicht sicher sein könne.

„Wenigstens hat es uns von einem unwillkommenen Eindringling befreit", lächelte Gwennola . „Sehen Sie, Marie, lass uns ein paar Veilchen sammeln und dann zur Messe zurückkehren. Ich würde den guten Vater gern fragen, wie es seinem Patienten heute Morgen geht. Gestern Abend fürchtete er sich vor Fieber wegen der Wunde in seiner Seite, wo ihn das Schwert des armen Ritters selbst durchbohrt hatte ; nur um eine Haaresbreite mehr, und es wäre in seine Lunge gelangt. Ich muss in Wahrheit drei Kerzen am Heiligtum Unserer Lieben Frau opfern, weil ich einen so tapferen Ritter verschont habe. Denken Sie dann, meine Marie, nur um eine Haaresbreite und er war es gewesen nicht mehr!"

Das Dienstmädchen lächelte verschmitzt. „Gepriesen seien die Heiligen, Herrin", erwiderte sie und fügte leise hinzu, dass der Unfall um Haaresbreite hätte überwunden werden können, wenn der Unfall *einigen* Rittern widerfahren wäre, worauf beide lachten und sich leichten Herzens daran machten, die Veilchen zu pflucken.

in Anwesenheit der jungen Châtelaine des Schlosses in das Turmzimmer eingedrungen zu sein, in dem Henri d'Estrailles lag. Keine flüchtige Vision an diesem Morgen, sondern wahrlich ein Lebendiges Präsenz, stattlich, lächelnd, schön, als sie an seiner Seite stand und sich von Pater Ambrose erkundigte, wie es seinem Patienten ergangen sei.

Trotz ihres kindlichen Aussehens – sie war erst siebzehn Sommer alt – benahm sich Gwennola mit all dem stattlichen Auftreten, das der Dame eines großen Hauses gebührt, denn seit dem Tod ihrer Mutter hatte sie den Posten einer Châtelaine in Mereac inne und war erwachsen geworden Man muss gestehen, dass sie sich von einem verwöhnten Kind zu einem eigensinnigen Mädchen entwickelt hat, dessen Selbstgefälligkeit so sehr auf ihr lastete, dass ihr Vater kein Wort des Tadels für seinen oft eigensinnigen Liebling finden konnte. Nur leider! In einer Sache hatte er sich als standhaft erwiesen, und zwar in Bezug auf ihre Verlobung mit ihrem Verwandten, und selbst Gwennola , die über den Brauch jener strengen Tage der elterlichen Autorität hinaus nachsichtig war, wagte es jedoch nicht, sich trotz aller Anstrengungen gegen den Beschluss zu stellen Wenn sie es gewagt hätte, hätte sie sich am liebsten dagegen gewehrt, als sie die Macht ihrer Weiblichkeit besaß, und das umso mehr, als die Monate ihr einen Liebhaber zeigten, der all ihren Mädchenträumen so sehr widersprach. Wie gut wusste sie, dass dieser Verwandte von ihr trotz all seiner leeren Phrasen und spöttischen Gelübde keine Liebe im Herzen für sie hegte; Schon seine Zärtlichkeiten waren eine Beleidigung, gegen die sich ihre heiße, ungestüme junge Natur auflehnte. Bitter waren die Tränen, die im Verborgenen vergossen wurden, und niemand außer Pater Ambrosius und ihrer Jungfrau Marie Alloadec , ihrer vertrauenswürdigen Freundin und Gefährtin, sah sie und tröstete sie. Und schließlich war es überraschend, wie schlecht sie sich verstanden, diese beiden. Der gute Vater bemühte sich, sie mit einer Predigt über die Notwendigkeit des Gehorsams und der Unterwerfung unter den Himmel zu trösten, und schüttelte nur ernst den Kopf, als sie weinend antwortete, dass der Himmel keinen Anteil daran haben könne, einem Mädchen das Herz zu brechen, oder andernfalls vorschlug: halb zögernd, dass ihr Vater vielleicht auf ihre Bitten, das Kloster zu betreten, hören würde. Aber dieser letzte Vorschlag fand wenig Anklang in den Augen einer Person, deren warmes junges Leben entsetzt vor der kalten Berufung des eintönigen Daseins einer Nonne zurückschreckte. Sicherlich, sagte sie sich, gab es einen anderen Weg, ein anderes Schlupfloch, um dem Schicksal zu entkommen, das auf sie wartete. Marie Alloadecs Tröstungen waren sympathischer als die des würdigen Vaters , aber selbst sie blieben hinter Gwennolas Bedürfnissen zurück; Ihre Pflegeschwester schenkte ihr nur Mitgefühl, Hoffnung schien es nicht zu geben. Bei all der Tragödie der Jugend und all den übertriebenen Kummergefühlen des jungen Mädchens sah sich Gwennola zu einem frühen Tod oder gebrochenem Herzen verurteilt. Aber irgendwie schien der rosige Finger der Hoffnung, als sie dort stand und von Zeit zu Zeit schüchtern auf den kranken Mann blickte, an der verschlossenen Tür ihres Herzens beschäftigt zu sein, das trotz ihrer äußerlichen Ruhe beim Klopfen des Boten schnell schlug. Und so kam es, dass sie im Turmzimmer verweilte und von Fragen zu seiner Wunde überging, um zunächst zögernd, aber mit wachsender Neugier von seinem fernen Zuhause in der schönen Touraine zu sprechen, der sonnigen, lachenden Touraine mit ihren sanften Brisen und schöne Wiesen, seine Früchte und Blumen und die tanzenden Wasser der Loire, so anders als ihre eigene graue Vilaine . Dann, als schämte sie sich halb für ihren Eifer, oder weil die braunen Augen, die in ihre aufblickten, ihre Wangen erröten ließen und ihr Herz plötzlich unerklärlich erregte, oder weil sie einen schweren Vorwurf in Pater Ambrosius' Gesicht bemerkt hatte, der so schien Um sie vor ihrer Unmädchenhaftigkeit zu warnen, wurde sie plötzlich wieder zur eigenartig steifen kleinen Châtelaine und sprach mit der Miene einer fünfzigjährigen Matrone zum Priester statt zum Patienten über Salben und Salben und dergleichen.

„Die Wunde heilt gut ", sagte Pater Ambrose, und trotz seiner ehrfürchtigen Haltung war ein Funkeln der Belustigung oder vielleicht des Mitgefühls in seinen freundlichen alten Augen, als er von dem geröteten, kindlichen Gesicht mit seinem rotgoldenen Rahmen blickte Locken und weißer Kopfschmuck, zu dem Begierigen auf dem Bett, der mit so bewunderndem Blick zum jetzt abgewandten Gesicht seiner schönen Besucherin aufblickte. „Monsieur wird seine Reise zweifellos in einer Woche fortsetzen können, aber er muss vorsichtig sein, denn das Wiederaufreißen einer alten Wunde ist immer gefährlicher als eine neue."

„Es sei denn, das Neue sei im Herzen", lächelte d'Estrailles verschmitzt.

Gwennola drehte sich um und antwortete halb schüchtern, halb kokett auf das Lächeln, als sie antwortete: „Aber Monsieurs Herz ist unversehrt? Das Schwert –"

„Wahrlich, Mademoiselle hat recht; das Schwert hat mein Herz verschont, aber ich fürchte dennoch, dass es nicht unversehrt geblieben ist, denn was ist eine Schwertspitze im Vergleich zu den Augen einer Jungfrau – wenn", fügte er leise hinzu, „diese Augen kalt sind? "

Gwennolas Gesicht errötete erneut und die fraglichen blauen Augen senkten sich, um vielleicht ein verräterisches Licht zu verbergen, das in ihnen schien, aber die sanfte Stimme von Pater Ambrose unterbrach das Gespräch.

„Nein, nein, Monsieur", drängte er vorwurfsvoll, „französische Komplimente passen nicht in die Ohren einer bretonischen Jungfrau; im Übrigen ist es nicht gut, dass Sie zu lange reden, damit Sie nicht das drohende Fieber der letzten Nacht überkommt; wenn Sie Würdest du wieder im Sattel sitzen, bevor eine Woche vergangen ist, musst du gehorsam sein.

„Wahrlich", seufzte Henri d'Estrailles mit einer leichten Grimasse, „deine Worte sind zweifellos golden, mein Vater, obwohl sie kaum lieblich fürs Ohr sind, muss ich doch gehorchen, da ich nicht gut daran tue, allzu gierig nach Gastfreundschaft zu greifen." was notwendigerweise mehr Schmerz als Freude bereiten muss."

„Nein, Monsieur", unterbrach Gwennola sanft, „wir von Mereac missbilligen niemandem unsere Gastfreundschaft, aber –"

„Ja, das Aber", antwortete d'Estrailles wehmütig. „Mademoiselle, glauben Sie mir, meine Dankbarkeit ist grenzenlos, und doch kann ich nicht umhin zu begreifen, wie abstoßend die Anwesenheit eines Franzosen für eine Hinterbliebenenfamilie ist, wie mir der gute Vater hier gesagt hat, und ich würde auch keinen Moment länger verweilen, als es für mich nötig ist." „Es tut mir weh, aber", fügte er leise hinzu, „muss ich etwas für immer hinter mir lassen , von dem ich geträumt hatte, es für immer zu behalten."

Sie antwortete nicht, sondern begegnete seinem flehenden Blick nur mit einem halb verwunderten, halb freudigen Verständnis, dem Blick eines Kindes, das bisher ungeahnte Freuden vor sich sieht und dennoch zweifelnd blickt, ob sie für ihn gelten. Der Ausdruck blieb in ihren Augen, selbst als sie das Krankenzimmer verlassen hatte und langsam die Wendeltreppe in die große Halle hinunterging.

„Ah, meine Nola, da bist du also. Kommst du nicht heute mit deinem alten Vater auf die Jagd?"

Der Sieur de Mereac stand mit Stiefeln und Sporen am langen Tisch, den Falken am Handgelenk, den Umhang über die Schulter geworfen, eine galante Gestalt in tapferer Kleidung, seine freundlichen, scharfen grauen Augen blickten fragend auf seine Tochter. Sie rannte mit einem Knicks und einem Lächeln auf ihn zu und legte liebkosend einen schlanken Arm um seinen.

„Ich wusste nicht, dass es Ihnen ein Vergnügen war, Monsieur, mein Vater", antwortete sie und lächelte ihn mit liebevollen Augen an. Er strich ihr liebevoll über die roten Locken, während er in das wunderschöne Gesicht blickte.

„Dein Vater will dich immer, Kleines", sagte er zärtlich, „wie du sehr gut weißt , verwöhntes Kind, wie du bist. Und deshalb willst du nicht kommen und sehen, wie ich meinen neuen Gerfalken probiere ! Donna Maria? Titens ! Schau mal." Was ist das dann für ein wunderschöner Vogel!

„Sie ist absolut perfekt", murmelte Gwennola und streichelte das weiche Gefieder des Vogels, „und morgen sollst du sie wieder auf die Jagd gehen, mein Vater, und ich werde dich auf meiner kleinen Croisette begleiten . Sag mal, ist es nicht so?"

„Aber warum nicht heute, kleiner Vogel?" fragte er halb ungeduldig. „Sehen Sie, die Sonne scheint und die Luft ist herrlich. Pfui! Liegt es dann daran, dass Guillaume nicht hier ist?"

Ein Schatten fiel auf das strahlende Gesicht und sie zog sich seufzend zurück.

„Nein, mein Vater", sagte sie mit leiser Stimme; „Das weißt du sehr gut, – oh Vater!" – und wieder klammerte sie sich mit einer plötzlichen, neugeborenen Zärtlichkeit an ihn – „Du weißt , dass ich niemanden außer dir will – nur dich für immer."

„Nein, Kind", antwortete er und tätschelte ihr freundlich die Wange, „das würde niemals genügen; aber siehe, wenn du mit Guillaume verheiratet bist, werden wir immer noch zusammen sein; es wird kein fremder Herr kommen, der meinen kleinen Sonnenstrahl von Mereac wegträgt und geht. " Es ist für immer kalt und grau . Sag mal, Kleines, ist das nicht gut? – Du und Guillaume und der alte Vater hier? Tiens ! Gib mir einen Kuss, meine Gwennola , denn ihre spanische Majestät wird genauso ungeduldig wie meine gute Barbe ohne. Adieu, Petite, und sei nett zu dem armen Guillaume, wenn er zurückkommt.

Aber Gwennola antwortete nicht; Vielleicht war ihre Stimme gerade zu erstickt von Tränen, um auf die Worte ihres Vaters zu antworten, aber wenn ja, wischte sie schnell die hellen Tropfen aus ihren Augen, als sie dem neugierigen Blick eines Jugendlichen begegnete, der auf einem Hocker daneben saß des leeren Kamins: ein schmalgesichtiger, kleiner Bursche in einem Narrenkostüm, dessen flinke Knopfaugen ruhelos von seiner jungen Herrin abschweiften, um den Spielen eines kleinen Affen zuzuschauen, der, gekleidet in eine urige Nachahmung seines Meisters, plapperte und kletterte umher, zuerst über den mit Binsen übersäten Boden, dann die dunklen Wandteppiche hinauf, um schließlich zwischen den ausgestreckten Gestalten zweier Wolfshunde zu landen, die zweifellos von der Jagd träumten, denn als der freche kleine Narr an ihre Seite sprang, richteten sie sich auf ihre Köpfe mit einem unheilvollen Knurren, und sie hätten in schläfrigem Zorn vielleicht eine schelmische Karriere beendet, wenn das kleine Geschöpf mit den flinken Sprüngen nicht über ihre Körper auf die Knie seines Herrn gesprungen wäre, wo er plappernd und plappernd wie ein spöttischer Kobold saß Dunkelheit, während der Narr sich auf seinem Stuhl hin und her schaukelte und schrill kicherte.

„Ruhe, Pierre!" befahl Gwennola , umso schärfer, weil sie nur mit Mühe ihre Fassung wiedererlangt hatte; „Und geh schnell und befiehl Marie und Job Alloadec , hierher zu kommen. Sag ihnen, dass ich sie nach Mereac begleiten soll, um die alte Mère zu sehen Fanchonisch . Und bitte Marie, den warmen Umschlag zu bringen, den ich der alten Frau versprochen habe.

Pierre gehorchte ziemlich mürrisch, denn es missfiel ihm, dass sein Spiel auf diese Weise unterbrochen wurde, aber Gwennola achtete nicht auf sein Stirnrunzeln, sondern stand da und erwartete ihre Diener mit einem kleinen Lächeln um die Lippen, obwohl sie nicht hätte sagen können, warum sie lächelte, es sei denn es war, dass sie sich an das schockierte Gesicht von Pater Ambrose erinnerte, als der Franzose von den Augen einer Jungfrau sprach. Tiens ! Was war das denn für ein Schaden? Es stimmte , so vermutete sie, aber konnte es auch wahr sein, dass ihre Augen –? Sie brach ab und errötete bei dem unmädchenhaften Gedanken, dann seufzte sie, als sie sich statt des hübschen Gesichts von Henri d'Estrailles an ein anderes Gesicht erinnerte, das ihr noch am selben Morgen so spöttisch ins Gesicht geschaut hatte, dort drüben auf der Terrasse, ein grausames, böses Gesicht , mit fahlen Wangen und blassen, kalten Augen, deren Erinnerung einen weiteren Gedankengang auslöste. Was hatte Guillaume de Coray so erschreckt ? Warum war er seit dem Moment, als er sich so plötzlich von ihr getrennt hatte, abwesend gewesen? Sie wunderte sich immer noch vage, als der Auftritt von Marie und Job Alloadec ihre Meditationen unterbrach.

„Komm", sagte sie ein wenig ungeduldig, „ich habe schon so lange auf dich gewartet, meine Marie; es wird schon spät, und ich möchte gern zu Hause sein, bevor die Dämmerung tiefer wird; aber, ma foi, was fehlt dem guten Jobik ? " "

Es sah tatsächlich so aus, als ob der arme Diener ziemlich krank gewesen wäre; Seine normalerweise geröteten Wangen waren schlaff und blass, und seine blauen Augen blickten von einer Seite zur anderen mit dem nervösen Blick eines Menschen, der große Angst hatte. Marie bekreuzigte sich und wurde ebenfalls blass, als sie antwortete:

„Ah, Mademoiselle, verzeihen Sie, es ist wahr, dass ich gezögert habe, aber der arme Hiob war zunächst so verängstigt, dass ich dachte, er wäre wahrlich völlig verrückt geworden."

Gwennola stampfte ungeduldig mit dem Fuß auf. „Dummkopf!" Sie weinte, obwohl sich in ihrer Stimme ein Lachen mit der Wut vermischte. „Sagen Sie mal, was ist passiert? Hat der arme Jobik die gleiche Vision gesehen, die Monsieur de Coray heute Morgen erschreckt hat?"

„Das weiß ich wirklich nicht", antwortete Marie flüsternd. „Aber er sagt – nein, Dame, sagt er – Tiens , Hiob! Sag der Lady Gwennola , was du dort im Wald gesehen hast ."

Als Antwort gab der arme Bretone eine gemurmelte Reihe von Gelübden und Gebeten von sich, aus denen Gwennola schließlich die verblüffende Tatsache hervorholte, dass er, als er am Flussufer stand, auf der anderen Seite zwischen den Bäumen eine Vision gesehen hatte Yvon de

Mereac , sein junger Herr, der vor fast drei Jahren auf dem blutigen Feld von St. Aubin du Cormier umgekommen war.

Sogar Gwennola wurde blass, als sie sich andächtig bekreuzigte und ein Gebet an ihre Schutzpatronin murmelte, bevor sie eine Frage nach der Art und Weise der Vision verstummte. Das war es, so schien es, was den treuen Jobik , der seinen jungen Herrn mit der ganzen Hingabe eines Bretonen verehrt hatte, so verwirrt hatte: Er hatte nicht , wie er gefallen war, in Rüstung vor ihm gestanden , sondern in zerlumpter und ärmlicher Kleidung, mit abgenutzten Hosen Wangen und Augen zugleich eindringlich und schrecklich, als ob, wie Hiob behauptete, der gequälte Geist in großer Gefahr wäre , aus der er Hiob anflehte, ihn zu befreien.

Vergeblich bemühte sich Gwennola , den armen Kerl davon zu überzeugen, dass die Vision nichts weiter als eine Einbildung des Gehirns sein könne oder dass die gesehene Gestalt die eines umherziehenden Verrückten sei, der eine Ähnlichkeit mit ihrem toten Bruder habe. Hiob klammerte sich an seine Erzählung, brach schließlich in seinem Entsetzen und seiner Verwirrung völlig zusammen und schluchzte Gebete zu jedem Heiligen im Kalender, um ihn darüber aufzuklären, was die Vision von ihm erwarten würde.

Es dauerte einige Zeit, bis alle ruhig genug waren, um zu ihrer Expedition aufzubrechen, einer Expedition, von der Marie ihre Herrin vergeblich abzubringen versuchte. Der Gedanke, den jetzt vom Grauen heimgesuchten Wald so sofort zu betreten, war für die arme wartende Frau eine Qual; aber trotz ihrer eigenen inneren Bedenken blieb Gwennola fest bei ihrem Vorhaben. Um ehrlich zu sein, neigte die junge Herrin zu einem hartnäckigen und hartnäckigen Wesen, und nachdem sie sich für ihren Plan entschieden hatte, führte sie ihn trotz aller Widerstände durch, so dass Marie, die ihren eigensinnigen Charakter wohl kannte, gern nachgab auf ihre Wünsche eingehen und sich, wenn auch vergeblich, bemühen, ihre Ängste zu überwinden.

Gwennola hingegen ließ ihre Bedenken nicht äußerlich erkennen; Eine seltsame Hochstimmung schien sie plötzlich überwältigt zu haben, und ihr fröhliches Lachen hallte fröhlich durch die sonnenbeschienenen Lichtungen, als sie Marie zu einem Rennen herausforderte.

Bloß Fanchonics bescheidene Behausung wurde endlich erreicht, und das gnädige Mitgefühl und die freundlichen Worte der jungen Châtelaine brachten ihr so manchen Segen von der alten Frau ein, bevor sie sich wieder auf den Heimweg machten, Mère Fanchonic selbst humpelte langsam zur Tür und rief Hiob schrille Anweisungen zu, er solle seine junge Geliebte gut beschützen, denn obwohl der Weg kurz war, lauerten Gefahren auf allen Seiten.

Dass dies in jenen gesetzlosen Zeiten der Fall war, wusste Gwennola nur zu gut, aber sie besaß den kühnen Geist ihrer Rasse, und ihr Vater hatte ihr immer mehr Zügellosigkeit zugestanden , als man damals für ein junges Mädchen als angemessen erachtete. daher Gwennola war seit ihrer Kindheit daran gewöhnt, in den Wäldern um Mereac herumzuwandern , nur begleitet von den treuen Hiob und Marie, oder vielleicht von ihrem Vater oder Bruder. Der Gedanke an diesen so teuren und so lange betrauerten Bruder ließ ihr strahlendes Gesicht erneut traurig erscheinen, als sie sich dem Schloss zuwandte. Der Schauer der Hochstimmung war verflogen, und eine plötzliche Trübsinnigkeit schien sie von unerklärlicher Heiterkeit in Melancholie gestürzt zu haben; Sie konnte auch nicht vollständig erklären, was sie bedrückte, es sei denn, es könnte tatsächlich Job Alloadecs seltsame Vision sein.

Trotz ihrer Eile kroch die Dämmerung mit heimlichen Schritten auf sie zu, während sie schnell den schmalen Waldpfad entlanggingen, und Marie war näher an die Seite ihrer Herrin gerückt, als ein plötzliches Knistern von Ästen in einem Dickicht in der Nähe beide Mädchen dazu veranlasste, sich zu bewegen schrien laut vor Angst, als ein Mann aus dem Wald auf den Weg vor ihnen sprang. Fleisch und Blut war zweifellos der Eindringling, keine hohläugige Erscheinung der Toten, wie sie sie halb gefürchtet hatten: ein kleiner, stämmiger Mann mit rotem Stoppelbart und harten, rücksichtslosen Augen, der jetzt in die ihren starrte mit einem wilden, aber dennoch verängstigten Trotz.

„Monsieur de Coray ?“ Er schnappte nach Luft und schaute eifrig hinter die Mädchen, hin zu Hiob, der an die Seite seiner jungen Geliebten geeilt war.

„De Coray ?“ fragte Gwennola , die als erste der drei ihre Selbstbeherrschung wiedererlangte und gleichzeitig Hiob bedeutete, an ihrer Seite zu bleiben. „Ist es dann Monsieur de Coray , mit dem Sie sprechen möchten?“

„Ja – nein“, stammelte der Mann und blickte von rechts nach links. „Verzeihung, Mademoiselle, ich fürchtete – nein – dachte –“ Und dann sprang er mit dem Keuchen eines Menschen, der Sicherheit nur auf der Flucht sieht, noch einmal ins Unterholz und verschwand so plötzlich, wie er gekommen war, zwischen den Bäumen .

„Nein“, sagte Gwennola de Mereac sanft, während Job mit einem misstrauischen Grunzen so tat, als wollte er sich auf die Verfolgung begeben, „es ist nichts passiert; der arme Mann ist halb verrückt vor Angst oder etwas Schlimmerem. Außerdem“, sagte sie fügte mit einem Lächeln hinzu: „Du würdest uns nicht allein lassen, guter Hiob, um durch diese zwielichtigen Wälder den Weg nach Hause zu finden. Parbleu ! Es war gut, dass dieser arme, verängstigte Schurke nichts mit uns zu tun hatte, denn er sah hässlich aus. und es ist möglich, dass er neben Monsieur de Coray Freunde in diesem dunklen Wald hat. Komm, meine Marie, zittere nicht, jetzt ist die Gefahr vorüber, sondern lass uns umso schneller zurückkehren, da mein Vater vielleicht sogar jetzt besorgt wird.

„ Das war ein seltsamer Schurke", murmelte Hiob, während er seiner Schwester und ihrer Geliebten auf dem Weg folgte. „Aber beim Bart des heiligen St. Gildas ! Ich hätte zwei solcher treffen müssen als –" Und der tapfere Hiob bekreuzigte sich andächtig, obwohl er seinen Satz nicht zu Ende brachte.

KAPITEL IV

Die Schatten fielen schwer in die große Halle des Château de Mereac . In einer Ecke hatte sich der Narr Pierre zum Schlafen auf die Binsen gelegt und drückte seinen kleineren Namensvetter an seine schmale Brust. Am leeren Kamin lehnte sich Gaspard de Mereac in seinem großen Sessel zurück und döste halb nach seinem Geplauder, während der fröhliche Gerfalke auf der Rückenlehne des Sitzes saß und sich mit majestätischer Anmut präsentierte, als würde er sagen: „Sehen Sie jemanden, der sich bewährt hat." wertvoll und gewann das Lob aller, die ihre Tapferkeit sahen. Zu Füßen ihres Herrn lagen die Wolfshunde Gloire und Reine. Ersterer hob von Zeit zu Zeit seinen stattlichen Kopf, um sanft die Hand zu lecken, die über dem Eichenstuhl hing. Ein Schritt, der hastig durch die Halle kam, ließ den Schlossherrn plötzlich gereizt wach werden, denn er wusste genau, dass es nicht der sanfte Schritt seiner kleinen Gwennola war, sondern, wie ihm ein schläfriger Blick verriet, der seines Neffen Guillaume de Coray . Etwas in der unordentlichen Kleidung und dem blassen Gesicht des Letzteren weckte ihn jedoch aus seinen Träumen von tapferen Falken und schreienden Reihern, um plötzlich zu fordern, was geschehen war .

„Zufällig?" wiederholte de Coray vage. „Zufällig, Monsieur, mein Onkel? Nein, es ist nichts passiert, aber –" Er hielt inne, als wolle er einen Gedankengang abschweifen, stützte sein Kinn auf seine Hand und setzte sich auf eine Bank gegenüber seinem Vernehmer.

„Wo warst du den ganzen Tag?" forderte de Mereac , streckte mit einem schläfrigen Gähnen seine Beine aus und hielt inne, um Gloires treuen Kopf zu streicheln, während er sich auf seinem Sitz erhob. „Wahrlich, du hast einen so schönen Sporttag verpasst, wie ich ihn schon seit vielen Tagen hatte. De Plöernic schätzte seine schöne Spanierin schließlich nicht allzu hoch ein. Selten habe ich einen so geraden Flug gesehen; aber du sollst morgen selbst urteilen, denn ich habe versprochen, die kleine Gwennola mitzunehmen, und auch du, Guillaume, wirst uns zweifellos begleiten?"

„Zweifellos", antwortete der jüngere Mann, aber sein lustloser Tonfall und sein launisches Gesicht lösten bei seinem Onkel erneut Fragen nach seinem Tagesablauf aus. De Coray antwortete ausweichend, wobei er immer noch die gleiche düstere Art beibehielt, während seine gerunzelte Stirn von Ratlosigkeit und Unentschlossenheit zu sprechen schien.

„Was fehlt dir, Mann?" rief de Mereac herzlich, „du bist so düster wie jeder fette Abt an einem Fasttag. Sag mal, hat meine Dame dich verspottet? Eine Plage für den kleinen Schurken, sie ist an diesem Tag kaum in meiner Nähe gewesen!"

De Coray blickte von der Seite zu seinem Onkel, dann nach unten, während ein finsteres Lächeln um seinen Mund spielte.

„Vielleicht haben die Wunden des französischen Ritters zu viel der Pflege meiner schönen Herrin bedurft", sagte er boshaft und beobachtete mit Genugtuung, wie der Pfeil nach Hause ging, als der alte Mann plötzlich zusammenzuckte und die Stirn wütend runzelte. Dann gab er seine zögernde Art auf, beugte sich vor und sprach langsam, aber mit Nachdruck. „Monsieur", sagte er leise, „meiner Meinung nach sollte ich Ihnen klar und deutlich sagen, wovon ich allein weiß; vielleicht werden Sie es mir vorwerfen, dass ich nicht früher gesprochen habe, aber die ritterliche Ehre hat es mir verboten. Nun aber … " Die Notwendigkeit scheint mir sogar größer zu sein als jedes falsche Gefühl von Großmut, da wir nicht die Schwerter mit der Viper kreuzen, sondern sie vielmehr mit der Ferse zertreten, bevor er uns tödliches Übel zufügt, und so –" Er machte eine Pause, um dem Thema vielleicht mehr Gewicht zu verleihen Seine Worte blickten aufmerksam auf das Heck und richteten sein Gesicht ihm gegenüber, das sich zu einer eisernen Maske versteift zu haben schien.

„Sagen Sie Ihre Meinung, Mann", forderte der alte Adlige knapp. „Wenn es Unheil zu erzählen gibt, sagen Sie es mir – die Heiligen wissen, dass ich so etwas schon einmal ertragen habe –, aber hören Sie auf, über etwas zu reden, das neben dem Zweck liegt, wie es bei Frauen und Narren üblich ist – nicht bei Männern."

„Nein", sagte de Coray und errötete unter dem Vorwurf, „es gibt etwas zu sagen, das für Sie schwer zu verstehen sein wird, Monsieur, und ich möchte Sie nur auf die Geschichte vorbereiten; wie Sie sich gut vorstellen können, handelt es sich um diesen Franzosen . " den das Schicksal durch seltsame List vor deine Tore geworfen hat.

De Mereacs Kiefer schloss sich mit einem Knacken.

„Er hat mich davon überzeugt, dass er kein Spion ist", antwortete er streng. „Ich habe sein ritterliches Wort angenommen, und obwohl es für mich bitter ist, dem Feind meines Landes und einem der Mörder meines Sohnes Gastfreundschaft zu gewähren, wird er dennoch nach allen Gesetzen des Rittertums und der Ritterlichkeit freigelassen, sobald er fit ist Reisen."

„Also", sagte de Coray , „hat er Sie befriedigt, Monsieur? Das kann durchaus sein, da er den Namen seines Opfers nicht kannte, und dennoch frage ich mich vielleicht, wie er seine Zunge trainiert, um sanfte Worte in das Ohr eines Bretonen zu sprechen." wenn er sich an St. Aubin du Cormier erinnert .

Das Gesicht des alten Mannes wurde blass. „St. Aubin du Cormier?" er murmelte.

„Ja, St. Aubin du Cormier", wiederholte de Coray und trat etwas näher, als fürchtete er, seine Worte könnten belauscht werden. „Hören Sie, Monsieur, und Sie werden verstehen, warum ich Sie beim Anblick Ihres unter dem grünen Wald liegenden Hundes angeschrieen habe, ihm keine Gnade zu erweisen, sondern ihm den Tod des Hundes zuzumuten, den er verdient hat."

„Sprich", sagte de Mereac heiser, „ich kann eine solche Einleitung kaum ertragen."

„Wie Sie sich vielleicht erinnern, war die Schlacht eine blutige Schlacht", begann de Coray . „Wir Bretagne kämpften tapfer, wie wir es immer tun, und die englischen Bogenschützen von Lord Woodville ergaben sich nur den Franzosen mit ihrem Leben; ich selbst war während des gesamten Kampfes entkommen und wurde gegen Abend in die Nähe eines Waldes zurückgedrängt , an der Seite des Prinzen von Oranien, der, als er erkannte, dass die Chancen des Tages gegen uns ausgegangen waren, das schwarze Kreuz der Bretagne von seiner Brust riss und uns, seine Anhänger, drängte, dasselbe zu tun, denn uns blieb nichts übrig aber Flucht. Seine Worte waren wahr, aber trotzdem riss kein echter Bretone unter uns das Kreuz von seiner Tunika, obwohl wir bereitwillig zwischen den Bäumen die Flucht suchten, und dabei kam es vor, dass ich von den anderen getrennt wurde. und als ich allein durch den Wald wanderte, sah ich plötzlich einen Mann in der Rüstung eines Franzosen, der heimlich ging; einen Moment hielt ich inne, und leider, Monsieur, bevor ich den Sinn der Situation begreifen konnte, war es Es war zu spät. Ein bretonischer Ritter, den ich sofort als meinen Cousin Yvon erkannte, stand erschöpft und müde an der Seite seines Pferdes, während das Tier gierig aus dem Wasser eines nahegelegenen Baches trank . Yvons Visier war hochgezogen, und ich konnte sehen, dass er vor Aufregung und Erschöpfung blass war, obwohl ich glaube, dass er nicht verwundet war. Er hatte seinem Feind den Rücken zugewandt, und bevor ich ein warnendes Wort rufen konnte, sprang der feige Verräter vor und zerteilte ihn von der Stirn bis zum Kinn, so dass er tot neben seinem Pferd umfiel. Auch ich sprang mit einem Schrei vor, aber der Franzose blieb seiner Flagge treu ; Einen Augenblick lang blickte er mich an, dann stürmte er mit seinem Schwert heftig auf mich zu und floh, da er zweifellos fürchtete, dass Freunde von mir und dem Toten in der Nähe sein könnten, und floh, so dass ich ihn in der Dämmerung vermisste, so durstig wurde meine eigene gute Klinge nach seinem Blut, die ich suchte, bis die Dunkelheit hereinbrach und alle Hoffnung, ihn zu finden, verschwunden war.

"Und?" stöhnte de Mereac .

De Coray lächelte nachdenklich. „Monsieur", fügte er hinzu, „das Visier des französischen Verräters war ebenfalls angehoben, so dass ich die

Gesichtszüge gut erkennen konnte, die ich erst wieder sah, als ich sie dort drüben im Wald erblickte."

Mit einem bitteren Fluch sprang der alte Mann mit solcher Kraft auf , dass Gloire und Reine mit einem kurzen, aufgeregten Bellen ihre großen Köpfe hoben.

"Er?" schrie de Mereac , seine Stimme zitterte vor Wut, „ er? – der Mann, dessen Leben ich verschont habe? der Mann, der an meiner Gastfreundschaft teilgenommen und mein Salz gegessen hat? Er? der niederträchtige Mörder meines Yvon? – mein Junge – mein Junge!" " Trotz seiner Wut brach seine Stimme bei den letzten Worten; dann erfasste ihn ein neuer Sturm. "Narr!" rief er und packte de Coray an der Schulter. „Warum hast du mir das nicht gesagt, als wir ihn dort fanden? Warum verlängerst du das Leben eines so üblen Dings um eine Stunde?"

„Nein", stockte de Coray und erbleichte vor dem Sturm, den er heraufbeschworen hatte. „Ich dachte – die Lady Gwennola –"

„ Gwennola !" schrie der alte Mann. „Dreimal doppelter Narr! Glaubst du, dass im Herzen ihrer reinen Jungfrau ein einziger Anflug von Mitleid für jemanden wie den Mörder ihres Bruders aufkommen würde ? Auf der Stelle Hiob und Henri. Ja! Und befiehl ihnen, das üble Ding aus der Kammer, in der er so sanft liegt, herunterzuziehen, und er wird lernen, was bretonische Gerechtigkeit ist. Bah! Das Seil, das ihn aufhängen sollte, wäre für immer eine entehrte Sache ; lieber würde ich ihn meinen guten Hunden da drüben überlassen, um ihn in Stücke zu reißen; obwohl, bei den Gebeinen von St. Yves, ein solcher Tod sogar eine zu sanfte und leichte Sache für ihn wäre ."

Pierre, der Narr, der auf diese Weise grob aus dem Schlaf geweckt wurde, um sich auf die Suche nach Hiob und seinem Kameraden zu begeben, stand fassungslos und keuchend vor dem Zorn seines Herrn, während der Affe von seiner Schulter grinste und spöttisch den Zorn seines Herrn nachahmte; Doch bevor de Mereacs Zorn erneut auf dem Kopf seines geistlosen Dieners ausbrechen konnte, lenkte eine Stimme neben ihm den schnellen Strom seiner Gedanken in eine andere Richtung. Es war seine Tochter Gwennola , die vor ihm stand, blass, aber entschlossen, ohne einen Ausdruck von Angst in ihren blauen Augen, als sie seinem stürmischen Stirnrunzeln begegneten, sondern mit einem Blick nach dem anderen, kühn und mutig.

„Mein Vater", sagte sie ruhig und legte eine weiße Hand auf den Ärmel seines langen Pelzkleides, „ich habe gehört, was" – ihre Stimme zitterte – „was Monsieur de Coray gesagt hat, und", fügte sie hinzu und drehte sich um flammendes, empörtes Gesicht blickte auf den jüngeren Mann, der daneben an den Wandteppich gelehnt stand: „Ich nenne ihn ins Gesicht Feigling und Lügner!"

Es entstand eine kurze Pause, de Mereacs Brauen waren bedrohlich nach unten gezogen, als er von seiner Tochter zu de Coray blickte , dessen spöttisches Lächeln das Mädchen in neuen Zorn zu treiben schien.

„Lügner und Feigling!" Sie weinte und stampfte mit ihrem kleinen Fuß auf, ihre blauen Augen leuchteten immer noch. „Ah, mein Vater, es ist unglaublich, dass Sie ihm glauben."

"Unglaublich?" sagte der alte Mann langsam, „und warum, Kind? Noch unglaublicher finde ich, dass meine Tochter die Rolle einer üblen Mörderin, einer Feindin ihres Landes und ihres Hauses übernehmen sollte, als das Wort ihres verlobten Mannes."

De Corays Lächeln wurde tiefer. „Monsieur", sagte er mit einer spöttischen Verbeugung, „Sie haben mich gefragt, warum ich das Geheimnis eines Verräters jetzt und nicht gestern verraten habe – vielleicht wird Monsieur beantwortet."

De Mereacs Augen suchten streng das Gesicht seiner Tochter, doch wieder begegnete sie ihnen mit einem fast trotzigen Blick, der dann sanfter wurde, als sie hinter der Wut eine stumme Qual erkennen konnte, bis sich ihre eigenen blauen Augen mit Tränen füllten.

„Oh, mein Vater!" rief sie und trat mit ausgestreckten Händen näher an seine Seite, „im Namen der Gerechtigkeit hört mir zu und hört nicht auf die Worte dieses grausamen Mannes. Sehen Sie, mein Vater, wenn Monsieur d'Estrailles dies getan hat, würde er es gerne tun . " Hände binden den Knoten, der das Seil um die Kehle seines Feiglings gebunden hat, aber, mein Vater, ist das Gerechtigkeit? Ist es eine Ehrensache, wie die Natter im Dunkeln zuzuschlagen ? Ich, ja, ich, Gwennola de Mereac , fordere dich heraus, Guillaume de Coray , um Ihre Lügengeschichte vor dem Mann zu wiederholen, den Sie beschuldigen, und meinen Vater über den wahren Ritter und den falschen entscheiden zu lassen.

De Corays Lächeln verblasste, als er ihrem furchtlosen Blick begegnete, dann warf er einen Seitenblick zu de Mereac , der zögernd und offenbar gespannt auf seine Antwort wartete.

„So sei es, meine schönste Gesetzgeberin", sagte er schließlich mit einem gezwungenen Lächeln. „Morgen wird ein genauso schöner Tag sein wie heute Abend, und vielleicht fällt das Amt, wie Sie vermuten, in Ihre eigenen schönen Hände."

Sie antwortete nicht, sondern drehte sich um und machte einen ernsten Knicks vor ihrem Vater, als sie den Saal verließ.

Zwischen den beiden Männern, die dort im Schatten standen, wurde kein weiteres Wort gesprochen. De Mereac , dessen Wutanfall seit der Einmischung seiner Tochter in eine mürrische Verstimmung abgeklungen zu sein schien, schritt bald davon und ließ Guillaume allein. Die Meditationen des jungen Mannes schienen wohl kaum beruhigender Natur zu sein, denn bis es dunkel wurde, ging er gedankenverloren weiter im Flur auf und ab, bis eine Hand, die seine berührte, ihn mit einem erschrockenen Fluch aufweckte und als er nach unten blickte, Zu seiner Überraschung sah er das dünne, kluge Gesicht des Narren Pierre, der wehmütig in sein Gesicht blickte.

„Monsieur", sagte der Junge leise, „ich bin Monsieurs Sklave; wenn es mir gestattet wird, Monsieur zu dienen, kann ich vielleicht viel tun."

Guillaume de Coray blickte nachdenklich in die schrägen, unheimlichen Augen, dann lächelte er. „Ein Freund", sagte er leichthin, „ist manchmal eine Notwendigkeit und sollte nicht abgelehnt werden, mein Pierre, selbst wenn der Freund nur ein Narr ist. Ja, ich werde akzeptieren, und", fügte er hinzu und zeichnete ein Stück davon Geld aus seiner Tasche und legte es in die ausgestreckte Handfläche des Jungen: „Ich werde den Preis für wahre Freundschaft zahlen, Mann ami . Sehen Sie, es gibt bereits einen Dienst, den Sie mir erweisen können sagte leise: „Da wandert ein Mann umher, mit dem ich gerne reden würde, ein kleiner, stämmiger Mann mit rotem Bart und schwarzen Augen; Sag ihm ", fügte er hinzu und sprach langsam und eindrucksvoll, beide Hände auf Pierres Schultern, „dass sein *Freund* , sein *Freund* , merk dir, Junge, Guillaume de Coray , mit ihm reden würde; dass es nichts zu befürchten und viel zu gewinnen gibt und dass ich zu jedem Treffen, das er anordnet, allein kommen werde.

Corays blasses Gesicht blickte und langsam nickte. „Pierre versteht", murmelte er. „Monsieur hat Pierre, dem Narren, vertraut, der jetzt der Freund von Monsieur ist, und deshalb wird davon ausgegangen, dass der Mann mit dem roten Bart gefunden werden soll. Ist es nicht so, mon choux ? " fügte er hinzu und streichelte den Affen, den er immer noch in seinen Armen trug. „ Tiens ! Es ist klar, dass Pierre, der Narr, bald reich und groß sein wird und die kleine Gabrielle weit weg im Wald nicht mehr vor Hunger weinen wird." Und als er sich abwandte, blickte der Junge liebevoll auf das Ledergeldstück mit der kleinen silbernen Mitte herab, das de Coray ihm gegeben hatte. „Ohne Zweifel hat Monsieur ein großes Herz", murmelte er leise. „Was Lady Gwennola betrifft, ich liebe sie nicht, auch wenn sie so schön ist wie die Morgenröte, denn sie liebt weder Monsieur noch Petit Pierre. Ist es nicht so, mein Kleines? Bah! Wir werden es sein bald großartig, du und ich, mein Pierrot, sehr großartig.

KAPITEL V

„Ah, Marie, Marie, was soll ich tun? Tiens ! petite, kannst du kein Wort sagen, um mich zu trösten? Bah! Mit deinen großen Augen hast du nicht mehr Verstand als die Eulen, die die ganze Nacht im Wald da drüben schreien. Nein! Vergib mich, Marie, und tröste mich, weil, weil –"

„Nein, meine Dame", seufzte das Dienstmädchen, „ich fürchte, es gibt wenig zu sagen, denn sehen Sie, Sie sagen mir, dass Monsieur de Mereac morgen – "

„Ah, dann hör zu, Marie, und ich werde dir alles erklären", sagte Gwennola und faltete die Hände, während sie mitleiderregend in Maries mitfühlendes Gesicht blickte.

„Monsieur de Coray , der Viper, der er ist, hat aus irgendeinem Grund, von dem ich weiß, dass er keinen Hass auf Monsieur d'Estrailles hegt , deshalb hat er Monsieur meinem Vater viele falsche Lügen erzählt und gesagt, dass Monsieur d'Estrailles den armen Yvon schändlich ermordet hat. dessen Seele in Frieden ruht, in der Schlacht von St. Aubin du Cormier vor drei Jahren; aber Marie, es ist falsch, Monsieur d'Estrailles konnte keine solche unritterliche Tat begehen – nein, ich bin mir dessen sicher."

„Aber warum, Herrin?" forderte Marie unbeirrt. „Wir wissen nichts von diesem französischen Monsieur; es kann sein, dass seine Zunge nicht glatter ist als sein Herz falsch. Jobik hat mir oft gesagt, dass ich auf der Hut sein sollte, wenn ein Franzose meinen Weg kreuzt, denn sie sind allesamt Kinder des Teufels in ihrer betrügerischen Art."

„ Jobik ist ein Idiot!" erklärte seine junge Geliebte scharf, „und es fehlt dir auch in jeder Hinsicht, meine Marie, ihm zuzuhören. Sehen Sie dann, wie viele edle Franzosen treue Freunde der Bretagne waren; denken Sie an Monsieur d'Orléans und Monsieur den Grafen Dunois , die versucht auch jetzt noch, unserer süßen Herzogin zu helfen; aber all dieses Gerede ist Torheit. Seien Sie versichert, Marie, dass ich, Ihre Herrin, überzeugt bin, dass Monsieur d'Estrailles ein guter und wahrer Ritter ist, und doch, ach! ach! zu-Morgen früh kann es durchaus sein, dass er hängt, als wäre er ein feiger Verräter oder ein übler Mörder – denn siehe, Marie, es ist das Wort eines Franzosen gegen einen Bretonen, und obwohl dieser dreimal ein Verräter und Schurke ist Nun, ich weiß, dass er die Kunst hat, mit so glatter Stirn zu lügen wie jedes arglose Baby, und so – und so – wird mein Vater ihm glauben. Ach! Ach!" und das junge Mädchen brach in Tränen aus.

Ehre des Franzosen hegten . Aber welches Dienstmädchen jeden Alters ist schließlich immun gegen Romantik? und die Tatsache, dass Gwennola großes Interesse an dem gutaussehenden Fremden hatte, war für die Kellnerin offensichtlich genug. Und was für ein Wunder, wenn man bedenkt, dass das Schicksal bisher nur einen so traurigen Liebhaber wie Monsieur de Coray geboten hatte ? Für Letzteres gab es in Maries Herzen keine Liebe, was sich umso mehr zu Gunsten seines Rivalen auswirkte .

„Leider, Mylady", murmelte sie schluchzend, „es ist schmerzlich, daran zu denken, dass er, dieser arme Monsieur, im Morgengrauen sterben sollte, auf das Wort eines Mannes wie Monsieur de Coray! Wenn es so wäre . " Wäre er nicht verletzt worden , hätten wir ihm vielleicht sogar zur Flucht verhelfen können, aber leider –"

"Ach!" schluchzte Gwennola , „mit solch einer Wunde würde es den Tod bedeuten, es zu versuchen. Nein, Marie, er wird sterben, und vielleicht werde ich in einem Kloster Unterschlupf finden, wie Pater Ambrosius oft vorgeschlagen hat, denn das würde ich auch nicht tun." Heirate keinen Mörder, Lügner und Feigling wie Guillaume de Coray .

Der leidenschaftliche Hass gegen ihren verlobten Ehemann hatte Gwennola im Moment aus ihrem Kummer gerissen. Jetzt trocknete sie ihre Tränen, erhob sich und begann langsam im Zimmer auf und ab zu gehen, den Kopf zurückgeworfen und allmählich dämmerte ein Licht in ihren blauen Augen. Der wilde, unbezähmbare Geist des Wagemuts, der so wahnsinnig durch die Adern zahlloser Generationen von Vorfahren gerast war, hatte sie aus dem schwachen und vergeblichen Kummer der Weiblichkeit herausgeholt.

„Ich werde ihn retten", sagte sie langsam, als sie Marie Alloadec ansah ; „Ja, es ist möglich. Schau, Kleines", fügte sie hinzu und zeigte ehrfürchtig auf eine kleine Madonna-Figur, die auf einem Tisch daneben stand, „es ist die Heilige Mutter selbst, die mir gezeigt hat, wie es geht; aber geh, Meine Marie, denn es gibt kaum Zeit zu verlieren, auch nicht für Gebete. Gehen Sie und sagen Sie Pater Ambrosius, dass ich ihn jetzt, wenn möglich, schnell in der Kapelle sehen würde.

Marie starrte. „Aber, Mademoiselle!" sie schnappte nach Luft.

Gwennola legte beide Hände fest auf die Schultern des anderen und blickte freundlich, aber befehlend in die verängstigten braunen Augen, die zu ihr aufblickten.

„Hör zu, Marie", sagte sie leise; „Du musst gehorchen, ohne zu fragen. Das Leben eines edlen Ritters hängt möglicherweise davon ab, daher ist keine Zeit für die Ängste oder Schwächen der Frauen; aber was ich vorhabe, sage ich weder dir noch sonst jemandem, da es für niemanden außer schädlich wäre . " Ich bin der Einzige, der es verweigert, zu antworten, wenn mein Vater befiehlt; ich bitte dich nur um Folgendes: Geh, sag Pater Ambrosius, dass ich ihn in der Kapelle erwarte, sorge dafür, dass er mich nicht im Stich lässt, und schweige im Übrigen. Nein," Sie fügte hinzu, während dem Mädchen Tränen in die Augen stiegen: „Es ist nicht so, dass ich an deiner Treue zweifle, Kind, sondern dass ich dir Schmerzen ersparen würde, ja, und mir selbst auch, obwohl ich dich noch um eine Sache bitten würde, die ich auch erbitte." hatte es fast vergessen. Hiob befahl Hiob, das Pferd des Fremden in einer Stunde aus den Ställen zu führen und ihn im Wald nahe am Flussufer anzubinden; niemand solle ihn dabei sehen, noch solle er darüber sprechen, was er tut. Sollte es auch tun Wenn er glaubt, eine Gestalt an sich vorbeigehen zu sehen , während er an der äußeren Pforte Wache hält , soll er sich bekreuzigen und glauben, dass es sich um einen Geist handelt, von dem er heute bereits geträumt hat, ihn zu sehen, und er hüte sich davor, nachzufragen zu genau, ob daran etwas aus Fleisch und Blut ist, denn morgen wäre es vielleicht gut für ihn gewesen, etwas blind und taub gewesen zu sein.

Marie machte einen Knicks und wagte nicht zu antworten, als sie die Entschlossenheit im Gesicht ihrer Herrin sah. Dennoch murmelte sie, während sie ihrem Auftrag nachging, so manches Ave zu ihrer Schutzpatronin, denn sie wusste genau, wie wütend der Schlossherr sein würde, wenn seine Tochter ihr kühnes Vorhaben umsetzen würde.

Es könnte sein, dass sogar Gwennola ihr Herz fast im Stich gelassen hatte, als sie in der schwach beleuchteten Kapelle des Schlosses auf die Knie sank. In einen langen Umhang mit Kapuze gehüllt , hätte sie unter den Schatten, die das Mondlicht um sich warf, durchaus für einen Schatten gehalten werden können. Unwillkürlich bekreuzigte sich das junge Mädchen, während sie die kalten, klaren Strahlen beobachtete, die lang und blass über den Altar fielen und in flackernden Lichtwellen auf die Stelle zuströmten, an der sie in einem der Stände kniete; denn so hochgeboren sie auch war, der Aberglaube der Zeit wütete in ihrem Kopf, und sie kannte den verhängnisvollen Einfluss des Mondes auf das Schicksal der Bretonen und doch – wie sie sich selbst einredete – das böse Omen Das gespenstische Licht konnte abgewendet werden, da derjenige, dem sie helfen wollte, kein Bretone war. und mit dem Gedanken kamen andere, spöttischer und verwirrender. Warum wagte sie es, dem Zorn ihres Vaters zu trotzen und um eines Fremden und Feindes willen ihre jungfräuliche Bescheidenheit zu verletzen? Die brennende Röte, die ihre Wangen überzog, als sie an den Plan dachte, den sie sich ausgedacht hatte, hätte sie vielleicht überzeugen können, aber der verrückte Wirbel ihres Geistes ließ sich nicht allzu genau analysieren . Vergeblich argumentierte sie mit sich selbst, dass es nur an ihrem ausgeprägten Sinn für Gerechtigkeit lag, so sicher war sie, dass die Geschichte von Guillaume de Coray falsch war. Aber warum sollte es falsch sein? Darauf konnte sie nur mit dem unlogischen, aber alles überzeugenden Gefühl der Intuition ihrer Frau antworten. Eine falsche Menge, die in einem Gerichtssaal steht. Gwennola schauderte, als sie die Schwäche eines solchen

Streits spürte, schauderte, als sie sah, wie schnell das Netz des Schicksals diesen Fremden verstrickt hatte. Ein leises Schluchzen war in ihrer Kehle zu hören, als sie den Kopf in die Hände stützte, ein Schluchzen, das sie ebenso wie ihre tieferen Gedanken nicht analysieren wollte . Sicherlich war es nur ein Mitleidsbeweis für einen unschuldigen Mann, den eifersüchtiger Hass oder eine Leidenschaft, die sie nicht erraten konnte, zum Tode verurteilte? Eine auf ihre Schulter gelegte Hand weckte sie, und mit einem leisen, ängstlichen Schrei sprang sie auf, aber es war nur Pater Ambrose, dieser gute Vater, der sie gekannt und geliebt hatte, seit sie zum ersten Mal als Kind Geständnisse über Kindersünden herausgelascht hatte Bosheit an seinem Knie. Ja, es war ein glücklicher Gedanke gewesen, nach ihm zu schicken, obwohl sie ihn zu seinem eigenen Besten über ihre Absichten täuschen musste.

„Es ist spät, meine Tochter", sagte der alte Priester sanft. „Was willst du mit mir, Kind? Sicherlich ist keine Zeit", fügte er lächelnd hinzu, „nicht einmal für Geständnisse?"

„Nein, mein Vater", sagte sie leise, „es ist kein Geständnis, sondern vielleicht eher das Mitleid mit jemandem, der zu Unrecht zum Tode verurteilt wurde, das mich dazu bewegt, dich um Hilfe zu bitten."

"Zu Tode?" wiederholte er und blickte sie scharf an. „Nein, Tochter, aber was ist passiert? Und wer im Schloss deines tapferen Vaters könnte es wagen, ungerecht zu verurteilen?"

„Nein", antwortete sie, „hör zu, mein Vater, und du wirst selbst urteilen", und in ein paar hastigen Sätzen erzählte sie ihre Geschichte.

Pater Ambrose hörte mit hochgezogenen Brauen zu und beobachtete aufmerksam das helle Gesicht der Erzählerin, während sie sprach.

„Ja", sagte er sanft, als sie fertig war, „auch ich bin deiner Meinung, mein Kind, denn ich habe viele Stunden lang an der Seite dieses kranken Mannes gewacht, und ich denke, er ist wirklich ein tapferer und treuer Ritter, ohne Nein Solch ein grausamer Verrat lag in seinem Herzen; aber trotz allem, Tochter, haben wir ihn seit zwei Tagen kaum gekannt, und es kann gut sein, dass wir getäuscht wurden, denn warum sollte Guillaume de Coray eine so schreckliche Geschichte in Unwahrheit erfinden ? "

„Nein, das weiß ich nicht", antwortete Gwennola seufzend, „außer dass er falsch ist, Vater, falsch bis ins Mark des Herzens, und Lügen genauso leicht ausspricht wie der, der der Vater davon ist. Nein, Vater, tadele mich nicht." , denn niemals soll er mein Ehemann sein, bei der Gnade der heiligen Enora selbst, ich schwöre es; lieber würde ich sterben, viel, viel lieber würde ich mich hinter Klostermauern vergraben, als einen Verräter und Feigling zu heiraten."

„Nein, Tochter“, tadelte Pater Ambrose, „rede nicht so wild, obwohl es im Leben des Klosters viel Frieden und Glück für diejenigen gibt, die ohne wenig finden; aber du, mein Kind“, fügte er mit einem klugen Lächeln hinzu, „Wir waren ebenso wenig dazu geboren, eine Nonne zu sein, wie die Frau eines Verräters zu sein. Aber seht, die Nacht wächst schnell, und ich glaube, wir nützen nichts, wenn wir schlecht über euren Verwandten reden; es wäre besser, für die Seele dieses Armen zu beten . “ Herr, der mit der Morgensonne stirbt, oder vielmehr, wenn es den heiligen Heiligen gefällt, ein so trauriges Schicksal zu ändern, um jemandem Beistand zu senden , den wir zumindest als unschuldig an diesem schwarzen Verbrechen betrachten, dessen er beschuldigt wird. "

„Für seine Seele beten?“ murmelte Gwennola mit einem Seufzer; dann öffnete sich ein halbes Lächeln über ihre Lippen. „Nein, Vater“, murmelte sie, „sicherlich wird es eine gerechtere Trennung zwischen uns geben, wenn du für seine Seele und ich für seinen Körper betest . Aber nein, sieh nicht vorwurfsvoll, lieber Vater, sondern höre auf das Gebet deiner kleinen Gwennola .“ , der dich hierher rief, um einen Gefallen zu erbitten , und dir nicht nur von diesem traurigen Werk des morgigen Tages erzählte.

„Und das, meine Tochter?“ fragte der alte Priester mit einem skurrilen Lächeln, da er den überredenden Tonfall, mit dem sie flehte, nur allzu gut kannte.

„Das“, flüsterte sie, während die Farbe in ihre blassen Wangen zurückkehrte, „bedeutet, Monsieur d'Estrailles hierher zu bringen , damit ich ihm selbst von seiner Gefahr erzählen und – und ihm Lebewohl sagen kann, denn ich werde nicht anwesend sein.“ Morgen werde ich sehen, wie ein edler Ritter so grausames Unrecht erleidet.“

Einen Moment lang schwieg Pater Ambrose und musterte sie ernst und nachdenklich.

„Kind“, sagte er schließlich, „dieser Ritter ist nur ein Fremder, der dich kaum kennt . Hältst du es für schicklich oder mädchenhaft von deiner Seite , dich nachts allein nach einer Audienz bei einem solchen zu sehen ?“

Mit roten Wangen, aber unerschrockenen Augen blickte Gwennola den alten Mann an.

Gwennola jemals anders als diskret und eifersüchtig auf ihre Ehre empfunden ? Nein, Vater, hätte ich diesen armen Ritter besser gekannt, hätte ich mich nicht danach sehnen können.“ Interview, aber da er nur ein Fremder ist, der – für den ich Mitleid habe, sicher nicht geschadet hat!“

„Aber wo ist das Gute?“ befragte den Priester. „Sicherlich wäre es das Beste für mich, die Kammer von Monsieur d'Estrailles aufzusuchen und ihm alles zu erzählen; dann, wenn ich ihn geschrumpft habe, können wir wohl die Nacht im Gebet für seine Seele verbringen, und dass die Heiligen ihm Kraft dafür geben mögen morgen.“

„Nein, Vater“, flüsterte Gwennola flehend, „auch ich bete für den Leichnam des guten Ritters, wie du zugestimmt hast, und ich würde ihm gern ein Wort über seine Erhaltung geben, was nur für seine Ohren allein gelten kann. Nein.“ , lieber Vater, deine kleine Gwennola fleht dich an, einen so unbedeutenden Segen nicht zu leugnen. Was kann schon passieren? Ein paar einfache Worte des Trostes und des Abschieds an einen armen Fremden, der morgen und dann für den Rest der Nacht sterben muss Du magst allein mit ihm ringen im bedürftigen Gebet für seine Seele.“

„Nein, Kind, aber das ist kaum schicklich“, seufzte Pater Ambrose. „Und hat dein Vater davon gehört , glaube ich, dass mein Amt als Beichtvater nur für kurze Zeit innehaben würde. Dennoch –“

„Dennoch“, drängte Gwennola sanft, „wirst du mir einen so kleinen Segen nicht verweigern – aber zehn Minuten, mein Vater, und dann kannst du und er die verbleibenden Stunden damit verbringen, Frieden mit dem Himmel zu schließen.“

„Ich fürchte mich“, seufzte der Priester schwer, „dass du den Geist unserer ersten Mutter, meiner Tochter, geerbt hast und den Mann mit schönen Worten wie mit angenehmen Früchten in Versuchung geführt hast . Doch – nun, ich weiß, dass du diskret bist, Kind, und dein Herz ist zweifellos weich und warm vor Mitleid – nein, es kann kein wärmeres Gefühl in deiner Brust für diesen armen Ritter geben. „Es wäre unmöglich, dass die Liebe in so kurzer Zeit Eingang finden könnte.“ Während er sprach, schaute er neugierig in das gerötete, lächelnde Gesicht.

„Nein, Vater“, lachte Gwennola leise. „Pfui! Bin ich nicht mit meiner Cousine verlobt?“

Pater Ambrose seufzte, als sein scharfes Ohr den Trotz in den letzten Worten wahrnahm.

„Ich bete zu unserer Heiligen Frau, dass ich keinen Schaden anrichte“, murmelte er und bekreuzigte sich andächtig. „Ich glaube, ein so freundlicher Gedanke an Mitleid kann wenig übel sein, und es kann sein, dass der arme Monsieur deine Worte mehr beachtet als meine. Maria, Mutter, habe Mitleid mit seiner Seele!“

„Und sein Körper“, flüsterte Gwennola . „Sehen Sie, Vater, wir sagen Amen zu beiden Bitten; und nun beeilen Sie sich schnell, denn die Zeit wird, wie Sie sagen, schnell voranschreiten.“

Pater Ambrose schüttelte langsam den Kopf, als wäre er immer noch von Zweifeln an seiner Weisheit geplagt, so einer seiner Meinung nach wilden, wenn auch großzügigen Laune nachzugeben, und ging seines Weges, überließ es Gwennola, mit eifrigen Schritten durch die Kapelle zu gehen, und warf sich schließlich davor nieder das große Kruzifix, das auf dem kleinen Altar stand. Aber selbst Gebete waren in diesem Moment kaum besser als ein wilder, zusammenhangloser Schrei, so große Aufruhr tobte im Herzen des jungen Mädchens. Jetzt befürchtete sie die Torheit eines ebenso gefährlichen wie gewagten Unterfangens; Nur der Gedanke an de Gorays grausamen Triumph am nächsten Tag spornte sie an, an dem Impuls eines Augenblicks festzuhalten, und selbst dieser Gedanke hielt sie kaum an einem Ziel fest, das plötzlich undurchführbar, unmädchenhaft, fast unziemlich zu werden schien . Obwohl die jungen Mädchen jener Zeit mit einer Vielzahl von Einschränkungen und Anstandsregeln umgürtet waren, schien die Rolle, die sie jetzt spielen wollte, nahezu unmöglich; Nur das kühne Blut eines bretonischen Dienstmädchens hätte einen solchen Gedanken möglich gemacht, und jetzt klang die empörte Bescheidenheit mit einer Reihe von Warnungen in ihren Ohren. Was würde dieser fremde Ritter von einem solchen Vorschlag halten? Was würde er von ihr halten, wenn sie so mutig ein Interview suchte, obwohl sie selbst unerwünscht war? Sie war wahnsinnig gewesen, als sie an eine solche Fluchtmöglichkeit gedacht hatte, und jetzt würde er sie vielleicht wegen ihrer unmädchenhaften Kühnheit verachten.

Die brennende Röte, die über ihre Wangen strich, hatte kaum Zeit, sich abzukühlen, als ihr schnelles Ohr das Geräusch von Schritten wahrnahm, stockend und langsam, als ob ihr Besitzer Schwierigkeiten beim Gehen hatte, und bei dem Geräusch vergaß das Mitleid ihrer Frau das falsche Schamgefühl, das sie verursachte hatte in ihr gequält. Ja, und sie vergaß auch zu fragen, warum sie sich so für einen Fremden interessierte, als er vor ihr stand, und ihr schneller Herzschlag sagte ihr schnell, dass es mehr als Mitleid und Liebe zur Gerechtigkeit war, die sie dazu gebracht hatten, so viel zu wagen um seinetwillen.

Nur zehn Minuten und ein Leben auf der Kippe! Parbleu ! War es eine Zeit für mädchenhafte Schüchternheit und falsche Schüchternheit? Er stand still im Mondlicht und blickte sie mit einem eifrigen, fragenden Blick in seinen dunklen Augen an. Wie schön und edel er war und doch wie blass! Ah! diese unverheilte Wunde in seiner Seite – zweifellos hat er viel gelitten, und doch – –

Sie war jetzt an seiner Seite, ihre Kapuze glitt von ihrem geröteten Gesicht zurück; Denn selbst in diesem Moment war sie eine Frau, und das unheilvolle Mondlicht hatte keinen Groll gegen die glänzenden Locken ihres Haares.

„Monsieur", flüsterte sie. „Ah, Monsieur, halten Sie mich nicht für unmädchenhaft, aber es war Ihr Leben, das in Gefahr war, und das heißt –"

„Unmädchenhaft?" unterbrach er sanft. „Nein, Mademoiselle, für mich leider! Ich habe Sie erst so kurze Zeit kennengelernt, dass Sie immer die Verkörperung all dessen sein müssen, was in der Frauenwelt am schönsten und liebenswürdigsten ist; aber", fügte er hinzu, als er das trotz der Farbe sah Ihre Wangen vertieften sich, sie hatte zu viel zu sagen, um den zärtlichen Worten zuzuhören: „Sie würden gerne mit mir über eine sehr ernste Angelegenheit sprechen, Mademoiselle, sagt der gute Vater?"

Sie erzählte die Geschichte schnell und hin und wieder stockte ihr der Atem vor purer Aufregung, aber als sie zum tiefsten Innersten ihres Herzens vordringen wollte, hielt er sie mit einer kleinen gebieterischen Geste des Befehls zurück.

„Nein, Mademoiselle", sagte er bestimmt, „zuallererst lasst mich mich von dieser üblen Verleumdung freisprechen. Ma foi ! Diese verfluchte Wunde hindert mich daran, dem Hund die Lüge in die Kehle zu treiben. Verzeihung, Mademoiselle, aber es ist hart für." ein d'Estrailles , einer so schweren Beleidigung zuzuhören und dennoch sein Schwert in der Scheide zu tragen; aber nein – nun, ich verstehe, wie die Dinge liegen – das Wort eines Franzosen ist nichts gegen das eines Bretonen, dessen Gesicht noch nicht entlarvt wurde. Nein, Mademoiselle, bei deinem Vater liegt kein Vorwurf außer der Blindheit des Sehens, vielleicht weil er den Verräter nicht mit falschen Augen gesehen hat; aber dir, deren reines Herz so wahr gelesen hat, wäre es nur richtig, die Geschichte so zu erzählen, wie sie ist, obwohl ich denke, dass es so ist In all seiner Schwärze nicht leicht zu lesen. Doch bei der Schlacht von St. Aubin du Cormier sah ich die Chance, aus der Ihr Verwandter eine so verworrene Geschichte gemacht hat; es liegt an Ihnen, mir zu helfen, ihre Bedeutung zu buchstabieren. Die Schlacht war vorbei , und wie dieser Bösewicht wahrhaftig sagt, wurde der Prinz von Oranien in einem benachbarten Wald gefangen genommen , während Ludwig von Orleans verwundet unter den Erschlagenen aufgefunden wurde. Als wir nach anderen Gefangenen von geringerem Ansehen suchten, traf ich zufällig in diesem Wald auf einen Mann, der das schwarze Kreuz der Bretagne trug und mit einem französischen Soldaten kämpfte. Doch als ich näher kam, war der Franzose überwältigt Der bretonische Ritter wollte sich gerade abwenden, als ein anderer, der das gleiche schwarze Kreuz trug wie er, sich schnell von hinten anschlich und ihm einen üblen Schlag versetzte, der dazu führte, dass er, wie ich meine, eine Leiche, fast zu meinen Füßen fiel. Wütend über diesen Verrat, kämpfte ich erbittert mit dem Mörder, fügte ihm jedoch nur eine Fleischwunde am linken Arm und eine weitere von geringerer Bedeutung zu, die seine Unterlippe schnitt, während sein Visier hochgehoben war; Aber bevor ich ihn töten oder gefangen nehmen konnte , versetzte er mir einen

Schlag, der mich für einen Moment betäubte, und bevor ich mich erholen konnte, war er durch die Bäume geflohen.

Gwennolas Gesicht war bis zu den Lippen weiß geworden, als d'Estrailles seine Geschichte erzählte, aber ihre blauen Augen leuchteten, als sie schluchzend weinte:

„Monsieur, es ist klar, der Mörder war de Coray selbst. Oh, mon Dieu! mon Dieu! und ich hätte ihn vielleicht sogar heiraten können." Dann zog sie ihren Umhang um sich und bedeutete dem jungen Mann, ihr zu folgen. „Für weitere Worte bleibt keine Zeit", flüsterte sie leise; „Alle Erklärungen, Monsieur, muss ich Ihnen später erzählen; denn obwohl mir klar ist, dass Ihre Geschichte wahr sein muss, könnte Ihre Viper mit ihrer krummen Zunge durchaus den Witz meines Vaters verführen und grausame Ungerechtigkeit geschehen lassen. Doch das wird nicht der Fall sein." ;Ich, Gwennola de Mereac , werde Sie retten, Monsieur, weil – weil ich Gerechtigkeit liebe und nicht noch einmal zusehen werde, wie dieser falsche und böse Mann einen schändlichen Mord begeht."

„Aber, Mademoiselle?" sagte d'Estrailles überrascht. „Was ist dein Wille? Der gute Vater –"

„Der gute Vater weiß nicht alles", antwortete sie gebieterisch; „Im Übrigen, Monsieur, können Sie später Fragen stellen, aber im Moment haben wir nur vier Minuten, bevor der allzu ängstliche Vater zurückkommt, um Sie zur Beichte zu tragen."

Sie lächelte zu seinem fragenden Gesicht hinauf, und die Schönheit, die man unter der jetzt eng angezogenen Kapuze nur schwach erkennen konnte, ließ seinen Puls und sein Herz auf eine Weise klopfen, die nicht einmal das Gefühl für seine gegenwärtige gefährliche Lage hervorgerufen hatte rühre sie um.

Schweigend jedoch folgte er ihrem Befehl gehorchend der schlanken, in einen Umhang gehüllten Gestalt, auch wenn seine Überraschung noch größer wurde, als durch das Hochheben eines schweren Wandteppichs eine kleine Hintertür zum Vorschein kam.

„Sprechen Sie nicht", flüsterte Gwennolas sanfte Stimme ihm ins Ohr, „bis ich es Ihnen sage, und bleiben Sie für Ihr Leben an meiner Seite, Monsieur."

Sie krochen hinaus ins Mondlicht, als sie zu Ende gesprochen hatte, ein schwindendes Licht, als die große silberne Kugel nach Westen sank und weitere flüchtige Strahlen blassen Glanzes über die schattige Landschaft schleuderte. So heimtückisch und wankelmütig sie auch war, die Königin der Nacht lächelte den beiden Flüchtlingen ausnahmsweise einmal freundlich zu und sandte keine forschenden Strahlen aus, um nachzufragen, warum sich diese schwärzeren Schatten unter den Schatten so zögernd die breiten Terrassen hinunter und über die kleine Brücke bewegten, die den Fluss überspannte . Wie still war die Nacht und wie schön!

Alloadec hatte die Betrachtung des sternenübersäten Himmels tatsächlich so faszinierend gefunden, dass er kein Auge für Schatten hatte, weder stationäre noch andere, und so bezaubernd waren die leisen, unheimlichen Schreie, die den Wald dort drüben erfüllten, wo Vögel und Tiere ihre nächtliche Beute suchten . dass die Ohren des guten Hiob ebenso taub waren für das Geräusch verstohlener Schritte, die an ihm vorbeigingen, doch als der Schweif eines einigermaßen unschuldigen Auges seitwärts zum Fluss blickte, bekreuzigte sich Hiob und murmelte: „Bei unserer heiligen Frau, das kann nicht sein." dass es die kleine Mademoiselle selbst ist?" Und danach lauschten seine treuen Ohren umso schärfer auf andere Geräusche als auf die fernen Schreie der Wölfe und den leisen, melancholischen Ton der Eule, der von Zeit zu Zeit aus den benachbarten Wäldern erklang .

„ Tiens ! Monsieur", murmelte Gwennola , als sie endlich im sicheren Schutz des Dickichts innehielten. „Lassen Sie uns innehalten; Ihre Wunde – ach, Monsieur, sie, ich fürchte mich, verursacht Ihnen große Schmerzen."

„Nein", murmelte d'Estrailles mit weißen Lippen. „Es ist nur ein vorübergehender Krampf; aber, Mademoiselle, der Schmerz ist nichts im Vergleich zu meiner Verwunderung, meiner Dankbarkeit, doch –" Er zögerte, als Gwennola , ihre Kapuze zurückwerfend, fröhlich in sein erstauntes, aber zweifelndes Gesicht lachte.

„Sehen Sie, Monsieur", rief sie, und das waghalsige Licht des Triumphs tanzte in ihren blauen Augen. „Sie zweifeln! Sie wundern sich! Sie sagen sich: ‚Sie ist verrückt, diese Demoiselle aus der Bretagne, die einen Kranken in einen verlassenen Wald bringt, aus dem es unmöglich ist, vor seinen Feinden zu fliehen'; und doch, Monsieur Zweifellos ist es verrückt, dieser Plan von mir, er ist vernünftiger, als er scheint. Da drüben ist dann dein Pferd, dem wir uns vorsichtig nähern müssen, denn ich möchte nicht, dass er die Anwesenheit seines Herrn verkündet. „Aber", sagst du dir, „Was nützt mir selbst mein gutes Pferd in dieser gegenwärtigen Notlage? Denn wenn ich versuchen würde aufzusteigen, würde mir meine Wunde solche Schmerzen bereiten, dass ich ohnmächtig zu Boden fallen würde." Zweifellos hat Monsieur Recht. Aber sehen Sie, ich sage nicht: „Aufsteigen, reiten, Monsieur, mein Plan ist erledigt." Nein, ich sage stattdessen: „Lasst uns ein kleines Stück durch diesen trostlosen Wald eilen, du und ich und das gute Ross , und es wird möglich sein, dass wir mit der Zeit an einen Ort gelangen, der einsamer und trostloser ist als jeder andere in der ganzen Gegend. Hier werden wir Schutz finden es mag arm und seltsam erscheinen, aber die gnädigen Heiligen werden Monsieur in ihrer gerechten Obhut haben, und so wird es sein, dass er vor seinen Feinden sicher sein wird, bis er in der Lage ist, aufzusteigen und weiterzureiten sein Weg.'"

„Mademoiselle", stammelte d'Estrailles , als er ihre kleine Hand an seine Lippen hob. „Ah, Mademoiselle, ich bin überwältigt von dieser Güte, dieser Großzügigkeit! Sicherlich ist es ein Engel im Gewand der schönsten Weiblichkeit, den die Gottesmutter gesandt hat, um mir aus einer so schwarzen Schlinge zu helfen!"

„Nein, Monsieur", rief sie leise und lächelte durch die Tränen, die ihre weichen Augen füllten, „das ist kein Engel, sondern nur eine arme bretonische Magd, die Gerechtigkeit und Tapferkeit liebt und die eine Lüge und einen falschen Feigling hasst. Aber , „Sie fügte mit einem halb koketten, halb zweifelnden Blick hinzu: „Monsieur bedankt sich zu früh; es kann sein, dass ihm seine Zuflucht weniger gefällt als sein Gefängnis, denn wenn Monsieur wirklich die Ängste vieler hat –" Sie hielt inne Sie lächelte immer noch, als sie ihn zögernd ansah. Doch als sein Lächeln ihres traf, verging die Unentschlossenheit in ihrem Verhalten. „Sehen Sie, Monsieur", sagte sie, „ich werde es erklären; aber lassen Sie uns nicht zögern, damit die Dunkelheit nicht zu früh hereinbricht. Dieser Zufluchtsort, zu dem ich Monsieur bringe, ist bestenfalls eine Ruine, eine Ruine dessen, was einst eine Kapelle war berühmt, sehr schön, aber seit vielen Jahren, ach! sehr vielen, wurde es nicht mehr besucht, außer von Fledermäusen und Eulen, aufgrund einer sehr bösen Legende, die erzählt, dass einer der Mönche eines Klosters hart daran beteiligt war Dort geschah eine sehr böse und schreckliche Tat, als Strafe dafür, da er der Gerechtigkeit der Menschen entgangen war, wurde er dazu verurteilt, für immer in geisterhafter Gestalt um die Kapelle herumzuwandern, wo er in seinen Tagen auf Erden als Diener des guten Gottes diente, und so weiter Schrecklich ist der Anblick des armen braunen Mönchs, den niemand in Sichtweite der Kapellenmauern passieren darf, nein, nicht einmal im hellen Tageslicht, aus Angst, einem so schrecklichen Gespenst zu begegnen; deshalb wird Monsieur in Sicherheit sein, wenn, wenn – "

Gespenst des Mönchs weniger als den Verrat deines Verwandten und das Seil deines Vaters", lächelte Henri d'Estrailles . „Nein, Mademoiselle, wie kann der Anblick eines so harmlosen Geistes Angst machen, wenn ich ein so süßes Amulett trage?"

„Ein Amulett?" fragte sie und sah ihm neugierig in die Augen.

„Ja", antwortete er sanft, „das Amulett, Mademoiselle, an die Hilfe einer tapferen Jungfrau und die zarte Erinnerung an süße Augen."

„Nein", sagte sie hastig und zog mit schüchterner Verlegenheit ihre Kapuze wieder über ihr Haar, um vielleicht ihr Erröten zu verbergen, „Monsieur muss bedenken, dass ich ihm nur helfe, weil – weil –"

„Ja – weil?" fragte er eifrig, als er sich bückte, um in das niedergeschlagene Gesicht zu schauen. "Weil?"

„Sehen Sie, Monsieur", sagte sie hastig und zeigte auf eine Öffnung im Weg, den sie gingen; „Da drüben ist der Ort. Maria, Mutter, beschütze uns!" und sie bekreuzigte sich schnell, während sie mit halb erschrockenen Blicken auf die schroffen Umrisse einer halb zerstörten Kapelle zeigte, die ganz am Rande des Waldes stand und nur durch einen dichten Baumgürtel vor einem weiten Stück Moorland geschützt war lagen, von ihrem Standpunkt aus kaum sichtbar, zu ihrer Linken. Hinter ihnen, im schnell dunkler werdenden Dickicht, erklangen die murmelnden Schreie der Waldbewohner; aber in dem offenen Raum rund um die Ruine leuchteten die flackernden Strahlen des abnehmenden Mondes klar. Wild und trostlos war der Ort, gespenstisch und unheimlich die Stunde, doch Henri d'Estrailles lächelte, als er sich von der Suche nach der gefundenen Zuflucht zu dem zitternden Mädchen an seiner Seite umwandte.

„Mademoiselle", sagte er, „was kann ich sagen, um Ihnen meine Dankbarkeit auszudrücken? Wie kann ich meine Hingabe an jemanden beweisen, der unter so großer Gefahr versucht hat, mich vor meinen Feinden zu retten? Wahrlich, ich glaube, ich kann sicher in einem solchen Schutzraum bleiben." ohne Angst vor allzu kühnen Eindringlingen; die bloße Gegenwart meines Herrn, des guten Priesters, meines Freundes, scheint einen so passenden Wohnort zu heimsuchen. Nein, ich scherze nicht, obwohl ich den Heiligen danke, habe ich nicht die Ängste, die sich als so stark erweisen ein Schutz vor meinen Feinden, denn wer könnte, wie ich noch einmal fordere, Angst vor einem solchen Amulett haben, wie du es mir gegeben hast?"

„Nein", flüsterte sie ängstlich, „sprechen Sie nicht leichtfertig, Monsieur, denn obwohl ich – ich habe wenig Angst, da die Heiligen immer die Unschuldigen in ihrer Obhut haben, sagt Pater Ambrose, ist es dennoch schlecht, um Mitternacht so zu sprechen." von den Geistern der Toten, seien sie gut oder krank, und, und", fuhr sie fort und versuchte, mutiger zu sprechen, „ich muss Ihnen Ihre Unterkunft noch zeigen, Monsieur." Während sie sprach, trat sie vor und warf einen Blick zurück, damit er ihm folgen konnte, mit einem Ausdruck in ihren blauen Augen, der durchaus in die Märtyrerzeit zurückgekehrt sein konnte, so mutig und doch so furchteinflößend sie war.

„Sehen Sie", flüsterte sie, während sie zur Ruine ging, „Yvon und ich haben das Geheimnis in den Tagen unserer Kindheit entdeckt, und kein anderer wusste es, glaube ich, denn Yvon, der vor nichts Angst hatte, ließ mich oft spielen." Hier mit ihm gegen meinen Willen, und so geschah es, dass wir eines Tages auf eine Kammer unter dem zerstörten Altar stießen. „Es ist nur ein enger, böser Ort, Monsieur, aber zumindest ein sicherer."

„Und das Pferd?" fragte d'Estrailles eifrig, denn jetzt schien ihm zum ersten Mal wirklich die Hoffnung einen Ausweg zu eröffnen.

„Nein", seufzte Gwennola , „das ist unsere größte Schwierigkeit; aber hinter der Kapelle dort drüben gibt es einen kleinen Schuppen, Monsieur, einen Schuppen, der zwar ebenso ruiniert ist wie die Kapelle, aber er wird als Unterschlupf dienen und sollte es auch tun." Wenn das arme Tier entdeckt wird, kann es gut sein, dass du in Sicherheit und Geborgenheit verborgen liegst.

Die unterirdische Kammer, früher vielleicht die Krypta der Kapelle, war, wie das Mädchen gesagt hatte, eine kleine und schlechte Unterkunft, aber ein Mann in Not hat es nicht nötig, sanft zu liegen, und Henri d'Estrailles war in seiner Not willkommener als er es könnte sich um eine Palastkammer gehandelt haben. Dennoch fiel es dem jungen Mann mit so vollem Herzen schwer, seine Dankbarkeit auszusprechen.

„Nein", lächelte Gwennola , ihr Mut kehrte zurück, als er ihre Hände in seinen hielt und sie dem Blick seiner dunklen Augen begegnete, „das ist ein kleiner Dank, den ich brauche, Monsieur, da ich es meinem Vater schuldig bin, ihn vor einem Verbrechen zu retten." wovon er wenig weiß; aber jetzt, Monsieur, muss ich Lebewohl sagen, möchte ich zurückkehren, bevor das Mondlicht aus dem Wald verblasst?" und sie machte eine lachende Grimasse der Besorgnis, als sie auf den düsteren Pfad zeigte. „Morgen schon", fügte sie hinzu, „wird Ihnen Essen gebracht, Monsieur, wenn nicht durch meine Hand, dann durch die eines treuen Dieners; bis dahin, fürchte ich, muss Ihr Essen sparsam sein, denn Marie könnte es." Bring mir nicht mehr als das", und mit einem entschuldigenden Lächeln legte sie einen kleinen Korb mit Brot und einer Flasche Wein, die sie unter ihrem Umhang getragen hatte, auf den Boden.

„Nein", rief d'Estrailles vehement, „Mademoiselle, ich kann nicht zulassen, dass Sie allein und unbeaufsichtigt durch diesen dunklen Wald zurückkehren. Es wäre eine Schande für meine Ritterschaft und meine Ehre, jemanden zuzulassen, der es bereits weit über meinen hinaus für mich gewagt hat." Wüsten, ein so schreckliches Risiko einzugehen.

„In der Tat", flehte sie, „ich habe keine Angst. Nein, Monsieur, ich befehle Ihnen, keinen Schritt weiterzugehen; schon werden Sie vor Schmerzen in Ihrer Wunde ohnmächtig, und es wäre auch unmöglich, dass Sie Ihre Schritte zurückverfolgen." zu diesem Ort. Adieu, Monsieur, ich werde das Schloss noch in zehn Minuten erreicht haben.

„Verzeihen Sie, Mademoiselle", antwortete er sanft, aber entschlossen und hielt ihre kleine Hand so fest in der seinen, dass sie ihm nicht entkommen konnte, „aber es kann nicht sein; so schwach ich auch bin und nur dürftigen Schutz, ich habe zumindest meinen Schwert; was die Suche nach meinem Weg angeht, habe ich zu oft in meinen eigenen Wäldern von d'Estrailles gejagt , um keiner Spur folgen zu können; im Übrigen werde ich Sie begleiten, Mademoiselle.

Die Kraft seines Willens überwältigte sie, doch ihre roten Lippen schmollten rebellisch unter ihrer Kapuze.

„Ich würde am liebsten alleine zurückkehren, Monsieur", wiederholte sie mit der Beharrlichkeit eines eigenwilligen Kindes. „Es ist nur eine kurze Entfernung, und es wird wahrscheinlich kaum etwas Schlimmes passieren."

„Umso kürzer, um zurückzukehren", antwortete er kühl. „Was das Schlechte angeht, so ist die Wahrscheinlichkeit, dass ich an Ihrer Seite bin, meiner Meinung nach geringer, Mademoiselle."

Sie gab widerwillig nach, obwohl sie trotz all ihrer Rebellion froh war, beherrscht zu werden, wie Frauen es immer sind, und so herrschte Stille zwischen ihnen, bis sie wieder ans Flussufer kamen.

„Und jetzt könnte es Ihnen vielleicht eine Freude sein, mich allein gehen zu lassen, Monsieur", rief sie und warf ihren hübschen Kopf zurück, als sie im Schatten der Bäume stehen blieben, „da der gute Job mich dort drüben erwartet." Brücke. Au revoir, also, Monsieur, obwohl ich denke, ich sollte besser Adieu sagen, denn ich fürchte, die Wahrscheinlichkeit ist gering, dass Sie Ihre Schritte in Sicherheit durch die schwarze Dunkelheit zurückverfolgen werden.

„Ich habe keine Angst, Mademoiselle", antwortete d'Estrailles und verneigte sich tief über ihrer Hand, „da ich sehe, dass das Licht Ihrer Augen einen Mann sicher führen würde, wie düster sein Weg auch sein mag. Nein", sagte er sanft und hielt immer noch ihre Hand in seinem: „Verzeihen Sie mir, Mademoiselle, wenn ich der Dankbarkeit eines überfüllten Herzens eine allzu freie Rede erlaube oder dass ich der Verlobten eines anderen von dem spreche, was für alle Zeiten das Geheimnis meines Herzens bleiben sollte."

„Nein", sagte sie, „Monsieur hat bereits zu viel von Dankbarkeit für einen Dienst gesprochen, der letzten Endes nur eine Pflicht war; allerdings", fügte sie leise hinzu, als sie ihre Hand zurückzog, „was die Verlobung mit Monsieur de Coray anbelangt , darüber darf nicht mehr gesprochen werden; ein de Mereac verkehrt nicht mit einem Mörder, Monsieur, und am allerwenigsten mit dem Mörder eines Bruders; ich glaube eher, dass die Klostermauern Schutz für jemanden bieten werden, dessen Leben dazu bestimmt zu sein scheint, darin verhüllt zu werden viel Kummer."

„Nein", sagte d'Estrailles , immer noch ihre Hand zurückhaltend, „schönste Dame, sprechen Sie nicht von Klostermauern; in diesen zarten Augen wohnt zu viel Sonnenschein, als dass er im düsteren Grab eines Klosterlebens ausgelöscht werden könnte. Glauben Sie mir, Probleme gibt es." sondern wie vorüberziehende Wolken, die nur kommen, um die Sonne noch fröhlicher zu machen, wenn sie wieder scheint, und ich denke, dass ganz sicher hinter den Wolken der Sonnenschein der wahren Liebe auf jemanden wartet, der so gnädig und schön ist; glücklicher Ritter ist der, der ihn inspirieren wird: nein, Könnte ich auch nur für einen Moment davon träumen, dass mir ein solches Schicksal bevorsteht, dann wäre es wahrlich die Öffnung der Tore des Paradieses."

„Nein, Monsieur", lachte sie leise, ein schelmisches Grübchen vertiefte sich in ihrer Wange, obwohl ihre Augen zärtlich wurden, als sie halb schüchtern in seine blickten. „Die Tore eines solchen Paradieses stehen den Tapferen und Tapferen stets offen." Und bevor er antworten konnte, hatte sie ihre Hand weggezogen und war verschwunden. Wie ein dunkler Schatten huschte sie aus dem Schatten des Waldes und über die kleine Brücke, die durch den Obstgarten zur äußeren Hinterseite des Schlosses führte, wo Hiob noch immer hineinschaute vage Faszination gegenüber dem sich verdunkelnden Himmel mit wachsamen Ohren und einem ängstlichen Herzen.

KAPITEL VI

Wieder spazierte Mademoiselle de Mereac am frühen Morgen mit ihrer Jungfrau an ihrer Seite durch die Schlossgärten. Es war dasselbe Stundenbuch, über das ihr Kopf scheinbar hingebungsvoll gebeugt war, während eine Hand lustlos über dem schwarzen Rosenkranz verweilte, den sie trug; aber die Andachten waren leider! Aber scheinbar vermittelten die Worte und Lichter, die vor ihren Augen tanzten, dem Geist des Lesers nicht die geringste Intelligenz.

Wie seltsam es war, dass sie erst gestern genau diesen Weg auf und ab gegangen war, dieselben Worte gelesen, dieselben Blumen gesehen, dieselbe Luft geatmet hatte und doch zwischen diesem Tag und diesem ein ganzes Leben zu gähnen schien!

„Ah, Marie", seufzte das Mädchen, als sie endlich die unmögliche Aufgabe aufgab, ihr Buch zuklappte und sich auf die Grasnarbe warf, die zum Fluss hin abfiel, „ich kann heute weder lesen noch beten, außer die gleichen Worte zu sagen, die mir wie Wagenräder durch den Kopf gehen und von denen ich fürchte, dass sie den armen Pater Ambrosius schockieren werden, wenn ich sie bekenne. Aber komm, lass uns reden! – singen! – lachen! – etwas tun! Denn wenn du sitzt mit einem so ernsten Gesicht, dass ich denken werde – nein, ich weiß nicht, was ich denken werde", und nachdem sie ihre Hände gelöst hatte, begann Gwennola neben ihr die rosafarbenen Gänseblümchen aus dem Gras zu pflücken und sie mit fieberhaften Fingern zu einem fantastischen Kranz zu binden.

Marie Alloadec musterte ihre Herrin mit ernsten, neugierigen Augen. Da ihr Temperament weniger erregbar und ungestüm war, suchte ihr langsamerer Verstand vergeblich nach einem Hinweis auf diese exzentrische und eigensinnige Stimmung. Über das nächtliche Abenteuer ihrer Herrin hatte sie keine Frage gewagt, obwohl sie seit Hiobs geflüsterten Andeutungen über den Schatten, der im Mondlicht an ihm vorbeigehuscht war, von Neugier gefesselt war. Aber ausnahmsweise war Gwennola zurückhaltend und ließ die ängstlichen Regungen ihres Geistes nur durch ihre wechselnden und unsicheren Stimmungen erkennen: mal in Melancholie versunken, mal in wilde Heiterkeit ausbrechend, die ihre biedere Dienerin überraschte, wenn nicht sogar schockierte.

"Sehen!" rief Gwennola und hielt bewundernd ihre Kette hoch. „Ist das nicht ganz bezaubernd? Ich muss noch eins machen. Sammle mir noch ein paar Blümchen, du müßiges Mädchen, denn deine Zunge scheint an diesem fröhlichen Morgen etwas gebunden zu sein."

„Nein", seufzte Marie traurig, „ich dachte, meine Herrin, eher an das Schicksal des armen Ritters in jenem Turmzimmer als an den Sonnenschein."

„Und warum solltest du an ihn denken?" lachte Gwennola neckend, während sie sich nach vorne beugte, entweder um ein Gänseblümchen mit einer stärkeren Farbe zu sammeln, das ihre Fantasie erregte, oder um eine plötzliche Welle von Farbe zu verbergen, die ihre Wangen errötete . „Pfui, Marie! Hast du nicht gehört , dass er obendrein ein übler Verräter und Mörder ist?"

Marie starrte sie an, aber bevor sie den Mund für eine Antwort öffnen konnte, warnte ein Schatten, der durch das Gras zwischen ihnen fiel, sie vor dem Grund für die hohen, tugendhaften Worte ihrer Herrin.

„Ah, meine Cousine, einen schönen Morgen für dich", rief Mademoiselle de Mereac , als sie leichtfüßig aufsprang, um dem Neuankömmling entgegenzutreten. „Was! Noch eine düstere Stirn? Es ist sicher, dass Sie und Marie beide gestern Nacht auf dem Unkraut des Umherirrens gelaufen sein müssen und in jenem Wald weitere unwillkommene Visionen gesehen haben."

De Corays Gesicht wurde bei ihren spöttischen Worten noch mürrischer als zuvor, während er von einem zum anderen blickte.

„Sie scherzen nicht, Mademoiselle", sagte er streng, „angesichts dessen, was passiert ist."

„Zufällig?" wiederholte sie unschuldig und unterbrach seine Rede mit einem fröhlichen kleinen Lachen. „Nein, Mann ami , meines Wissens ist heute Morgen nichts passiert, außer dass ich diesen Blumenkranz gemacht habe, um das Haupt der Weisheit, Gerechtigkeit und Barmherzigkeit zu krönen." Und sie tat so, als hätte sie ihm den Gänseblümchenkranz geworfen.

„Ein Waffenstillstand für so eine Torheit", knurrte er. „ Du weißt ja , Mädchen, was in meinem Kopf vorgeht, und bemühe dich daher, das Wissen hinter der Maske der Torheit zu verbergen."

„Nein", schrie sie erneut und ihre blauen Augen blitzten ihn an, obwohl sie immer noch lächelte. „Wahrlich, ich habe meine Ehrfurcht vor einer so berühmten Persönlichkeit vergessen. Marie, mein Kind, dein bester Knicks vor Monsieur, dem obersten Henker und Henker von Mereac ." Und sie machte eine tiefe und spöttische Ehrerbietung, während ihr Blick immer noch auf sein Gesicht gerichtet war.

„Ja", erwiderte er und blickte sie dieses Mal unverhohlen finster an. „Aber besser der Henker eines üblen Verräters und Mörders als ein —"

Sie überprüfte ihn mit einer gebieterischen Geste.

„Seien Sie vorsichtig, Monsieur", sagte sie mit leiser Stimme, die dennoch vor Wut zitterte, als sie die Beleidigung in seinen Augen las. „Passen Sie auf, dass ich meinem Vater nicht Ihre Worte erzähle, und zwar nicht nur die Worte, Monsieur, sondern auch die Taten, die in diesem dunklen Wald in St. Aubin du Cormier begangen wurden."

Er lachte laut, obwohl in seinen Augen ein hässlicher Ausdruck lag.

„Dann ist Ihre Gelegenheit bereits gekommen, Mademoiselle", antwortete er höhnisch, „denn Ihr Vater hat mich gebeten, Sie zu sich zu rufen."

Wieder machte sie einen Knicks, aber dieses Mal mit stattlicherer Anmut, als sie sich umdrehte und allein auf das Schloss zuging, ohne auf seinen ausgestreckten Arm zu achten. Ihr Gesicht war blasser geworden, aber ihre blauen Augen leuchteten und waren unerschrocken, als ihr Geist sich der Prüfung, die vor ihr lag, erhob; Vielleicht war es gestählt, als sie wehmütig zum Wald blickte und noch einmal in ihrer Fantasie unter der Eiche stand und mit schnell schlagendem Herzen in die dunklen Augen blickte, die ihre Geschichte weitaus beredter erzählten als die zögernden Worte ihres Besitzers.

Der Sieur de Mereac stand aufrecht mitten in der großen Halle, seine große Gestalt ragte dort auf wie eine riesige Gestalt aus alten Zeiten, während er einen Adlerblick über die kleine Gruppe von Gefolgsleuten warf, die verängstigt und panisch im Hintergrund standen. und den er mit einer gebieterischen Geste beiseite winkte, als seine Tochter, so aufrecht wie er selbst, mit erhobenem Gesicht, blass, aber stolz, langsam auf ihn zukam und leise einen Knicks machte, während sie vor ihm stand, ohne jedoch den Versuch zu machen, ihn zu umarmen oder anzulächeln. wie sie es jemals zuvor getan hatte.

Unbewusst seufzte der alte Mann, als sein strenger Blick ihren traf. War das seine kleine Gwennola ? – das Kind mit den rötlichen Locken und den lachenden Augen, das vor so kurzer Zeit auf sein Knie kletterte und, ihren leuchtenden Kopf an seine Brust legend, mit der ganzen Kühnheit eines verwöhnten Kindes um eins flehte Geschichte seiner Kämpfe mit den grausamen Franzosen.

Ach! das Kind war weg. Im ersten Moment erkannte er es, und an ihrer Stelle stand diese blasse, trotzige Frau, die ihn, wie er sich bitter sagte, so grausam betrogen hatte.

Vielleicht war es die Erinnerung an das blauäugige Kind, das ihm entgegenlief, Hand in Hand mit diesem großen, gutaussehenden Jungen, seinem verlorenen Yvon, der sein stolzes, leidenschaftliches Herz gegen sie stählte; oder vielleicht lag es auch daran, dass er in ihren klaren Augen den Widerschein seines eigenen unbeugsamen Willens und seines unerschrockenen Mutes las. Ihm erschien es angemessener, dass sich die Frau demütig und unterwürfig seinem souveränen Willen beugen sollte, ohne zu träumen, dass dieses schlanke Mädchen von der Wiege an ihn stattdessen ihrem Willen unterworfen hatte, bis die beiden herrischen Gemüter zufällig so schrecklich aufeinanderprallten ein Feld.

„Kind", sagte der alte Mann mit heiserer Stimme, „was hast du getan? Das hast du – meine Tochter – gewagt? Nein", rief er, und seine Stimme brach in einem fast mitleiderregenden Flehensschrei, „' Es ist unmöglich, dass du so verräterisch gehandelt hast, meine Gwennola , meine kleine Gwennola ! Sag es mir dann, Kind, und ich werde deinem Wort glauben, auch wenn alle Engel im Himmel und die Teufel in der Hölle gegen dich aussagen – sag mir das Du hast dies nicht getan; dass dir die Flucht dieses dreimal verfluchten Mörders deines Bruders nicht bekannt ist; dass du nichts mit einer so bösen Tat zu tun hattest."

„Vater", rief das Mädchen und faltete die Hände, während ihre blauen Augen sich mit Tränen füllten, als sie den schmerzlichen Flehen in seiner Stimme hörte. „Mein Vater, höre mir zu. Wahrlich, ich hatte nichts mit der Flucht des Mörders meines Bruders zu tun, da er hier steht , und doch werde ich nicht leugnen, dass ich, und ich allein, zur Flucht eines Adligen und Tapferen beigetragen habe." Ritter, dessen Leben der üblen Verleumdung seiner Feinde durchaus zum Opfer gefallen wäre.

Während sie sprach , wäre sie näher an die Seite ihres Vaters getreten und hätte die zitternde Hand genommen, die mit dem Gürtel seines langen Gewandes spielte, wenn er sie nicht mit einer heftigen Geste zurückgewiesen hätte, halb Verzweiflung, halb Abscheu.

„Ein edler Ritter!" er weinte wütend. „Ein edler Ritter in der Tat, der nicht nur die Ehre meiner Tochter, sondern auch seines gerechten Anklägers trübt, denn ich kann die Lügen erraten, mit denen die Zunge seiner Viper deine törichten Ohren gefüllt hat. Nein, Mädchen, sprich nicht mehr, sondern geh lieber." aus meiner Gegenwart, bevor meine Hand das Kind niederschlägt, das sich so tief gebeugt hat, um den Mörder seines einzigen Bruders und einen lügnerischen Verräter zu retten."

„Nein, Monsieur", murmelte de Coray sanft, als er vortrat, „sicherlich würden Sie eine so ernste Angelegenheit nicht so hinter sich lassen, so schmerzhaft es für Ihr edles Herz auch sein muss, eine so düstere Geschichte zu enthüllen; aber es kann sein." Er fügte leise hinzu und warf einen Blick auf die gebeugte Gestalt des jungen Mädchens: „Der gerechte Zorn eines gerechten Elternteils hat Reue in das Herz einer Tochter gebracht; vielleicht werden ihr die Augen für etwas geöffnet, was vielleicht nur der törichte Impuls eines großzügigen Herzens gewesen sein könnte, und." Jetzt, da sie ihre Tat im wahren Licht sieht , kann sie uns vielleicht bei unserer Suche nach dem Verräter unterstützen."

Bei den Worten, durch deren seidige Weichheit es für ein scharfes Ohr leicht war , den Ton bitteren Spottes zu erkennen, warf Gwennola mit einer Geste wütenden Stolzes den Kopf zurück; Ihre Wangen waren gerötet und ihre blauen Augen funkelten vor empörter Wut.

„Lügner und Verräter!" Sie schrie bitterlich: „Viper, Monsieur, das sind Sie, die auf diese Weise versuchen, den Ruhm eines edlen Ritters zu vergiften, weil er, wahrlich!, zufällig Zeuge der üblen Tat geworden ist, die Sie ihm vorwerfen; aber seien Sie gewarnt, Monsieur, die Sünde beflügelt sie." Heimweg zu dem Herzen, das es hervorgebracht hat, und die Hand, die das Leben deines Verwandten begehrte, und die Zunge, die danach strebte, den Namen seiner Schwester zu beflecken, werden unheilvoll zugrunde gehen."

„Frieden, Frau!" knurrte de Coray wütend, obwohl sein Gesicht blass wurde, als ihre Worte im Rhythmus eines Fluches erklangen; dann wandte er sich mit einem Schulterzucken an de Mereac : „Monsieur, mein Onkel sieht es", sagte er, seine Stimme zitterte vor unterdrückter Wut; „Wahrlich, es scheint, als hätte dieser Franzose die arme Dame verhext; vielleicht würde eine kleine Einzelhaft sie am besten dazu bringen, den Irrtum ihres Verhaltens zu erkennen, während wir, Monsieur, danach streben, das, was im schlimmsten Fall den Wahnsinn eines törichten Mädchens bedeuten könnte, ungeschehen zu machen aus einer Laune heraus, indem er dort im Wald nach dem Mörder suchte, der zweifellos kaum weit reiten konnte, wenn es stimmte, dass seine Wunde so wund war.

„Geh in deine Kammer, Mädchen!" befahl de Mereac seiner Tochter streng: „Und suche im Gebet Buße für deine Eigensinnigkeit und Sünde. Wenn dein Herz immer noch verstockt bleibt , kann es sein, dass eine Klosterzelle errichtet wird, um es zu heilen."

„Nein", unterbrach de Coray lächelnd; „Ich glaube, es wäre klüger, Mann Onkel , um mir die süße Aufgabe zu geben. Wenn ich das Glück habe, Mademoiselle meine Frau zu nennen, seien Sie versichert, dass ich sorgfältig darauf achten werde, ihr beizubringen, wie viel Torheit in solchen Taten steckt, die auf einem so schönen Ruhm auch nur den Schatten eines Vorwurfs hinterlassen."

Er erwartete zweifellos einen Anflug von Zorn oder Verachtung von dem Mädchen neben ihm; aber dieses Mal täuschte er sich. Gwennola war weiß bis an die Lippen, als sie vor ihrem Vater stumm einen Knicks machte, und ohne auch nur einen Blick auf de Coray zu werfen, ging sie mit erhobenem Kopf und stolzen Schritten den langen Flur hinunter und die schmale Wendeltreppe hinauf, die zu ihrer eigenen Wohnung führte. Aber Kälte und Stolz verschwanden, als sie sich unter Tränen in Maries Arme warf.

„Wäre ich tot ", schluchzte sie leidenschaftlich. „Oh, Marie, Marie, mein Vater warf so grausame Worte gegen mich, und er verachtete mich, Marie – mich, seine kleine Gwennola , bis ich glaubte, mir würde das Herz brechen; und oh! die Bitterkeit davon, als dieser üble Verräter, Mein Verwandter stand daneben und schüttete seine giftigen Lügen in die offenen Ohren meines Vaters; und er glaubte ihm, Marie. Ach! Was für eine Schande, er glaubte ihm, anstatt auf die schöne Ehre seiner Tochter zu vertrauen . "

„Ah, Mademoiselle", rief Marie, deren rosiges Gesicht ebenfalls blass vor Angst war und deren Augenlider von den Tränen des Mitgefühls geschwollen waren, die sie bereits für ihre junge Herrin vergossen hatte, „welch schreckliches Unglück ist hier! Aber, Mademoiselle, ' Das ist, das versichere ich mir, zum großen Teil das Werk dieses bösen Kobolds, Pierre, des Narren, denn Hiob hat mir erzählt, was passiert ist, als wir dort draußen waren und Gänseblümchen pflückten und kaum von dem Übel träumten, das uns erwartete."

„Pierre der Narr?" wiederholte Gwennola , trocknete ihre Tränen und sah ihre Dienerin überrascht an. „Nein, was hat der freche Kerl zu tun, wenn er solch eine Gurke brauen will?"

„Er liebt Monsieur de Coray sehr", sagte Marie und nickte weise mit dem Kopf, „und mag Sie ebenso wenig, süße Dame, wie er etwas Gutes und Wahres und seiner eigenen krummen Person und Seele unähnlich ist; und so." Es war der Zufall, dass er letzte Nacht, anstatt neben Reine und Gloire zu schlafen, wie es jeder wohlgeordnete christliche Narr hätte tun sollen, herumstocherte und herumschnüffelte in dem, was ihn nicht beschäftigte, und leise in der Dunkelheit die Stufen der Kapelle hinunterschlich, denn wahrlich !, meinte er, Stimmen zu hören, stößt er so plötzlich auf Pater Ambrosius – der aus einem Grund, den nur die Heiligen wussten, dort in der Nähe der Kapellentür wartete –, dass der arme Priester vor Schreck rücklings die beiden verbliebenen Stufen hinunterfiel , und platzte so mit dem Kopf, dass er seitdem bewusstlos daliegt und nicht in Frage gestellt werden kann, was vielleicht gut für ihn ist, da es sein kann, dass der Zorn meines Herrn gegen ihn Zeit haben wird, sich abzukühlen, da er ihn verdächtigt, auch Ihnen zu helfen , liebe Dame, als er sieht, dass der schelmische Pierre, der sich nicht damit zufrieden gibt, den guten Vater beinahe zu töten, in die Kapelle geht , wo er, da er nichts findet, was die Stimmen erklären könnte, weiter herumschnüffelt , bis es scheint , als hätte er Ihr Kopftuch aufgehoben Ganz in der Nähe des Altars trägt er dies mit seiner Lügengeschichte im

Morgengrauen zu seinem Herrn, woraufhin Monsieur de Coray Ihnen seine Anschuldigungen wegen der Flucht des französischen Monsieurs vorlegt.

„Nein", sagte Gwennola leise. „Das wäre eine Geschichte, die ich unbedingt erzählt hätte, wenn es nicht darum gegangen wäre, den armen Pater Ambrose zu retten, von dessen trauriger Notlage ich mit Trauer höre. Gern wäre ich an seiner Seite, Marie, aber selbst das ist mir hier verboten." muss ich als Gefangener abwarten, während, leider! leider! es sein kann, dass sie sogar jetzt das Versteck von – von – entdecken" Sie hielt sich zurück und begegnete Maries neugierigen Augen. „Nein, Mädchen", sagte sie scharf, „höre nicht auf meine törichten Worte; und doch, oh Marie, Marie! Mein Herz bricht vor Ängsten und Kummer. War jemals ein Mädchen so unglücklich wie deine arme Herrin?"

„Nein, liebe Dame", sagte das Mädchen liebevoll und legte sanft ihre Hand auf die ihrer Herrin. „Mut! Es kann doch sein, dass alles gut wird. Sehen Sie, wir werden zu unserer Heiligen Frau beten, deren Schutz und Hilfe den Verfolgten und Unschuldigen mit Sicherheit gewährt wird."

Aber in ihrer Not und Aufregung erwies sich selbst das Gebet als schwacher Trost für den ungeduldigen Geist des unglücklichen Mädchens. Sie ging hin und her mit der ganzen ruhelosen Qual eines frisch eingesperrten, wilden Tieres, bald weinte sie, bald rief sie zu Marie um Hilfe, allerdings in etwas, was sie weder sagte noch zu wissen schien. Aber bald ließ der Anfall ihrer Leidenschaft nach, und nachdem sie lange Zeit vor der geschnitzten Figur ihrer Schutzpatronin gekniet hatte, erhob sie sich und lächelte ruhiger in Maries besorgtes Gesicht.

„Ich war verstört", sagte sie einfach, „ich denke sowohl mit großer Müdigkeit als auch mit Kummer. Jetzt geh, Marie, lass mich im Schlaf zur Ruhe kommen; letzte Nacht habe ich wenig geschlafen und meine Augen sind schwer, weil sie den Schlaf brauchen. Dann geh." , Kleines, und sammle für mich, welche Neuigkeiten du über die Rückkehr meines Vaters erfahren kannst; ich weiß nicht, dass es eine fruchtlose Suche sein wird, auf der sie reiten, da die Heiligen den, den ich liebe, in ihrer Obhut haben.

Ihre Pflegeschwester wiederholte ihre letzten Worte mit großen, verwunderten Augen, in denen sich auch Bestürzung mischte.

Gwennola lächelte, und obwohl ihre Farbe zunahm, antwortete sie leise:

„Nein, Marie, du bist zu kühn, Mädchen, und doch, ach! Es gibt niemanden, dem ich es gestehen könnte, und bei der Liebe, die wir einander entgegenbringen, meine Marie, nun, ich weiß, dass mein Geheimnis bei dir sicher ist „Ja", fügte sie leise hinzu, während ein frohes Leuchten in ihre müden Augen schlich; „Ja, es ist wahr, meine Marie, ich liebe ihn, diesen edlen Franzosen, der ein wahrer und edler Ritter ist, weder Verräter noch Mörder, sondern mein treuer Diener und Liebhaber."

„Aber", stammelte Marie, die in ihrem bloßen Erstaunen nichts vergaß, „er ist ein Franzose, Mademoiselle!

„Tush, kleiner Dummkopf!" antwortete ihre Herrin streng. „Du beschwörst etwas, von dem du nichts weißt . In der Tat", fügte sie mit einem Hauch von Wissen hinzu, der auf ihrem kindlichen Kopf saß, „könnte die Liebe einer bretonischen Magd zu einem französischen Ritter durchaus so sein, wie die Leute sagen, dass unsere Herzogin es selbst tun würde . " Ich hätte ihr Herz gern dem Prinzen von Orleans geschenkt, wenn er nicht bereits verheiratet gewesen wäre.

„Nein", murmelte Marie beschämt, aber beharrlich, „aber Madame die Herzogin ist die Braut des edlen Königs der Römer."

„Das heißt nicht, dass sie ihn liebt", erwiderte Gwennola weise; „In der Tat, arme Herzogin! Wie kann sie das, da sie ihn nie gesehen hat? Und schlecht ist es, ohne Liebe zu heiraten, eine Magdkönigin oder ein Bauernmädchen zu sein; und wahrlich, ich werde nichts davon zu solchen Bedingungen haben, obwohl mein Vater es befiehlt." Ich habe die Wahl, den Schleier zu nehmen. Ah, Marie!" rief sie und streckte ihre Hände nach dem zögernden Mädchen aus, „du wirst mir doch helfen, nicht wahr? Denn ich liebe ihn, diesen armen, verfolgten Ritter, obwohl er ein Franzose ist – ja, und ich werde ihn und keinen anderen für alle Zeiten lieben." : und die Liebe ist süß, meine Marie, obwohl du vielleicht noch nicht von ihrer Süße gekostet hast; aber wenn sie kommt –"

„Nein", erwiderte Marie und warf den Kopf zurück, „ich habe für jeden Mann wenig Liebe, außer für meinen Vater und meinen Bruder Hiob, denn nun, ich weiß, wie meine Mutter mir oft gesagt hat, dass sie bestenfalls arme Geschöpfe sind. und die Tränen und Schmerzen, die sie uns törichten Frauen auferlegen, kaum wert. Und doch, süße Herrin", fügte sie hinzu und legte liebevoll ihre Hand auf Gwennolas Hand, „ich würde *dir* mit meinem Leben helfen , ja, obwohl mein Herr mich wahrlich dazu bringt Folter dafür."

„Nein", murmelte Gwennola und wurde blass, „das würde mein Vater niemals tun, wie du weißt , du Narr."

„Was das betrifft", antwortete Marie und zuckte mit den dicken Schultern, „ich weiß wenig darüber, denn mein Herr ist ein schrecklicher Mann in Leidenschaft, und wegen der Folter – hat mein Herr von Quimperel das nicht zu Tode gebracht ? " von den Mädchen seiner Frau, die sich weigerten, die Geheimnisse ihrer Herrin zu gestehen?"

„Nein", seufzte Gwennola schaudernd, „mein Lord von Quimperel ist
ein Mann mit blutrünstigen Launen und schlechtem Ruf, der es immer liebt,
Schmerzen zuzufügen; aber mein Vater, so sehr er sich auch zu seiner kleinen
Gwennola verändert hat , durch die vergiftete Zunge der Lügen." Er würde
seine Ehre niemals so vergessen .

„Wie dem auch sei, süße Herrin", antwortete Mane lächelnd, „ich
gehöre dir, um deinen Willen bis zum Tod zu tun; dann befiehl mir, und ich
werde freudig gehorchen!"

„Das muss ich mir vorstellen", murmelte Gwennola und drückte ihre
Hand an ihre Stirn, „denn ja, ich kann mir vorstellen, dass zumindest mein
Verwandter seinem wachsamen Auge keine unbewachte Fluchttür entgehen
lässt. Dennoch glaube ich, dass wir sogar ihn überlisten könnten." meine
Marie, mit Vorsicht und Wagemut, wenn die Suche meines Vaters heute
erfolglos bleibt.

„Dann liegt Monsieur da drüben?" fragte Marie, die nun, da ihre
Skrupel und ihre Überraschung überwunden waren, begierig war, bei dieser
unerwarteten Romanze mitzuhelfen.

"Stille!" flüsterte ihre Herrin mit erhobenem Finger. „Besser wäre es ,
über solche Dinge nicht zu sprechen, da selbst Wände Ohren haben; aber
hallo, Marie, unten und schau, welche Neuigkeiten du mir über den Stand
der Dinge bringen kannst."

Das waren Tage, in denen die Romantik der Liebe tatsächlich im
Herzen jeder Frau vorherrschte, von der Dame, die von ihrem Fenster aus
auf ihren vorbeireitenden Ritter herablächelte, der ihre Gunst in seinem
Helm trug, bis zu der Dienerin, die zusah, wie sie sich von ihr verabschiedete
Mit einer Träne im Auge und einem erstickten Stolz im Hals ging sie in den
Krieg, als sie sein galantes Auftreten und das Bündel leuchtender Bänder sah,
die sie selbst an seine Brust gesteckt hatte. Und jetzt allein in ihrem Zimmer
träumte Gwennola zärtlich von der Romantik, die so schnell und unerwartet
in die graue Düsternis ihres jungen Lebens getragen worden war und sie mit
all dem rosigen Morgen der Liebe und Schönheit überflutet hatte . Während
ihr Herz vor Freude pochte, sagte sie sich, dass sie ihn von dem Moment an
geliebt hatte, als sie ihn bewusstlos im Wald liegen sah. Und was für ein
Wunder, wenn man bedenkt, wie leer ihr Herz zuvor von solchen Träumen
gewesen war ? – und doch wie hungrig nach ihnen, mit dem Hunger nach
der Romantik, die siebzehn Sommern in jedem Jahrhundert am Herzen liegt!
Und sie hatte ihn gefunden, ihren Ritter, edel, gutaussehend, umgeben vom
Glanz seltsamer und aufregender Umstände, ritterlich und hingebungsvoll.
Ah! Könnte es nicht sein, dass eine üble Lüge und ein Hanfstrick der Schande
ein so süßes Idyll grob beenden sollten? Ihr Herz schien bis zum Ersticken

zu schlagen, als sie gegen den Gedanken kämpfte und mit besorgten Ohren auf die Rückkehr von Marie lauschte.

Wie lange und doch viel zu kurz schien es, bis sie das rasche Geräusch zurückkehrender Schritte hörte! War es möglich, dass schon jetzt die Nachricht kam, dass alles vorbei war und dass die List blutig über Unschuld und Wahrheit gesiegt hatte?

„Mutter der Hilfe", stöhnte sie und sank noch einmal vor dem kleinen Schrein auf die Knie – „Mutter der Hilfe, rette ihn!"

„Nein, Dame", flüsterte Maries Stimme hinter ihr. „Seien Sie unbesorgt, ich habe nur Neuigkeiten, die es zu hören lohnt, obwohl ich fürchte, dass Mylord und Monsieur de Coray in keiner guten Stimmung von ihrer vergeblichen Suche zurückgekehrt sind und die Resignation vor dem Scheitern auf beiden Seiten nicht gelassen zu spüren ist Ich hatte ein Gespräch mit Jobik , dem armen Narren! Der, so scheint es, hätte diesen armen französischen Monsieur am liebsten dafür verflucht, dass er seinen jungen Herrn getötet hat, und vielleicht hätte er böse Worte über dich gesagt, wenn ich ihn nicht für ein Mondgesicht gehänselt hätte Dummkopf und sagte ihm die ganze Wahrheit.

„Mutter der Barmherzigkeit, ich danke dir!" rief Gwennola leise und senkte dankbar den Kopf. Dann hob sie ein strahlendes Gesicht zu Marie und sagte: „Jetzt", rief sie leise, „ist die Zeit für tapfere Herzen und weise Köpfe gekommen, meine Marie, denn wir müssen endlich eine Möglichkeit finden, Monsieur sowohl Essen als auch Trinken zu bringen." Hunger war kaum besser als das Seil, wenn auch vielleicht ehrenhafter .

„Nein, Mademoiselle", sagte Marie ernst; „Sie müssen diese Arbeit Jobik oder mir überlassen . Sagen Sie mir nur, wo der edle Ritter liegt, und ich garantiere mir, dass er nicht verhungern wird."

Aber Gwennola schüttelte den Kopf, lachte und errötete, als sie antwortete:

„Nein, Marie, seien Sie nicht zu bereit mit Ihren Angeboten, denn leider! Was würde der arme Hiob sagen?" – sie senkte ihre Stimme zu einem Flüstern – „habe ich ihn gebeten, bei Mondschein zur Kapelle des Braunen Mönchs zu gehen?"

„Barmherzige Heilige!" keuchte Marie und wurde blass, als sie sich bekreuzigte. „Nein, Dame, Sie scherzen nur; es ist nicht möglich, dass ein edler Ritter eine so schreckliche Ruhestätte finden könnte?"

„Ich sage nichts", lächelte Gwennola , „denn kleine Neugierige, es ist besser für dich, nicht zu weise zu sein; aber wahrlich, es ist wahr, dass ich

diese Nacht allein in den Wald muss, um Essen und Wein mitzunehmen."
dieser tapfere Ritter.

Marie zögerte; Der Gedanke daran, dass ihre junge Herrin allein in den dunklen und einsamen Wald gehen würde, war schrecklich, aber so ehrlich und unerschütterlich die Hingabe des Mädchens auch war, sie hätte sich hundertfach lieber dem Tod selbst gestellt als dem grimmigen Gespenst der verwunschenen Kapelle .

„Ich flehe dich an, süße Herrin", murmelte sie unter steigenden Tränen – „nein, ich flehe dich an – es ist nicht möglich, dass du, Mademoiselle de Mereac , um Mitternacht allein durch deinen Wald gehst, um – des willen." um——"

„Einer, den ich liebe", flüsterte Gwennola halb schüchtern, halb trotzig. „Nein, Mädchen, tadele mich nicht; der Name Gwennola de Mereac wird nichts von seiner Ehre verlieren , wenn er so gewagt ist; und für grausame Zungen, siehe, meine Marie, wird es keine geben. Pfui, Kind! Du weißt es nicht." Doch oder hast du vergebens auf Minnesänger gehört, dass die Liebe keine Angst hat, solange sie in Reinheit und Tugend herrscht ? – und deshalb soll solche Liebe mein Amulett sein, kämpfte der Braune Mönch selbst gegen mich."

Wieder bekreuzigte sich Marie mit blassen Wangen und ängstlichen Augen, doch der Blick ihrer Herrin brachte sie mehr zum Schweigen als ihre Worte, denn an der Pressung dieser kleinen, rosigen Lippen und dem Funkeln in diesen hellen Augen wusste sie genau, dass es keinen Widerstand gab der stolze junge Wille.

„ Und das sei Liebe", murmelte die Magd, als sie sich abwandte, „möge die heilige Katharina mich vor solchen Zaubersprüchen beschützen! Denn wahrlich, meine Dame ist verzweifelt, wenn sie von einem so verrückten Unternehmen träumt. Die Heiligen bewahren uns vor dem Zorn." meines Herrn, sollte ein böser Zufall es offenbaren!"

Kapitel VII

Sanft schlich sich das Mondlicht durch die ineinander verschlungenen Zweige der Bäume, wie weiß gekleidete Feen, die auf die Erde kommen, um die schlafenden Blumen zu küssen, damit sie für die morgige Sonne in frischer Schönheit erscheinen. Dunkel aus dem silbernen Glanz hoben sich die schroffen, mit Efeu bewachsenen Mauern der Waldkapelle ab. Es war ein Ort, der auch für die jüngsten und zärtlichsten Liebenden romantisch genug war, und doch nicht ohne den Nervenkitzel jener Düsternis und Vorahnung, die das Land der Bretagne zu heimsuchen scheint, wo solch strenge Schatten unauflöslich mit den wilden Schönheiten der Poesie und Romantik vermischt zu sein scheinen.

Aber zumindest für den Moment waren die Schatten in die Dunkelheit des umgebenden Waldes geflohen, und die Romantik herrschte klar und schön wie die Königin des Himmels, die ihre silbernen Strahlen so sanft auf die beiden Liebenden herabwarf, die dort zwischen den Ruinen des Aberglaubens saßen hatte sich mit solchem Schrecken und Ehrfurcht bekleidet.

Es war die dritte Nacht, in der es Gwennola gelungen war, aus dem Schloss ihres Vaters zu fliehen und zwei treue Herzen zurückzulassen, die bis zu ihrer Rückkehr in ängstlicher Angst um ihre Sicherheit schlugen. So wenig träumte jemand von einem solchen Unterfangen, dass die Aufgabe weniger schwierig gewesen war, als sie angenommen hatte, und so hatte Hiob Nacht für Nacht mit düsterer Angst zugesehen, wie die dunkle Gestalt mit der Kapuze an ihm vorbeischlüpfte und wie ein grimmiger Schatten in der düstereren Dunkelheit verschwand Die Schwärze des Waldes, und dort, gespalten zwischen Liebe und der überwältigenden Angst vor dem Aberglauben, hatte er gern auf ihre Rückkehr gewartet, während die Momente mit bleiernen Füßen dahinzogen, bis mehr als einmal die Liebe die Angst überwand und er von der seinen aufbrach Auf der Suche nach seiner jungen Herrin machte er sich auf den Weg, blieb aber mitten auf dem Terrassenweg stehen, während ihm die Schweißperlen dicht auf der Stirn standen, während er „ Aves “ und „Paters“ murmelte , und floh schließlich mit einem entsetzten Stöhnen zu seinem Platz zurück Er erinnerte sich an die schreckliche Vision, die ihn bereits mit hohlen Augen und flehend zwischen den Bäumen angeschaut hatte, bis seine Knie in vollkommener Raserei des Entsetzens zusammenschlugen.

Aber solche Ängste bereiteten Gwennola jetzt keine Sorgen mehr, denn die Liebe hatte solch gespenstischen Schrecken ein höhnisches Lebewohl gesagt. Ja, sie waren jetzt Liebende, ohne sich voreinander zu verbeugen und zu knicksen, mit Augen, die kühner und beredter waren als die steifen Sätze ihrer Zungen; Da war nicht mehr von Dankbarkeit oder Pflicht die Rede, noch von den vielen törichten Ausflüchten, hinter denen sich die Liebe zunächst verstecken musste, sondern der ganze Glanz und die Leidenschaft der ersten Liebe, die sich selbst und ihre Gefühlsträume übertreibt und in sich ein so süßes Delirium findet dass es alles andere vergisst und sich fröhlich über das biedere mittlere Alter lustig macht, das so weise den Kopf über solche urigen Fantasien schüttelt und Binsenweisheiten gegen seinen zarten Wahnsinn predigt, denen man mit tauben Ohren zuhört; denn die Jugend muss ihren Willen durchsetzen und ihre Träume von Liebe und schönen Idealen träumen, die sie in all ihren Frühling an Schönheit kleiden, ohne Rücksicht auf den Winter, der vielleicht alles zerstreuen oder sie in grauere Töne nüchtern lassen muss.

„Ah, süß", flüsterte d'Estrailles , als er sich bückte, um in die blauen Augen zu schauen, die ihn so glücklich ansahen; „Was soll ich sagen, um dir die Hingabe zu beweisen, mit der du mich inspiriert hast, oder um dir für den zärtlichen Heldenmut zu danken, der dich so durch solche Gefahren zu mir führt?"

„Nein", antwortete sie fröhlich, „sprich nicht von Dank, mein Henri, sondern von unserer Liebe. Welche Angst habe ich, mein Geliebter, außer um deine Sicherheit? Ah", rief sie und faltete ihre Hände mit einer plötzlichen Geste Schmerz, jedes Mal, wenn mein Vater ausreitet, schlägt mein Herz vor Angst, aus Angst, dass er durch einen unglücklichen Zufall dein Versteck entdecken könnte, denn sein Herz ist immer noch verbittert gegen dich, mein Henri, denn de Coray destilliert immer noch seine vergifteten Worte hinein seine Ohren; er wird mich, seine Tochter, nicht einmal ansehen; während er für den armen Pater Ambrosius geschworen hat, ihn in Ungnade in sein Kloster zurückzuschicken, sobald seine Krankheit geheilt ist.

„Nein, weine nicht, Kleines", sagte d'Estrailles sanft, als er sie in seine Arme zog, „sondern lass uns lieber von den Tagen träumen, in denen all dieses Leid und Unrecht vorbei ist und in denen du, süße Gwennola , vorbei bist. " meine Frau, und fahre mit mir zu unserem Schloss an der fröhlichen Loire, wo ich dir Sonnenschein und Heiterkeit, Schönheit und Lachen schenken werde, statt dieser trostlosen Wälder und grauen Düsternis, die wie ein passender Rahmen für Verräterherzen und traurige Vorahnungen erscheinen."

„Nein", sagte sie mit einem Seufzer, „du sprichst von meiner Bretagne , liebes Herz, und ich möchte nicht, dass du diesen Ort so schlecht findest, denn ich liebe ihn sehr, ja, so sehr! " flüsterte sie und klammerte sich an ihn: „Vielleicht wird dein sonniges Schloss mit der Zeit wegen deiner Anwesenheit teurer werden, mein Henri; aber ich möchte, dass du auch das

Schloss von Mereac in gewissem Maße liebst, und mit der Zeit auch es. " Vielleicht mein Vater, der gut ist – ach! so gut, so edel, so tapfer! – obwohl es jetzt scheint, als seien seine Ohren verschlossen und seine Augen geblendet von einem heimtückischen Feind."

„Nein", sagte ihr Geliebter zärtlich, „ich habe mich geirrt, Süße, von Düsternis zu sprechen, wo ich einen solchen Sonnenschein gefunden habe, der noch nie zuvor den schönsten Fleck der schönen Touraine erleuchtet hat. Sieh dann, es wird das sein, was du liebst, ich liebe . " und was du hasst –"

Er hielt inne und drehte sich schnell in Richtung Wald um, die Hand auf dem Schwert, als hätte er ein anderes Geräusch gehört als das ständige Murmeln der Schreie von Vögeln und Tieren, die in klagenden Kadenzen um ihn herum erklangen.

"Was ist es?" hauchte Gwennola mit einem leichten ängstlichen Keuchen, als sie sich nach vorne beugte, um in die gleiche Richtung zu blicken, in die seine Augen noch immer gerichtet waren.

„Ich glaube, es war nur eine Einbildung", antwortete er leise; „Und doch – siehst du, Süße, was ist das, was sich da drüben bewegt? Nein, es ist nichts anderes als irgendein Tier, oder –"

Aber Gwennolas Gesicht war vor Angst weiß geworden, als sie mit entsetzten Augen über den offenen Raum blickte, wo in einem hellen Fleck Mondlicht ein kleines, runzliges Wesen auf seinen Hinterbacken saß, die genaue Verkörperung eines Kobolds der Dunkelheit , der, nachdem er einen kurzen Moment innegehalten hatte, um sie scheinbar spöttisch anzusprechen, flink mit einem schrillen Schrei zurück in den Wald floh.

„Bah", murmelte d'Estrailles und bekreuzigte sich andächtig, „es ist wahrlich ein Geist des Bösen, Kleiner, der vor dem Blick deiner süßen Augen floh."

„Nein, eher", zögerte Gwennola zitternd, „es war der Affe von Pierre, dem Narren, und wahrlich, der Geist des Bösen lauerte zweifellos unsichtbar in den Schatten dahinter", und mit ein paar kurzen Worten erzählte sie ihrem Geliebten von Maries Geschichte und die Hingabe des Narren an Guillaume de Coray .

„Flieg, Henri, flieg!" sie flehte. „Sicherlich ist noch Zeit; deine Wunde heilt gut, und ich denke, selbst bei einigen Schmerzen wäre es besser zu fliehen, bevor uns die Entdeckung überkommt. Ach, leider, wie schlimm wächst unser Fall, wenn er so viel zu versprechen schien!"

„Nein", lachte d'Estrailles unerschrocken, „es wäre besser, sich zuerst darum zu bemühen, den Narren ihre Torheit beizubringen", und ohne ihre

Antwort abzuwarten, stürzte er sich in den Wald, nur um einige Augenblicke später niedergeschlagen und empört wieder aufzutauchen. „Der Schurke steht wirklich im Bunde mit de Corays eigenem Herrn", sagte er mit einer Grimasse des Unbehagens. „Keine Spur von ihm ist zu sehen. Aber komm, Süße, trage eine nicht so unruhige Stirn; ich glaube, die Gefahr ist so gering wie bisher, da niemand von der gemütlichen Kammer weiß, in der ich mich über ihre Wachsamkeit lustig machen kann viele Tage."

„Nein, Henri", flehte Gwennola , während sie sich erneut an ihn klammerte. „Geh, ich flehe dich, solange noch Zeit ist. Oh, welche Qual soll ich ertragen, bis du in Sicherheit bist!"

Aber trotz all ihres Flehens ließ er sich nicht von seinem Vorsatz abbringen, noch einen Tag hier zu bleiben, doch vielleicht weniger aus egoistischen Motiven als vielmehr aus Angst vor dem, was ihr widerfahren könnte, löste die Narrengeschichte den Zorn ihres Vaters stärker auf sie aus.

„Morgen Abend", rief er und lachte über ihre Ängste, während er ihre beiden weißen Hände in seinen hielt und sie auf ihre zitternden Lippen küsste. „Mut, Kleiner, das ist nur ein Schrecken, der mit der Morgendämmerung vergeht, und wenn du die Bosheit dieses krummen Narren fürchtest , dann lächle ihn mit deinen süßen Augen an, und du musst ihn unbedingt für immer zu deinem Sklaven machen . "

Als sie sah, dass er ein Mann und eigensinnig war, wollte sie notgedrungen nachgeben, obwohl ihre blauen Augen immer noch mit wehmütiger Vorahnung in seine blickten, während sie ihn anflehte, vorsichtig zu sein und im sicheren Schutz seines Verstecks zu bleiben. So gingen sie gemeinsam durch den Wald zurück, bis sie Hiob Alloadecs breite Gestalt erblickten, die steif und aufrecht an der äußeren Hinterwand der Mauer stand, und sagten einander noch einmal zärtlich Lebewohl.

„Leb wohl, Kleines", flüsterte d'Estrailles , umso fröhlicher, als er spürte, wie seine Wange von einer verirrten Träne benetzt wurde, die von ihren weichen Wimpern gefallen war. „Fürchte dich nicht vor diesem schelmischen Narren, der es so unverschämt wagte, in die Tore des Paradieses zu blicken; besiegele seine Zunge mit süßen Blicken und vielleicht einem Silberstück, und morgen –"

„Ah, morgen", seufzte sie, „Leider! Morgen."

„Ja, leider", murmelte er, „denn ich muss meiner süßen Dame wohl unbedingt Lebewohl sagen, und doch nicht, sondern nur au revoir, liebe Liebe, denn wenn dein Vater nicht nachgibt und seine Augen nicht öffnet. " Zum Verrat und zur Lüge werde ich sehr schnell zurückkehren, um dich zu stehlen, denn bis zu deiner Ankunft wird es im Château d'Estrailles keinen

Sonnenschein geben , und die Stunden werden wegen der Ermüdung des Wartens langsam vergehen.“

Sie lächelte traurig in sein Gesicht zurück.

„Ah, mein Henri“, murmelte sie, „was liegt zwischen diesen Tagen und diesen? Wahrlich, mein Herz wird schwer bei der Frage, ob sie jemals so sein werden.“

„Nein“, rief er kühn, mit der ganzen Beharrlichkeit und Verachtung eines Mannes gegenüber den Schatten der Gefahr, „das müssen sie sein, Süße, denn die Liebe verlangt es.“

„Unsere Liebe Frau, gewähre es“, sagte sie und machte sich auf den Weg zum düsteren Schloss und überließ es ihm, über das nachzudenken, was auf dem Weg des Lebens so düster und geheimnisvoll vor ihnen lag. Denn wahrlich, es schien, dass der Weg der wahren Liebe für die bretonische Magd und den französischen Adligen in jenen Tagen erbitterter Feindschaft und Gefahr kaum reibungslos verlaufen würde.

KAPITEL VIII

Der nächste Tag neigte sich endlich dem Ende zu. Die ganzen Stunden hatte Gwennola in quälender Spannung darauf gewartet, welche Neuigkeiten Marie ihr bringen würde. Sie war immer noch in ihrer Kammer gefangen und hatte seit dem Tag des mysteriösen Verschwindens von Henri d'Estrailles niemanden außer ihrer Pflegeschwester und ihrem Bruder gesehen . Wären de Corays beharrliche Andeutungen nicht gewesen, hätte sich das Herz des Sieur de Mereac seiner geliebten Tochter gegenüber längst erweicht, und er hätte vielleicht nach Art der Liebe eine Entschuldigung für sein Verhalten gefunden, das sein innerstes Herz verriet er hatte andere Motive als die, die de Corays böse Zunge böswillig nahelegte; So wie es war, hielt Letzterer die Wärme seines Zorns so erfolgreich in sich wach, dass er jeden Gedanken, Gwennola wiederzusehen oder sich mit ihr zu versöhnen, vehement scheute, während auf dem unschuldigen Haupt von Pater Ambrose die bittersten Beschimpfungen seiner Wut häuften.

Aber selbst die Nachricht von der unerbittlichen Wut ihres Vaters auf sie konnte Gwennolas Herz nicht bewegen. Alle Gedanken, alle Gefühle waren vorerst auf ihren Geliebten konzentriert , nach der Art törichter und eigensinniger Mädchen, die beim Erwachen solcher Leidenschaft die Liebe vergessen, die sie seit ihrer Kindheit beschützt hat; und im Fall von Gwennola de Mereac könnte diese Vergesslichkeit einigermaßen entschuldigt werden, da die Liebe mit dem Mitleid ihrer Zwillingsschwester für einen kranken und unschuldigen Mann geboren worden war und dieses Mitleid die feineren Fasern des Herzens ihrer Frau bis in die Tiefen wachrüttelte . Das instinktive Gefühl des Schutzes gegenüber jemandem, der hilflos war, hatte sie, noch mehr als das vage, unbenannte Flüstern der Liebe, zu ihrem Ziel gestärkt und ihr Mut gemacht, trotz dessen, was sie als üble Ungerechtigkeit gegenüber einem unschuldigen Mann empfand. Aber jetzt war das Mitleid vergessen − sozusagen in ihrer leidenschaftlichen Liebe versunken, denn Gwennola war eine wahre Tochter der Bretagne, stark zum Hass und zur Liebe, unerschrocken, mutig mit der kraftvollen Hartnäckigkeit der Zielstrebigkeit, die diesen Menschen innewohnt zu sein scheint, deren Ganzheit Leben sind sozusagen gegen die feindlichen Kräfte der Natur gerichtet, die danach streben, dieses graue, trostlose Ufer zu beherrschen. Sie hatte Henri d'Estrailles ihre Liebe geschenkt , und um dieser Liebe willen wurden alle Bindungen beiseite geschoben, außer denen, die ihre eigene reine junge Seele aufrechterhielten und die Ehre bewahrten , die bei einer edlen Frau jemals mehr geschätzt werden musste als die Liebe selbst Herz. Doch die Ehre selbst schien sie jetzt dazu aufzurufen, die Rolle zu spielen, die sie sich selbst zugewiesen hatte, nicht nur ihre eigene Ehre , sondern auch die ihres Vaters, der kaum wusste, welche Rolle das Schicksal ihm aufzuzwingen versuchte.

Gwennola guten Gewissens im Gebet vor dem kleinen Schrein der Jungfrau Maria nieder und bat um Hilfe bei ihrem geheimen Unternehmen.

„Und oh, gesegnete Mutter des Himmels", rief sie schluchzend, während sie ihr Gesicht in ihren Händen vergrub, „gib, dass alles gut werde und dass die Heiligen ihn in ihrer Obhut haben, bis wir uns wiedersehen. " Aber selbst bei diesen Worten wurde es ihr kalt ums Herz, als sie darüber nachdachte, wie dieses Treffen aussehen würde und wie sie, selbst wenn er der gegenwärtigen Gefahr entkommen würde, hoffen könnten, sich zu treffen, um ihren Treu glücklicher zu machen, obwohl die Umstände sie eher zur Feindschaft als zur Liebe aufgerufen hatten Tage. Stattdessen tauchte vor ihren Augen das spöttische, grausame Gesicht von Guillaume de Coray auf, und als sie sich voller Abscheu davon abwandte, schien ihr nur die sonnenlose Düsterkeit grauer Klostermauern zu begegnen.

„Wenigstens", flüsterten Hoffnung und Jugend, „heute Nacht bleibt noch etwas; noch einmal werden seine Arme dich in seiner zärtlichen Umarmung halten, und du wirst neue Liebesgelübde in diesen dunklen Augen lesen, die nur von Glauben und Beständigkeit sprechen; Sicher wird es so sein, dass die Liebe im Jenseits einen anderen Weg in der Dunkelheit der Zukunft finden wird.

So tröstete sie sich und lauschte auch Maries aufmunternden Worten der Zuversicht mit einem Lächeln auf den Lippen; Aber das Lächeln verblasste, als sich in den dunklen Schatten der Bäume erneut düstere Vorahnungen sammelten und ihre Last der traurigen Vorahnung auf ihr schlagendes Herz drückten, während sie den schmalen Pfad entlang eilte.

Wie töricht war es, mit einem neuen Angstgefühl innezuhalten, als aus dem Dickicht in der Nähe das Rascheln eines huschenden Kaninchens ihr Ohr erschreckte! Und warum sollte sie so heftig zittern, als eine große weiße Eule mit ihren weichen Flügeln fast über ihre Wange strich und mit einem leisen, melancholischen Schrei in der Dunkelheit verschwand? Die Nerven des armen Mädchens waren in der Tat so überlastet, dass sie aus schierer Angst vor dem, was sie nicht wusste, nach Hause geflohen sein musste, wenn nicht ein stärkeres Gefühl sie vorwärts trieb.

Endlich jedoch war der Rand des Waldes erreicht; Drüben erhaschte sie zwischen den Bäumen einen Blick auf die grauen, mit Efeu bewachsenen Wände. Wie still schien alles! Sogar für einen Moment waren die fernen Schreie der Vögel und Tiere verstummt; Allein das Geräusch ihrer eigenen Schritte durchbrach die Stille – eine Stille, die sie bedrückt hatte, seit sie das schlummernde Schloss verlassen hatte. Ihr Herz machte einen Sprung, als sie vorwärts eilte und mit eifrigen Augen auf die große Gestalt blickte, die dort mit ausgestreckten Armen stand und einladende Liebesflüsterungen aussprach. Es war seltsam, dass er sie nicht wie zuvor gehört hatte und nicht wie zuvor zu ihr eilte, um sie zu begrüßen, aber dennoch –

Der staunende Gedanke wurde plötzlich unterbrochen, als sie aus dem Schatten der Bäume in den mondbeschienenen Raum um die Waldkapelle trat. Alles war so still und unbewohnt wie in der ersten Nacht, als sie und ihr Geliebter dort gestanden hatten und mit halb erschrockenen Blicken zu der unheimlichen alten Ruine blickten.

„Henri", rief sie und in der Stille schien ihre Stimme schrill und klar zu klingen: „Henri!"

Ein unbestimmter Schrecken klang in ihrem Schrei mit, als sie mit keuchendem Atem auf die Ruine zueilte und sich sagte, dass er möglicherweise in seinem Versteck eingeschlafen war. Aber nein; Auf ihre Schreie wurde keine Antwort gegeben. Die Kammer unter dem Altar war leer und verlassen. Einen Moment lang stand sie da, wie gelähmt vor Angst, und doch war ihr kaum klar, was hätte passieren können. Es konnte nicht sein, dass er entführt wurde? Sie verdrängte den Gedanken qualvoll von ihr. Nein, nein, das nicht! Wie dumm sie war! Wie hätte er ohne das Wissen von Hiob oder Marie entführt werden können? Den ganzen Tag über hatten weder ihr Vater noch de Coray das Schloss verlassen, nicht einmal zu ihrer Lieblingsjagd oder zur Wildschweinjagd; Keiner ihrer treuen Diener hatte einen Hauch von Misstrauen geäußert; Es schien, so sagte Marie, dass alle dachten – wenn überhaupt –, dass der französische Ritter längst weit über die Verfolgung hinausgeritten sei. Dann gingen ihr hundert eifrige Vorschläge durch den Kopf: Er war ihr entgegengegangen, als sie gekommen war, und hatte den Weg verfehlt; oder vielleicht war sie, als sie von einer neuen Gefahr erfuhr, gezwungen worden zu fliehen, ohne auf ihr Kommen zu warten. Doch eine eilige Durchsuchung des Schuppens in der Nähe überzeugte sie zumindest von der Sinnlosigkeit dieser letzten Idee, denn Rollo stand immer noch an seinem Platz und drehte sich mit einem leisen Wiehern fragend um, um zu sehen, ob es sein Herr sei, der mit seinem Abendessen gekommen sei .

„Ach, leider!" stöhnte Gwennola , neue Ängste überkamen sie, als sie sich noch einmal der düsteren Ruine zuwandte, „Was ist passiert? Oh, warum hat er meine Warnung, gestern Abend zu fliegen, nicht beachtet? Ah, wenn –" Sie hatte sich gebückt, mit den letzten Worten ihre Lippen, und als sie die Bestätigung ihrer Ängste vor sich hatte, hob sie eine winzige, mit einer kleinen Glocke verzierte Mütze vom Boden auf – es war die Mütze von Petit Pierre, dem Narrenaffen. „Er ist vergeben", flüsterte das Mädchen in einem dumpfen, ahnungslosen Tonfall vor sich hin; „Er ist vergeben."

Mit dämmernder Erkenntnis schaute sie sich schaudernd um und stellte sich die Szene vor, die sich langsam, aber deutlich wie die Vision eines Kristallbeobachters vor ihr abzeichnete.

Hier hatte er auf sie gewartet, ohne sich der Gefahr bewusst zu sein, mit einem Lächeln auf den Lippen und dem Liebeslicht in seinen Augen, vielleicht in seiner Torheit summte er den Ton einer Ballade, wie er es gestern Abend getan hatte. Dann hatte sich durch die Bäume Verrat an ihn geschlichen, und wo er nach Liebe gesucht hatte, war der Tod selbst grimmig auf der Bildfläche aufgetaucht. Sie schauderte und bedeckte ihr Gesicht mit den Händen, als wollte sie den Anblick eines schrecklichen Phantoms ausblenden. Doch trotz allem zauberte ihr ruheloses Gehirn vor ihren unwilligen Augen neue Szenen des Schreckens herauf; ihr Vater, streng, unerbittlich, rachsüchtig, als er sich an den blonden Jungen erinnerte, der in dem fernen Wald von St. Aubin so grausam zu Tode gebracht wurde, und neben ihm an den wahren Täter der Tat, lächelnd, triumphierend, voller Grausamkeit und böse Vorschläge und Worte, mit dem listigen, leeren Gesicht von Pierre, dem Narren, an seiner Seite, der sich über die Rolle freute, für die er zweifellos bezahlt worden war; während der Hintergrund voller grimmiger, neugieriger Gesichter war, die zum größten Teil erbarmungslos waren, außer wo Hiob und Marie Alloadec ängstlich standen und vielleicht weinten, allerdings nicht um seinetwillen , sondern um ihretwillen. Ach! niemand ist da, der Mitleid mit *ihm hat, der ihn* freundlich betrachtet ; Er war allein, umgeben von grausamen Feinden, und der Tod stand im Schatten neben ihm – der Tod in all seinem abscheulichen Gewand, ohne dass auch nur der goldene Glanz der Herrlichkeit seine spöttischen Züge verbergen konnte. Der Entschluss, zum Schloss zurückzukehren und neben dem Mann zu stehen, den sie liebte, überwand das Gefühl der Ohnmacht, das ihr zunächst drohte, doch noch während sie aufstand, spürte sie den schmerzenden Schmerz der Trauer, der zu tief für Tränen war, in ihrem Herzen Die kalte Berührung ihrer Hand ließ das Blut in einem plötzlichen Anfall von Angst erwachen. Die Erinnerung an den reuelosen Mönch, der so grimmig über den irdischen Schauplatz seiner Sünden schlenderte, kam ihr lebhaft vor Augen, und als sie ihre Augen senkte, erwartete sie, sie auf der schattigen Kapuze des geisterhaften Bewohners der Kapelle ruhen zu sehen. Stattdessen war es die hagere, graue Gestalt des Wolfshundes Gloire, auf die ihr Blick fiel, als sie dem stummen, liebevollen Blick des Tieres mit der Erregung begegnete, die Mitgefühl in Not hervorruft, selbst wenn dieses Mitgefühl nur das eines Hundes ist – vielleicht manchmal auch … wahrer und hilfsbereiter als der seines menschlichen Meisters.

„Gloire", flüsterte sie und beugte sich mit einem plötzlichen Impuls vor, den zottigen, treuen Kopf zu küssen. „Ah, Gloire, wie bist du hierher gekommen ? War es, weil du wusstest – weises Tier! – , dass deine Herrin dringend einen Tröster brauchte und allein an diesem schrecklichen Ort war, mit einem Herzen, das, fürchte ich, früher brechen musste Dämmerung?"

Das große Tier winselte, während es ihr Gesicht leckte, und zog sich dann plötzlich mit einem leisen, bedrohlichen Knurren zurück, als das Rascheln von Ästen in der Nähe ihre Ohren erreichte. Gloire verwandelte sich augenblicklich vom Sympathisanten in den empörten Wächter, seine grauen Haare sträubten sich, seine Zähne glänzten weiß durch das zurückgezogene Zahnfleisch, sein ganzes Aussehen war von wütender Feindseligkeit geprägt. Doch anstatt den Weg hinauf zu ihnen zu kommen, hatten die schnellen Schritte abgelenkt, als eilte ihr Besitzer auf die offene Heide hinter dem Wald zu. Aber Gloire hatte keine Lust, auch nur einen unsichtbaren Eindringling ohne seinen Zulassungspass gehen zu lassen, und er löste sich von der sanften, zurückhaltenden Hand seiner Herrin und sprang mit einem zornigen Grinsen auf die Verfolgung zu.

„Gloire, Gloire, komm zurück!" rief Gwennola leise und erschrocken, als sie in die Richtung eilte, die der große Hund eingeschlagen hatte. „Schäme dich, Gloire! Kehre sofort zurück."

Aber Gloire hatte keine Lust, dem sanften Befehl zu gehorchen, denn er hatte bereits das offene Gelände erreicht und seine Beute war in Sichtweite.

Gwennola für immer in Erinnerung bleiben sollte . Das klare Mondlicht schien mit dem Glanz des Tages über das weite Heidegebiet, und hier und da warfen Ginster- und Ginsterbüschel schwarze Schatten in das weiße Licht. Von einer Besiedlung war nichts zu sehen, in dieser trostlosen Gegend schien nichts zu gedeihen, außer Dornen und Disteln. Hier und da lagen Steinhaufen von fast druidischer Form verstreut, die Menschen des Landes behaupteten, sie seien die Häuser der Torrigans oder Courils , mutwilliger Zwerge, die Ihnen nachts den Weg versperren und Sie zum Tanzen zwingen sie, bis du vor Erschöpfung stirbst, während andere behaupten, es seien Feen, die, indem sie von den Bergen herabstiegen und sich drehten, diese Steine in ihren Schürzen weggebracht hätten. Zum größten Teil bestanden diese formlosen Monumente aus drei oder vier stehenden Steinen, auf denen ein weiterer flach lag, und boten im Mondlicht ein fantastisches Aussehen, wenn sie über die karge Heide verteilt waren.

Von dem Wald, in dem Gwennola stand, erstreckte sich das Gelände in einem steilen Abhang, um dahinter wieder anzusteigen und so ein kleines Tal zu bilden. In diesem Tal sah man die Gestalt eines Mannes fliegen, so schien es, als hätte er ein Leben lang gelebt, was er auch tatsächlich war, obwohl er sich dessen vielleicht noch kaum bewusst war, denn hinter ihm, schnell auf seiner Spur, kam Gloire, eine hagere, graue Gestalt des Untergangs, so im Mondlicht gesehen.

Für einen Moment stand Gwennola unsicher da und überlegte schnell, was sie am besten tun sollte, aber die Gefahr des Mannes entschied über sie, und in gebieterischem Ton rief sie den Hund zur Rückkehr auf. Beim Klang ihrer Stimme hielten sowohl Mann als auch Hund inne und drehten sich für einen Moment zu ihr um, und mit einem Aufschrei der Angst erkannte das Mädchen im klaren Mondlicht die Gesichtszüge des Mannes, der am Tag ihrer Rückkehr so plötzlich auf ihren Weg gesprungen war durch den Wald von ihrem Besuch in Mère Fanchonisch .

Es war kein Gesicht, das man so schnell vergisst, mit seinem roten Stoppelbart, der breiten, flachen Nase und den kühnen, unverschämten Augen, und Gwennola war mit einem instinktiven Schrei in den Schatten des Waldes zurückgetreten, als Gloire mit Mit einem plötzlichen Wutausbruch sprang er vor, und bevor er Zeit hatte, zur Seite zu springen oder sein Schwert zu ziehen, trug er den Mann rückwärts auf den Boden, während seine mächtigen Reißzähne fest in seinem Fleisch verankert waren.

Sich selbst vergessend beim Anblick der unerwarteten Tragödie, die sich vor ihren Augen abspielte, raste Gwennola das Tal hinunter und rief Gloire verzweifelt zu, sie solle sein unglückliches Opfer zurücklassen. aber ein wahrer Dämon der Wut schien in das große Tier eingedrungen zu sein, und es fuhr fort, wütend seine Beute zu zerfleischen, bis es sich bei Gwennolas Annäherung mit einem Winseln, das halb einem Knurren war, in die Hocke ging, zur Seite kroch und keuchend auf der Heide lag mit blutigen Kiefern und Augen, die fast trotzig die Entschuldigung vorbrachten, dass er nur seine Pflicht getan hatte, sie zu verteidigen.

Gwennola mit einem Schauder des Entsetzens neben der verstümmelten Gestalt, und selbst dann flogen ihre Gedanken voller Qual zurück zu dem Gerichtssaal im Château de Mereac . Doch obwohl sie von dem Wunsch zerrissen war, an der Seite des Mannes zu sein, den sie liebte, verbot ihr weibliches Mitleid es ihr, den offensichtlich sterbenden Unglücklichen zu verlassen, der keuchend sein Leben vor ihr ausstreckte.

Mit ihrem zierlichen Kopftuch wischte sie sanft den Blutschaum von seinen Lippen und holte hastig Wasser aus einem Teich in der Nähe, um seine Stirn zu baden, denn es war offensichtlich, dass der unglückliche Mann trotz seines Sterbens hartnäckig darum kämpfte, die Macht wiederzugewinnen Rede, bevor er in das Land der Stille und des Geheimnisses ohnmächtig wurde.

Für das arme Mädchen, kaum älter als ein Kind, war es ein schrecklicher Anblick, Zeuge dieses Todeskampfes eines starken Mannes zu werden, der so schnell zu Ende ging, und der Schrecken wurde durch die Unheimlichkeit von Zeit und Ort noch verstärkt. Aber Gwennola war keine nervöse, ängstliche Frau, die vor ihrem eigenen Schatten zurückschreckte; Sie stammte aus einer zähen, unerschrockenen Rasse und schreckte auch in rauen und kriegerischen Zeiten nicht vor dem Anblick des Todes zurück, so düster und schrecklich er auch war. Auch die nervösen Ängste vor dem Aberglauben, die sie vor einer Stunde geplagt hatten, waren mit dieser schrecklichen Realität des Leidens verschwunden.

Plötzlich wurde der keuchende Atem des Mannes ruhiger, und obwohl ihm der Todesschweiß dick auf der Stirn stand, schien er sowohl zum Denken als auch zum Sprechen fähig zu sein.

„Mademoiselle?" Er schnappte nach Luft und schaute fragend nach oben.

„De Mereac ", sagte sie sanft, hob seinen Kopf und legte ihn auf ihr Knie, während sie ihm den Schweiß von der Stirn wischte. „Gibt es etwas, was du mir sagen würdest, armer Kerl? Oder sollen wir nicht lieber gemeinsam für deine Seele beten, da hier kein Priester ist, der dich vernichten könnte?"

„Meine Seele", murmelte der Mann stöhnend. „Das hatte er schon lange – meine Seele", und er lächelte spöttisch in das über ihn gebeugte blonde Gesicht. „Nein", fuhr er mit einem weiteren Stöhnen fort; „Es ist schlecht, dem Tod selbst ins Gesicht zu scherzen, obwohl ich schon oft darüber gelacht habe, ihn auszutricksen, aber der Teufel hat mich endlich in Schach gehalten, obwohl ich nicht ohne Rache auskommen werde."

Er murmelte die letzten Worte mehrmals, als versuche er, sich an etwas zu erinnern, und fuhr dann schnell und keuchend fort, wie jemand, der nach einem Rennen am liebsten seine Botschaft ohne Verzögerung überbringen würde; und wahrlich, es war ein düsteres Rennen, das er lief, und der Tod war ihm dicht auf den Fersen, um die Geschichte abzukürzen.

„Guillaume de Coray ", murmelte er, „er war mein Herr, ich, sein Sklave, mit Leib und Seele, Herrin – Leib und Seele. Ah! Ich könnte euch Geschichten erzählen, aber ich habe keine Zeit, es genügt zu sagen, dass er es war." das Werkzeug – das Ding – des Schneiders von Vitré [#] – und ich – na ja, egal, die Vergangenheit ist tot, aber es gibt immer noch Rache..... Es war die Schlacht von St. Aubin – dem Sohn von de Mereac war dort – sein Erbe – mein Herr war der nächste in der Nachfolge … Er tötete, wie er dachte, den jungen Yvon im dortigen Wald … durch Verrat und kam zu Mereac , um als Erbe willkommen zu sein. und die Schwester des ermordeten Jünglings zu heiraten. Ist es nicht so, Mademoiselle? Ah! Ich habe in Ihren Augen gelesen, dass der Bräutigam Ihnen nicht gefiel, denn Ihre Augen sind wahr und seine ... Nun, Guillaume de Coray ritt nach Mereac , aber bevor er das tat, hatte er zufällig festgestellt, dass er keinen Anlass mehr hatte, meine Dienste in Anspruch zu nehmen, und hatte deshalb einen anderen gebeten, meine Abreise in ein anderes Land zu beschleunigen, von wo aus keine Geschichten mehr zu Unannehmlichkeiten zurückkehren, Monsieur; außer ihm Wer so schlau war, hat einen Fehler gemacht ..... Der Mann war mein Freund ..... Er erzählte mir seine Mission ..... Wir tranken auf das Wohl des anderen und auf die Verwirrung unseres Herrn. So geschah es, dass ich, als er mit der Furcht eines Mörders im Herzen aus dem Wald von St. Aubin floh, nach der Leiche von Yvon de Mereac suchte . Er war nicht tot ... nein, er war nicht tot. Barmherziger Gott! Warum verfolgt er mich dann mit diesen Augen? Nein ... war es nicht ich, der ihn rettete und monatelang für ihn sorgte ? – ja, Jahre? – denn der Schlag auf seinen Kopf hatte ihn lange Zeit kaum zu einem Narren gemacht. Als dann das Verständnis zurückkehrte, verlangte er viele Dinge... Ah! aber er war stolz und ungeduldig ... dieser junge Mann ... vielleicht habe ich ihn als Vormund nicht gemocht ... Er befahl, freigelassen zu werden ... er tobte manchmal ... dumm. ... sagte, ich hätte ihn gefangen gehalten, um ihn zu ermorden ... Ich, der nur den richtigen Zeitpunkt abwartete, bis die Früchte reif zum Pflücken waren ... Aber er entkam meinem sicheren Unterschlupf. Ich war wütend.... Ich folgte ihm schnell. Was, Mademoiselle, sollte mir nach diesen Jahren meine Belohnung nehmen? Grand Dieu! Nicht so, ich kam an, während er noch durch den Wald wanderte, immer noch so verstört, dass er den Weg verloren hatte. Ich habe ihn gefunden ... aber bevor ich es tat, wurde ich von meinem Feind Guillaume de Coray vom Unglück heimgesucht . Es wurde unmöglich, dass ich mit meinem Freund zu hastig fliehen sollte, deshalb versteckten wir uns ... de Coray und sein Teufelskobold suchten uns die ganze Zeit ... Heute Nacht" – das Blut war fast in seiner Kehle würgte ihn, während er sprach: „Heute Abend – wir – wir ..."

[#] Der Spitzname von Pierre Laudais , dem verhassten und berüchtigten Minister von Franz II., Herzog der Bretagne. Die wütenden Adligen nahmen endlich die Gerechtigkeit selbst in die Hand und hängten den Schurken, der ihr Land ruiniert hatte.

Er starrte vage zum Mond hinauf – schon ruhte der Finger des Todes auf seiner Schulter.

„Aber mein Bruder – Yvon – er lebt? Oh, wo – wo ist er?" rief Gwennola , deren Gefühle während des keuchenden Geständnisses, das eine so düstere Tragödie anzukündigen schien, kaum unter Kontrolle gebracht werden konnten. "Sprechen!"

Doch schon hatte der Tod diese Lippen mit seinem kalten Kuss versiegelt, nur mit krampfhafter Anstrengung hob der Mann seinen Arm und deutete auf einen der aufgetürmten Steinhaufen, der auf halber Höhe des gegenüberliegenden Abhangs weiß im Mondlicht schimmerte. Dann ergriff ihn ein Krampf, und er lag im letzten schrecklichen Kampf, die schwarzen Augen vor Entsetzen nach oben gerichtet, als sähe er um sich herum die vorwurfsvollen Opfer eines sündigen Lebens, die sich versammelten, um ihn vor dem schrecklichen Richter anzuklagen, der ihn erwartete ihn jenseits des Schleiers.

Gwennola fiel auf die Knie und flüsterte ein Gebet in die sterbenden Ohren, bis sich mit einem letzten keuchenden Stöhnen die Kiefer entspannten, die dunklen Augen, immer noch voller Angst , starr wurden und eine Seele voller Scham und Ehrfurcht in die Stille floh der Ewigkeit.

Mit einem Schluchzen – das Ergebnis überanstrengter Nerven – stand das junge Mädchen auf und blickte von dem toten Mann zu ihren Füßen zu dem unhöflichen Steinhaufen, der ein so dürftiger Hinweis auf ihre Suche zu sein schien. Und doch schlug ihr Herz schneller, als sie darüber nachdachte, was diese Suche bedeuten könnte, und sich daran erinnerte, dass nicht nur das Leben eines Bruders, sondern auch das eines Liebhabers ein Garant für den Erfolg war. Dann beeilte sie sich mit einem leisen Gebet, sich umzudrehen und den Hang hinaufzuklettern, auf die Stelle zu, die der Finger des Toten anzeigte.

KAPITEL IX

Für ein paar Minuten sank Gwennolas Herz; Trotz einer schnellen, aber sorgfältigen Suche schien die Möglichkeit einer menschlichen Anwesenheit irgendwo in der Nähe dieses groben Steinhaufens unmöglich. Aber noch einmal sollte Gloire ihr zu Hilfe kommen und seinen verlorenen Charakter wiedererlangen, den er offenbar instinktiv bei der letzten Begegnung ernsthaft erlitten hatte – obwohl man ihm dafür Vorwürfe machen sollte, dass er die Welt auf diese Weise von jemandem befreit hatte, den der Hunde-Klugheitssinn erkannt hatte als schwarzherziger Bösewicht konnte er es nicht ganz erkennen. Dennoch hatte der Klang der tadelnden Stimme seiner Herrin die Selbstbeweihräucherung des armen Gloire gedämpft, und er war ihr mit hängendem Schwanz und melancholischer Miene in Richtung der angeblichen Heimat der schelmischen Zwerge gefolgt. Hier jedoch wurde sein Forschergeist neu erweckt, und mit einem kurzen Aufschrei der Aufregung begann er, ein Loch zu untersuchen, das teils von Ginster, teils von einer Steinplatte verdeckt war, die offenbar von dem Stapel in der Nähe gerutscht war.

Von seiner Aufregung angezogen, rannte Gwennola an seine Seite und nach einigen Augenblicken verzweifelten Ziehens und Ziehens gelang es ihr, den Stein zur Seite zu rollen.

Ja! Der Hinweis des Toten war wahr; Die Öffnung führte offensichtlich in eine dieser natürlichen Höhlen, die man so oft in der Bretagne findet. Gloire stand mit aufgestellten Ohren und wedelndem Schwanz neben der Öffnung und wartete offensichtlich nur auf die Aufforderung seiner Herrin, seine Nachforschungen fortzusetzen. Aber Gwennola winkte zurück, beugte sich tief und schaute eifrig in die Dunkelheit hinunter.

„Yvon", rief sie leise, ihre Stimme zitterte, als sie den lange unbenutzten Namen aussprach, „Yvon – Bruder – bist du da?"

In der darauf folgenden Stille konnte sie nur das Keuchen von Gloires Atem dicht an ihrem Ohr hören.

„Yvon", rief sie erneut, „Yvon."

Dann kam schwach, aber deutlich die Antwort mit der Stimme eines Mannes, der wie in Trance antwortet:

„ Gwennola ."

„Mutter der Barmherzigkeit, ich danke dir!" rief das Mädchen, während ihr Freudentränen über die Wangen liefen, als sie ohne zu zögern schnell durch die Öffnung kletterte. Drinnen herrschte Dunkelheit, obwohl sie dem schwachen Schimmer des Mondlichts am Eingang der Höhle entnehmen konnte, dass sie sich in einer kleinen unterirdischen Kammer befand. In atemloser Spannung rief sie erneut den Namen ihres Bruders, und dieses Mal kam die Antwort von irgendwo in ihrer Nähe, fast, wie es schien, zu ihren Füßen. Aber dennoch war die Stimme, die durch die Dunkelheit nach oben sprach, die eines Mannes, der eher auf einen inneren Ruf antwortet als auf seinen Namen aus den Lippen eines Mitgeschöpfs.

„Wo bist du, Yvon?" rief Gwennola , sank auf die Knie und breitete ihre Hände vage in der Dunkelheit aus. „Bruder, Bruder, bist du es tatsächlich?"

„ Gwennola – meine Schwester." Diesmal erklang die Stimme neben ihr mit einem plötzlichen, schwachen Jubel, als würde er zum ersten Mal erkennen, dass sein Name tatsächlich von einem Bewohner der Erde ausgesprochen worden war. „ Gwennola , Gwennola ! Nein, es ist unmöglich. Daher, spöttischer Dämon, und verspotte mich nicht in meinen letzten Stunden!"

Doch schon hatte das Mädchen, geleitet von der schwachen Stimme, im Dunkeln tappend, den Gegenstand ihrer Suche gefunden und beugte sich über die liegende Gestalt, weinend und lachend in einem Anfall von Freude.

„Yvon, Yvon!" sie weinte, während sie sich an ihn klammerte und ihre warmen jungen Lippen auf die feuchte Stirn drückte. „Ah, mein Bruder, den wir in den letzten Jahren als tot betrauert haben, ist es möglich, dass du lebst ? Welches Geheimnis liegt hier? Was für eine üble und schreckliche Verschwörung? Aber was ist das? – Du bist gefesselt und hilflos? ein Gefangener ! Oh, erzähl mir, Yvon, erzähl mir alles! Und doch nein, wir dürfen keinen Moment an diesem schrecklichen Ort verweilen, denn einem völlig Unschuldigen wird bereits ein noch schlimmeres Unrecht angetan."

„Nein", stöhnte Yvon de Mereac leise, „insofern du weise sprichst , kleine Schwester, wenn du es tatsächlich du selbst bist , wie mir diese Tränen und Küsse versichern, und nicht einer der spöttischen Teufel des Deliriums, die mich jemals verfolgen." Wahrlich, der Hauptfeind selbst wird bald zurückkehren, und dann –"

Gwennola spürte das Schaudern, das durch den hageren Körper lief, und der Gedanke an Gloires Rache kam ihr weniger schrecklich vor als zuvor.

"Er ist tot!" schrie sie und ahnte schnell, von wem er sprach. „Gloire hat ihn jetzt getötet, auf der Heide draußen; aber bevor er starb, glaube ich, dass er das Böse bereut hat, das er dir angetan hat, das eher die Form der Rache an einem anderen annahm, der noch schwärzerherziger war als er selbst, als aus Hass auf dich ."

"Tot?" wiederholte Yvon mit einem Schluchzen plötzlicher Freude. „François Kerden tot? Und du bist hier, kleine Gwennola , um mich zu retten? Nein! Sag mir nicht, dass es ein Traum ist, sondern befreie mich lieber von diesen Fesseln und lass mich noch einmal die reine Luft des Himmels atmen.“

„Diese Anleihen?“ rief Gwennola bestürzt, als ihre schlanken Hände die engen Riemen spürten, die den hilflosen Mann neben ihr fesselten. „Nein, aber wie soll ich sie losmachen, Yvon? Sie sind zu stark, als dass ich sie zerbrechen könnte, und leider habe ich keinen Dolch.“

Yvon stöhnte. „Kann nichts getan werden?“ er seufzte. „Ich werde ohnmächtig vor Sehnsucht nach der kühlen Nachtbrise; tagelang habe ich hier gelegen, kleine Schwester, und auf den Tod gewartet, aber er hat gezögert; dein Unhold ließ zu, dass ich nicht sterbe, obwohl er mich ständig in den Abgrund blicken ließ, und Jetzt –“ Seine Stimme zitterte, als er mit der schwachen Beharrlichkeit eines Kindes seine Bitte um Befreiung wiederholte.

„Ja, wahrlich“, rief Gwennola freudig, als ihr eine plötzliche Eingebung kam, „und so sollst du, mein Yvon; warte nur einen Augenblick, und ich weiß, ich werde finden, was wir suchen.“

„Ach, geh nicht“, schrie ihr Bruder verzweifelt, „damit du nicht zurückkehrst, sondern dieser Böse mit seinen grausamen Augen und seinem scharfen Dolch.“

„Nein“, lachte das Mädchen und beugte sich noch einmal herab, um die feuchte Stirn zu glätten und zu küssen, „es ist in der Tat sein Dolch, der da drüben auf dem Hügel liegt, den ich suchen gehe. Friede, Bruder, fürchte dich nicht; er wird nicht mehr zurückkehren.“ um dich zu erschrecken, und schnell werden deine grausamen Bande zerschnitten und wir werden nach Hause zurückkehren.

Er wiederholte das letzte Wort leise, wie jemand, dessen Gehirn zu müde ist, um seine volle Bedeutung zu erfassen, aber er versuchte nicht erneut, sie aufzuhalten, während sie sich auf den Lichtschimmer zubewegte, der bereits schwächer wurde, als das Mondlicht verblasste. Zu ihrer Überraschung stand Gloire nicht am Eingang der Höhle, als sie herauskam, und einen Moment lang blickte sie sich voller Angst um und fragte sich, gegen welche neuen Feinde es wohl nicht gekommen sein mochte, gegen die sie kämpfen musste. Doch Gloires Abwesenheit ließ nicht lange auf sich warten, denn die Wölfe aus dem Wald hatten ihr menschliches Festmahl bereits gerochen und waren heimlich hervorgekrochen, um es zu zerreißen, und als Gwennola dort im trüben Licht stand, bemerkte sie zwei hagere

Gestalten, die schnell vorbeihuschten Sie verfolgten einander über den Hügel in den Schatten der Bäume und schauderten, als sie wussten, was sie meinten.

Ledergürtel des Toten , und Gwennola beeilte sich, eine kleine, scharfe Waffe hervorzuziehen und zurückzueilen, denn es war keine Arbeit, sich so über den Körper eines Toten zu beugen und den starren Blick blinder Augen zu spüren. Aber Gwennolas Nerven waren nun wieder gestärkt, um der dringenden Notwendigkeit ihres Falles gerecht zu werden, denn sie wusste genau, dass die Momente schnell vergingen und bereits der Sand im Leben eines unschuldigen Mannes zur Neige ging, und zwar nicht nur eines Unschuldigen, sondern auch von ihr Sein eigener wahrer Liebhaber, ohne den das Leben so dunkel und düster sein müsste wie jener Wald, aus dem das jaulende Geheul der Raubtiere kam, die ausnahmsweise von der Angst von ihrem abendlichen Fest abgehalten wurden.

Einer nach dem anderen wurden die engen Lederriemen durchtrennt, und Yvon erhob sich mit einem Schrei der Dankbarkeit langsam auf die Knie, obwohl seine Glieder so verkrampft waren, dass er selbst nach einigen Minuten nur auf Händen und Füßen zum Eingang seines Gefängnisses kriechen konnte Knie. Aber die kühle Nachtluft belebte ihn wie ein Schluck Wein, als er draußen auf der Heide niedersank. Gwennola Ich konnte kaum einen Aufschrei der Bestürzung unterdrücken, als das schwache Mondlicht ein Gesicht offenbarte, das, wenn man es nicht sah, schwer als das des hübschen Jungen zu erkennen war , der erst vor drei kurzen Jahren das Schloss in all seinem Stolz und Ruhm verlassen hatte von Jugend und edler Männlichkeit. Die rosigen Wangen waren eingefallen und so abgemagert, dass die Haut nur noch über die hohen Wangenknochen zu ziehen schien; das glatte Kinn war mit einem kurzen, ungepflegten Bart bedeckt; und die schönen goldenen Locken waren lang, verfilzt und verfärbt ; Aber die Augen, so blau wie Gwennolas eigene, waren die gleichen, mit denen sie in die ihren blickte, und doch erkannte sie mit einem Schluchzen im Hals, dass sie nicht dieselben waren, denn das fröhliche, fröhliche Licht, mit dem die Jugend dem Leben gegenübersteht, war verschwunden , und stattdessen schien in ihnen ein fast leerer Ausdruck des Entsetzens zu lauern, wie man ihn bei einem verängstigten Kind sieht. Es war ein Gesicht, das seine eigene Tragödie ohne Worte erzählte, und mit einem Schauder des Mitleids beugte sich seine Schwester zu ihm, hob ihn zärtlich hoch, während er vergeblich auf die Beine kämpfte, legte einen starken, schützenden jungen Arm um ihn und forderte ihn sanft auf, sich hinzulehnen auf ihr.

Er blickte sich vage um und zitterte, als sein Blick auf den Wald fiel.

„Dort bin ich umhergewandert", sagte er schwach. „Ich konnte mich nicht an den Weg erinnern, aber ich hatte ihn endlich gefunden und stand bereits in Sichtweite des Schlosses selbst, als ich ihn auf mich schleichen sah;

dann floh ich wie ein verrückter Narr noch einmal in den Wald, anstatt den Soldaten um Hilfe zu rufen, der in der Nähe des Tors Wache stand.

„Und der dich für einen Geist der Toten gehalten hat", lächelte Gwennola und erinnerte sich an Hiob Alloadecs Schrecken, „und ich werfe ihm einen kleinen Vorwurf zu ; aber verweile nicht bei den vergangenen Jahren, mein Bruder; dort drüben liegt der Schurken, der tot ist, als gerechte Belohnung dafür Er hat Böses getan, und wir dürfen es nicht versäumen, zu sehen, was im Schloss vorgeht ."

Das arme Mädchen war in der Tat eine Beute fieberhafter Emotionen, der Gedanke daran, was Ungerechtigkeit gerade jetzt anrichten könnte, lastete wie Blei auf ihrem Herzen, und doch eilte sie vielleicht nicht so schnell weiter, wie sie es sich gewünscht hatte, angesichts der Erlösung für den Mann, den sie liebte nur mit zögernden und schmerzvollen Schritten, von Zeit zu Zeit innehalten wegen sehr großer Ohnmacht und Schwäche. Und sie kamen nicht nur langsam voran, sondern waren auch gefährlich, wie Gwennola gut wusste, denn das jaulende Geheul aus dem Wald wurde immer aufdringlicher. Entkamen die Wölfe Gloires Wachsamkeit und brachen in einem Rudel ins Freie ein, erwartete sie beide der Tod, denn Gloire, so ein tapferer Hund er auch war, konnte der großen Zahl auf der kahlen Heideseite nicht gewachsen sein, während er im Wald ausweichen und sich Sorgen machen konnte seine Feinde und hielt so ein Vielfaches seiner Zahl in Schach.

Yvon ging sicherer, als sie schließlich den Rand der Bäume erreichten; Seine Glieder waren weniger verkrampft, sein Gehirn klarer, da der Schatten des Todes, der ihn so lange verfolgt hatte, durch Gwennolas helle Stimme und zärtliche Fürsorge vertrieben wurde. Dennoch schien er sich der gegenwärtigen Gefahr, die immer schrecklicher wurde, kaum bewusst zu sein.

Gwennola konnte bereits durch die fast völlige Dunkelheit den Glanz grausamer Augen sehen, die aus dem Dickicht auf sie strahlten, und einmal sprang eine dunkle, wölfische Gestalt auf den Pfad vor ihnen, nur um von der treuen Gloire zurückgedrängt zu werden. der sie blutend, aber unerschrocken tapfer bewachte. Viele der Tiere waren jetzt hemmungslos losgezogen, um um die Mahlzeit zu kämpfen, die sie auf der Heide erwartete, aber mit gewecktem Appetit würden sie bald zurückkehren, und dann –

„Kannst du nur etwas schneller gehen, Yvon?" flüsterte Gwennola keuchend, während das Heulen und Jaulen von allen Seiten immer näher und eindringlicher wurde. Aber Yvon schüttelte den Kopf; Tatsächlich wäre er bei dem Versuch, ihrer Bitte zu gehorchen, beinahe gestolpert und wäre gestürzt, wenn sie nicht den Arm gehabt hätte. "Ach!" Sie schrie mit einem entsetzten Schluchzen: „Yvon, wir sind verloren – die Wölfe –"

Ein kurzes wütendes Bellen von Gloire verwandelte sich plötzlich in einen freudigen Willkommensschrei, und Gwennola wiederholte ihn mit einem kleinen Überraschungsschrei, als ein Mann mit einer brennenden Fackel auf sie zueilte und tatsächlich stehen blieb, um ihren Schrei zu wiederholen, als er die beiden bemerkte Figuren stehen vor ihm.

„Job – ah! mein guter Jobik ", rief Gwennola freudig. „Sehen Sie, Yvon, wir sind gerettet – wir sind gerettet!"

„Yvon – Monsieur Yvon!" stammelte Hiob, seine Augen starrten verwundert, nicht ohne Entsetzen, auf das Gesicht seines jungen Herrn. „Monsieur Yvon! Mutter des Himmels! Es ist unmöglich!" Und die Angst, die den ehrlichen Kerl überkam, war so groß, dass er beinahe die Fackel und damit auch ihre Sicherheit fallen ließ, denn die Wölfe waren, wie immer vor dem Licht verängstigt, vor Enttäuschung heulend zurückgeflohen Der Wald.

„Nein", sagte Yvon und lächelte schwach, „das bin ich selbst, guter Job, wenn auch mehr in den Knochen als im Fleisch, das rechtfertige ich."

„Monsieur Yvon", wiederholte Hiob immer noch mit unverminderter Verwunderung in seinen Augen – „Monsieur Yvon." Als er dann erkannte, dass es auf wundersame Weise tatsächlich sein geliebter Meister war, der vor ihm stand, weinte er vor Freude und wiederholte den Namen immer wieder, als wollte er sich von etwas überzeugen, das scheinbar jenseits aller Vernunft lag Verständnis.

„Nein, dummer Kerl", schrie Gwennola scharf, da sie gerade nicht in der Stimmung war und ihre Nerven vor lauter Tränen angespannt waren. „Hören Sie mit solchem Geschwätz auf, oder warten Sie, bis eine passendere Zeit und ein passenderer Ort gekommen ist, um Ihrer Freude freien Lauf zu lassen. Sie würden wahrlich Tränen haben, um das Lachen zu ersetzen, indem Sie es hinauszögern, wann – wann –" Sie brach abrupt ab und fügte leiser hinzu: „ Und Monsieur d'Estrailles ? – der französische Ritter – was ist mit ihm? Nein, stehen Sie nicht mit offenem Mund da, als ob Sie darauf warten würden, dass der Mond Sie verschlingt, wie sie es mit dem armen Pierre Laroc tat , sondern nehmen Sie den Arm von Monsieur Yvon, der ist schwach, wie du siehst . Unterstütze ihn gut, guter Hiob, und lass uns weiter eilen, während du es mir sagst .

Ihr Herz klopfte schnell, während sie sehnsüchtig auf die Antwort wartete, vor der sie sich so sehr fürchtete, dass sie am liebsten ihre Ohren zuhalten oder vor dem Hören in den Wald fliehen würde. Aber Hiobs Verstand war immer noch völlig außer sich vor Freude und Staunen, als er spürte, wie Yvons hagere Gestalt sich an seinen kräftigen Arm lehnte, und erkannte das Erkennen in den großen blauen Augen, die vor knapp einer Woche aus dem Schatten des Waldes so verzweifelt in seine gestarrt hatten .

Erst als Gwennola ungeduldig ihre Frage wiederholte, kamen die früheren Ereignisse dieser seltsamen Nacht in sein langsam rotierendes Gehirn zurück.

„Der französische Ritter?" er wiederholte. „Ah ja, Mademoiselle, es war Marie selbst, die mich auf die Suche nach Ihnen geschickt hat, denn wahrlich! Es schien, als wären Sie gegangen, um jemandem im Wald Lebewohl zu sagen, der stattdessen, aber schmerzlich gegen seinen Willen, zum Schloss kam um Abschied vom Leben zu nehmen.

„Wie ist das passiert? Wie ist er dorthin gekommen? Wer hat sein Versteck entdeckt? Nein, du sollst mir nicht sagen, dass er schon weg ist", rief Gwennola leidenschaftlich.

„Wie kam es dazu?" wiederholte Hiob und klammerte sich an die erste Frage. „Nein, Herrin, das weiß ich nicht. Ich war an der äußeren Pforte auf der Hut, als vor kaum zwei Stunden Marie weinend zu mir kam. ‚Er ist entführt', rief sie. ‚Leider ist der arme Monsieur entführt. und Mademoiselle wird sterben.' Du kennst , Mademoiselle, die törichte Zunge meiner Schwester. Zuerst konnte ich nichts verstehen, aber schließlich schien es, als hätte Monsieur de Coray auf irgendeine Weise, von der ich nichts weiß, erfahren, dass der französische Ritter im Wald versteckt lag ; er erriet auch sein Versteck, aber davon sagte er dem Mylord kein Wort, sondern befahl lediglich sechs Soldaten, wie auf den Befehl meines Lords, kurz vor Mitternacht bereit zu sein, ihn heimlich zu begleiten, und ohne ihren Kameraden ein Wort zu sagen Von dem, was sie taten. Es scheint also, dass Monsieur de Coray sie zu diesem so geheimen Versteck geführt und den armen Ritter gefangen genommen hat, den sie zum Schloss zurückgebracht haben.

„Die törichte Marie war vor Kummer verstört, und um Mademoiselle willen muss ich gestehen, mein Herz war auch schwer, aber ein Soldat hat seine Pflicht, und deshalb blieb ich, wo ich war, bis Marie vor einer kurzen halben Stunde zu mir zurückkehrte , weiß und weinte noch mehr. „Ach!" Sie sagt: „Der arme Monsieur – der Liebhaber von Mademoiselle – ist zum Tode verurteilt; nur hat ihm der gute Vater Zeit gegeben, ihn von seinen Sünden zu befreien, und dann wird er leider noch vor Tagesanbruch gehängt." Danach weinte der Törichte an meiner Schulter, und ich – ich weinte auch um Mademoiselle willen, denn von den Sünden dieses Monsieurs verstand ich nichts, außer dass er fälschlicherweise des Mordes an Monsieur Yvon beschuldigt wurde. Aber bald täuscht Marie sie Tränen, und befiehlt mir, schnell meine Fackel anzuzünden und mich auf die Suche nach Ihnen zu machen, Mademoiselle, denn sie fürchtete sehr um Ihre Sicherheit, als sie sah, dass zwei Stunden vergangen waren und Sie nicht zurückgekehrt waren. Zuerst weigerte ich mich, denn ich bin Soldat , Mademoiselle , der an seinen

Posten denken musste, aber als Marie mir Ihre Gefahr vorstellte und versprach, meinen Posten bis zu meiner Rückkehr gut zu bewachen, zögerte ich nicht länger, denn ich selbst hatte auch meine Ängste, als ich dem Geheul lauschte die Wölfe. Und so, Mademoiselle, kam ich, und die Heiligen wiesen meine Schritte auf den Weg."

„Und er ist nicht tot?" flüsterte Gwennola und schnappte schnell nach Luft, während sie vorwärts eilte. „Er ist nicht tot?"

Es war der einzige Punkt, der ihr von der Einleitung des ehrlichen Bretonen im Gedächtnis geblieben war.

"Nein!" sagte Job langsam. „Man gab ihm Zeit, sich zu schrumpfen, und Pater Ambrosius musste, da er krank war, vorsichtig aus seinem Bett geholt werden, und ich glaube, der gute Priester ist nicht so geneigt, die letzten Geständnisse eines Sterbenden zu überstürzen; nein, Herrin, Ich glaube, er wird sicherlich noch leben.

„Barmherzige Mutter Gottes, gewähre es!" rief Gwennola schmerzerfüllt. „Ah, sehen Sie, Yvon, wir sind endlich in der Nähe; dort drüben ist das Schloss; ein paar Minuten —"

Es wurde kein Wort mehr gesprochen, während die drei schnell weiter eilten. Hiob trug Yvon fast in seinen starken Armen, während Gwennola die Fackel hochhielt. Ein seltsames Trio, in dem wahrlich das gelbe Licht aufstrahlte: die dünnen, abgemagerten Gesichtszüge und die herabhängende Gestalt des kranken Mannes; der stämmige, dunkelbraune bretonische Soldat mit seinen ehrlichen, verwunderten Augen und dem buschigen Bart; und die schlanke, dunkel gekleidete Gestalt mit blassem, gequältem Gesicht, eifrigen Augen und einer wirren Masse rotgoldener Locken, von der die Kapuze heruntergefallen war.

Es wurde kein Wort gesprochen, selbst als sie an der äußeren Pforte vorbeikamen, wo die verwunderte Marie immer noch ungeduldig Wache hielt, aber schnell rasten sie weiter durch die Dunkelheit der kleinen Kapelle, bis sie schließlich im Schatten der Wandteppiche standen, um innezuhalten und zu lauschen hingen in der großen Halle herum. Das flackernde Licht der Fackeln, die in den Eisenkäfigen an den Wänden befestigt waren, offenbarte eine seltsame Szene. Am langen Tisch saß der Sieur de Mereac und dicht an seiner Seite Guillaume de Coray , der erstere, strenge, unversöhnliche Richter, der letztere, spöttischer, triumphierender Ankläger; im Vordergrund eine kleine Gruppe Soldaten umringt die große, schlanke Gestalt des Verurteilten, dessen Hände fest auf dem Rücken gefesselt sind, gerade jetzt auf dem Weg zur Hinrichtung, und an seiner Seite die schwarz gekleidete Gestalt des alten Beichtvaters.

Obwohl d'Estrailles ihnen den Rücken zuwandte, konnten diejenigen, die dort im Schatten standen, die stolze Haltung seiner Miene erkennen, als er den letzten Worten seines Richters lauschte.

„Henri d'Estrailles ", sagte der alte Mann streng, „du bist für schuldig befunden und zum Tode verurteilt; du bist ein Mörder und Verräter, der Tod eines Schwerverbrechers ist das passende Ende für ein solches Leben. Das Leben meines Sohnes hast du nicht verschont." Mit üblen und grausamen Mitteln nehmen, und noch mehr, als Belohnung für die Gastfreundschaft, die ich dir unabsichtlich erwiesen habe, hast du mir die Seele einer Tochter geraubt. Feigling und Bösewicht! Hast du deinen Frieden mit Gott geschlossen? – wenn ja, dann wäre es so denn selbst im Tod wird die Hand jedes wahren und aufrichtigen Mannes gegen dich sein.

„Nein, mein Sohn", unterbrach Pater Ambrose sanft, „hüten Sie sich davor, ein ungerechtes Urteil über einen Mann zu fällen, von dem meine Seele mir sagt , dass er unschuldig ist. Nein, runzeln Sie nicht die Stirn, sondern hören Sie auf die Warnung eines alten Mannes, der von früher Jugend an unschuldig ist Ich habe gelernt, in den Herzen der Menschen zu lesen. Habe ich nicht erst jetzt den Geständnissen eines Menschen zugehört, der im Begriff war, vor das Gericht des Einen zu gehen, bei dem keine Täuschung möglich ist? Und angesichts der Ewigkeit selbst würde er mit Lügen auf seine Mitmenschen zurückblicken auf seinen Lippen? Ich sage Ihnen, nein, Sieur de Mereac , nein, hundertmal! Und so sage ich Ihnen, dass ich, nachdem ich die Geheimnisse der Seele dieses Mannes gelesen habe, ihn für unschuldig des Verbrechens halte, dessen er beschuldigt wird.

„Nein, mein Vater", unterbrach de Coray höhnisch, „Sie sprechen gut, aber denken Sie daran, *ich war es* , der sah, wie dieser Mann genau den Schlag ausführte, den er so leichtfertig leugnet; *ich* , der ihn so heimtückisch hinter mir schleichen sah." armen Verwandten – den edlen jungen Yvon – und spalte ihn von der Stirn bis zum Kinn, bevor er sich umdrehen und seinen Feind sehen konnte; *ich –*"

"Lügner!"

Das einzelne Wort hallte wie der herausfordernde Klang einer Trompete durch den Flur, als sich alle umdrehten und die große, hagere Gestalt eines Mannes vor dem Wandteppich stehen sahen.

KAPITEL X

Für ein paar Minuten herrschte atemlose Stille. Alle Augen schienen tatsächlich auf diese seltsame, abgemagerte Gestalt gerichtet zu sein, die sich halb, als ob sie sich stützen wollte, an Gwennolas schlanke Gestalt lehnte, als sie neben ihm stand, ihr blasses Gesicht jetzt rosig vor Freude und Triumph gerötet, als sie von der gebundenen Seite herabblickte. hilflose Gestalt zwischen den Soldaten gegenüber ihrem Vater.

Der Sieur de Mereac war aufgestanden und stand da, eine zitternde Hand umklammerte die Rückenlehne seines Stuhls, die andere beschattete seine Augen, als würde das flackernde Fackellicht seine Sicht blenden, während er in stummer Verwunderung auf den Redner blickte. Dann, als die blauen Augen mit einem aufsteigenden Licht des Erkennens auf die schwarzen trafen, ertönte ein weiterer Schrei, noch stockender, aber zitternd vor großer Freude, in der Stille –

„Yvon! Yvon! mein Junge! mein Junge!"

Für die Zeit war alles vergessen: Gefangene, Ankläger, Falsche und Wahre; Für den alten Mann, der mit ausgestreckten Armen vorwärtsschritt, enthielt die Welt im Moment nichts als diese hagere, zerzauste Gestalt und die blauen Augen seines längst verlorenen, lange betrauerten Sohnes.

„Vater", rief Yvon schluchzend, als er auf ihn zustolperte. „Vater, endlich!"

De Coray war mit einem Fluch, halb Wut, halb Bestürzung, aufgesprungen, als Yvon de Mereac seine Herausforderung durch die Halle schickte.

So wenig er auch nur geträumt hatte, dass sein Schlag in dem dunklen Wald von St. Aubin du Cormier nicht tödlich geendet hatte, war er doch scharfsinnig genug, um die Fortsetzung vage zu erraten, da seine Schlussfolgerung leichter aus der Tatsache der unerklärlichen Anwesenheit seines alten Mannes gezogen werden konnte Kamerad und ehemaliger Feind, François Kerden . Ohne sich die Zeit oder die Mühe zu nehmen, jedes Teil des Puzzles an seinen Platz zu bringen, begriff er die Bedeutung des Ganzen und erkannte, dass es tatsächlich Yvon de Mereac war , der vor ihm stand, und dass seine eigene Position von unmittelbarer Gefahr geprägt war .

Diese Berechnungen gingen ihm wie ein Blitz durch den Kopf, während er sich eifrig nach einem Fluchtweg umsah. Niemand bemerkte ihn oder seine Bewegungen, alle Aufmerksamkeit war auf die beiden zentralen Figuren des kleinen Dramas gerichtet. Alles bis auf eines, denn als er sich umdrehte, begegnete ihm der mitfühlende und umfassende Blick von Pierre, dem Narren. Dass der seltsame, zwerghafte Narr eine unerklärliche Hingabe an ihn gezeigt hatte, hatte de Coray mehr als einmal verwirrt, da er es nie gewohnt war, um seiner selbst willen geliebt zu werden, und er war mehr als halb geneigt, die Annäherungsversuche des kleinen Kerls damit zu behandeln Verdacht. Aber in der gegenwärtigen Krise wäre es gut, auch nur einen Narren als Freund und nicht als Feind zu haben, und de Coray gehorchte Pierres offensichtlichen Zeichen und schlich sich ungesehen hinter den Wandteppich.

„Schnell, Monsieur!" flüsterte der Junge ihm ins Ohr. „Sie sind noch unbemerkt, aber wir dürfen nicht zögern. Zu Ihrer Rechten, Monsieur, gibt es also einen Durchgang, der zur Kapelle führt. Ich glaube, nur wenige außer mir wissen ihn. Die äußere Pforte ist unbewacht; wir können dorthin fliehen Der Wald."

Coray war nicht abgeneigt, sich von einem so bereitwilligen Verbündeten leiten zu lassen, und folgte ihm, die Hand jedoch auf seinem Schwert, bereit, es zu ziehen, falls er Grund zu der Annahme eines Verrats haben sollte. Aber Pierre hatte offenbar keine solche Absicht, und noch bevor viele Minuten vergangen waren, hatten sie beide den Schutz des Waldes erreicht.

Kaum wissend, wohin er ging, eilte de Coray an der Seite des Jungen her, mit schwarzer Wut in seinem Herzen, als er sich daran erinnerte, wie schnell und wie gründlich das Mädchen, das er mit ihm verheiraten wollte, den Spieß gegen ihn umgedreht hatte war ihr Triumph. Nur noch fünf Minuten, und mindestens ein Zeuge gegen ihn wäre aus dem Weg geräumt worden, tatsächlich der einzige Zeuge, den er hätte fürchten müssen, und er vertraute darauf, dass er auf seinen klugen Verstand vertraute, eine neue Fiktion zu erfinden, um seinen Fehler bei der Annahme von Yvon de Mereac zu erklären tot. Jetzt hatte er schon im Moment der Flucht das Gefühl, dass er durch seine Flucht die letzte Möglichkeit zunichte machte, seinen Onkel zu täuschen und ihn dazu zu bringen, nicht an die Worte des Franzosen zu glauben, gepaart mit Yvons Wiederauftauchen. Doch er wagte es nicht zu bleiben, denn dahinter steckte das Risiko, dass Kerden entdeckt und anschließend gestanden würde, was ihn möglicherweise bis zur Hoffnung auf Wiedergutmachung verdammen und ihn vielleicht in die Nähe der Schlinge bringen könnte, die er gehofft hatte, um den Hals eines Mannes enger zu ziehen unschuldiger Mann.

Es war durchaus möglich, dass de Coray die blanke Verzweiflung verspürte, die ihn erfasste, als ihm klarer wurde, wie aussichtslos seine Lage wäre , wenn er gefangen genommen würde — und doch stand die Gefangennahme unmittelbar bevor. Nachdem er von seinem Verrat überzeugt war, wurde ihm versichert, dass de Mereac nichts unversucht lassen würde, um ihn zu finden und vor Gericht zu stellen, und dass eine solche Überredung leicht sein würde, zweifelte er nicht, da seine eigene Flucht seine Schuld besiegelte.

„Du Narr", schrie er wütend, als er plötzlich auf dem Waldweg stehen blieb, den sie betraten, „wohin führst du mich? Ich sage dir, dass es eine Verfolgung geben wird, und ich, der hier zu Fuß allein wanderte, muss notwendigerweise sein." ohne Hoffnung auf Flucht gefangen genommen. Und in seiner Wut wandte er sich gegen den Zwergenjungen, der dastand und zu ihm aufsah, mit einem Gesicht, in dem sich List und Angst mit einem seltsamen, halb komischen Ausdruck hundeartiger Hingabe vermischten.

„Nein, Monsieur", sagte Pierre abfällig und breitete die Hände aus, als wollte er de Corays Bewegung zum Ziehen seines Schwertes aufhalten. „Obwohl ich dumm bin, wird Monsieur feststellen, dass in meinem dicken Schädel noch etwas Weisheit steckt." Und er nickte ernst, während er sich an die Stirn tippte. „Ja", sagte er nachdenklich, „Pierre, der Narr, hat Augen, auch Ohren, und er sagt zu Monsieur: ,Beeil dich, schnell, denn Sicherheit gibt es nur im Flug.'"

"Sicherheit!" wiederholte de Coray bitter; „Ja, die Sicherheit des Narren, ich glaube , ich verdiene es, dass ich mich deiner Führung anvertraue. Wie, wahrlich, Herr weiser Narr, wollte ich de Mereacs schnellen Rossen und scharfen Klingen entkommen? Glaubst du, dass er und seine Gefolgsleute genauso langweilig sind ? So scharfsinnig und scharfsinnig du bist, du Affe der Ungerechtigkeit?"

Der Junge zuckte zurück, als wäre er von einer Peitsche getroffen worden, und hob seine dünnen Hände, als wolle er sich vor einem Schlag schützen.

„Ah, Monsieur, hören Sie", stöhnte er, „und seien Sie nicht böse auf jemanden, der für Sie sterben würde. Nein!" Er fügte eifrig hinzu, gereizt von de Corays Spott: „Monsieur *wird* glauben. Sehen Sie, weit in den Tiefen des Waldes ist eine Hütte, klein, aber gut geschützt; dort wohnt meine Schwester Gabrielle, die jeden Abend in ihren Gebeten Monsieurs Namen segnet." für das Geld, das uns vor dem Elend gerettet hat, als der Hungerwolf vor ein paar Tagen laut an die Tür geklopft hat. In dieser Hütte wird Monsieur sicher versteckt sein, vielleicht nur für ein paar Stunden, während Pierre, der Narr, wacht, um zu sehen, wohin seine Hütte kommt Feinde reiten; wenn dann mit dem Rücken zu ihm Gefahr droht, wird Monsieur aufsteigen und dorthin reiten, wo er in Sicherheit sein wird.

De Corays Stirn klärte sich, obwohl er zweifelnd in das verzogene, nach oben gerichtete Gesicht blickte, als wäre er immer noch misstrauisch.

„Wenn du mich verrätst, wirst du sterben, Junge", sagte er drohend; dann, in einem freundlicheren Ton: „Dennoch, wenn alles so geht, wie du sagst, und ich entkomme, wird Guillaume de Coray weder ein unhöflicher noch ein vergesslicher Meister sein."

Mit einem klugen Lächeln beugte sich der Narr herab, um die ihm ausgestreckte Hand zu küssen, dann richtete er sich auf und sagte mit der einfachen Würde seiner Rasse, ob Adlige oder Bauer:

„Monsieur, auch ich bin ein Bretone."

„Gehen Sie voran", sagte de Coray energisch – „den Rest werden wir sehen."

Die Wölfe, die in entfernten Teilen des Waldes noch immer kläglich heulten, belästigten die beiden Reisenden nicht , während sie eilig weitergingen, obwohl de Coray von Zeit zu Zeit mit der ganzen Nervosität eines Schuldigen zusammenzuckte, wenn ein Ast oder Zweig nach unten brach ihre Füße oder ein Nachtvogel streifte mit seinen Flügeln ihr Gesicht in der Dunkelheit.

Die Morgendämmerung färbte den Himmel im Fernen Osten bereits schwach, als Pierre vor der Tür einer Hütte stehen blieb, die so malerisch an einen überhängenden Felsvorsprung gebaut war, dass man leicht unbemerkt daran vorbeigehen konnte.

„Sehen Sie, Monsieur", sagte er nachdenklich, „es wird nicht gut sein, jetzt einzutreten; es kann sein, dass die Feinde von Monsieur bald an die Hütte von Pierre, dem Narren, denken werden, denn es gibt diejenigen, die nicht nur davon wissen , aber von der Liebe, die ich Ihnen entgegenbringe; deshalb wäre es das Beste, Schutz zu suchen, bis der Tag ankommt, in einem sicheren Versteck. Tenez, Monsieur, sehen Sie einen solchen, der diejenigen verspotten wird, die ihn verfolgen!" Und voller Stolz zeigte der Junge einen tiefen Spalt in der nahegelegenen Klippe, der so sorgfältig verborgen war, dass ein Mann völlig sicher zwischen den beiden hohen Felsbrocken liegen konnte, ohne Angst vor Entdeckung zu haben. „Monsieur wird hier ruhen, bis die Gefahr vorüber ist", bemerkte Pierre und deutete mit der schlanken Hand auf den Felsspalt mit der Miene eines Gastgebers, der seinen Gast einlädt, an seiner üppigen Gastfreundschaft teilzuhaben, „und danach wird die kleine Gabrielle Wache halten, Außerdem wird sie sich um die Bedürfnisse von Monsieur kümmern.

„Und für dich selbst?" fragte de Coray scharf, auch jetzt noch misstrauisch.

Der Narr zuckte mit den Schultern und breitete mit einer Geste der Selbstgefälligkeit die Hände aus.

„Für mich selbst, Monsieur, kehre ich ins Schloss zurück, denn es wäre nicht gut, dass ich vermisst würde. Seien Sie versichert, Monsieur, dass meine Ohren und Augen offen sein werden, damit es am Abend, wenn ich zurückkomme, Neuigkeiten geben kann, die … wird Sie auf Ihrer Reise begleiten.

"Reise!" rief de Coray bitter aus; „Eine lange und sichere Reise, glaube ich , ohne Pferd und Proviant für den Weg; es wird eine Reise in die Arme meines guten Onkels sein, glaube ich, und beim Bart von St. Gildas, ich glaube, seine Umarmung wird sein . " knapp nach meinem Geschmack.

Aber Pierre schüttelte mit einer Miene überlegener Weisheit den Kopf.

„Monsieur schätzt mich falsch ein", sagte er vorwurfsvoll. „Pierre, der Narr, ist sicherlich weniger dumm, als die Worte von Monsieur vermuten lassen. Wenn ich heute Abend zurückkomme , werde ich ein schnelles und trittsicheres Pferd mitbringen, außerdem Neuigkeiten über die Verfolgung von Monsieurs Feinden; der Rest wird es tun, wenn Monsieur vorsichtig reitet ganz einfach sein.

Ehre eines anderen anvertrauen möchte, war de Coray gezwungen , aus aller Not, Pierres scheinbar ehrliche Hilfsversprechen anzunehmen. Doch in seinem düsteren Versteck spürte der Verräter, wie die inneren Bedenken und Ängste schnell zunahmen, gepaart mit der Angst vor Gefangennahme. Eine schnelle Überprüfung seiner gescheiterten Pläne zeigte ihm, wie gering die Hoffnung auf Gnade sein musste, wenn er in die Hände seines empörten Verwandten fiel.

Das Lügengeflecht, das er um d'Estrailles und Gwennola de Mereac gesponnen hatte, würde sich nun gegen ihn auflehnen und zu neuen Anschuldigungsstimmen führen, während seine wahren Motive und seine eigenen tödlichen Taten ans Licht kamen. Als er an all das dachte, konnte er nicht umhin, mit einem vagen Schrecken einen Blick auf seine verschleierte Vergangenheit zu werfen. Niemand ahnte, welchen Weg der Verräter seit seiner Jugend so munter beschritten hatte. Mit einer Scham, die doch halb ein spöttischer Stolz auf seine eigene Klugheit und Gerissenheit war, erinnerte er sich daran, wie er, ein Adliger aus der Bretagne, sich damit zufrieden gegeben hatte, ein Werkzeug in den Händen der berüchtigten Landais zu werden, und dennoch eine reiche Belohnung verdient hatte für seine Dienste entgangen war, das Schicksal seines niedergeborenen Herrn zu teilen, als ein empörtes und allzu leidgeprüftes Volk das Gesetz in die eigenen Hände nahm und den Tyrannen trotz seines souveränen Herzogs hängte. Dann erinnerte er sich, während er da lag und auf die Vergangenheit zurückblickte, wie er an seine Verwandten von Mereac gedacht hatte und wie ein Vogel mit einem unheilvollen Omen nach Westen geritten war, um ein Erbe zu erbeuten, das ihm gefiel . Der heimtückische Tod des jungen Erben war ihm wie ein Meisterstück der List vorgekommen, und kaum hatte er es sicher gemeistert, machte er sich daran, sich bei dem alten Sieur und seiner Tochter einzuschmeicheln.

Aber Gwennola hatte sich als Hindernis für seine Ambitionen erwiesen, und da er davon ausging, dass ihr Vater, der diesem einzigen überlebenden Kind ergeben war, ihr wahrscheinlich das gesamte Vermögen hinterlassen würde, das er aus dem Erbe seiner Ländereien abspalten konnte, beschloss er, es zu tun heiratete sie – nicht, dass er sie liebte; aber, bah! Was spielte das für eine Rolle? Es kümmerte ihn auch nicht, dass die Jungfrau sich keine Mühe gab, ihren Hass auf ihn zu verbergen. Es gefiel der ihm innewohnenden Grausamkeit, Schmerz zu verursachen, und es erfreute ihn, den Schauder zu beobachten, der sie schüttelte, als er mit gespielter Hingabe auf ihre Verbindung anspielte. Für die Verachtung, die er von ihr erduldete, versprach er sich eine bezaubernde und langwierige Rache, als sie seine Frau war. Zu seinem Leidwesen zerplatzten nun seine Träume augenblicklich, und anstelle des mutmaßlichen Erben und Ehrengastes fand er sich als gejagter Mörder wieder, der bereits ohne Gerichtsverfahren verurteilt worden war, und das alles, wie er sich bitter sagte, durch die Machenschaften eines Puling-Mädchen und ihr Liebhaber – ein Liebhaber, den er beinahe als Belohnung für seine ungünstige Anwesenheit in Mereac ins Grab eines Schwerverbrechers geworfen hätte .

Während er so nachdachte, fiel de Coray in einen tiefen Schlaf, erschöpft von den Ereignissen eines langen und unangenehm aufregenden Tages, und er erwachte erst, als die warmen Sonnenstrahlen nach unten fielen und lange, helle Lichtstrahlen fast bis ins Herz sandten von den dunklen Schatten seines Verstecks.

Von Hunger und Durst verzehrt, dauerte es dennoch einige Zeit, bis er den Mut aufbringen konnte, aus seinem Versteck hervorzukriechen. Es war ein Tag mit strahlendem Sonnenschein, der sogar die Tiefen dieses grauen und düsteren Waldes erhellte, und einen Moment lang stand de Coray da und blinzelte wie eine plötzlich verstörte Eule, bevor sich sein Blick an das grelle Licht gewöhnte. Doch plötzlich bemerkte er die schlanke Gestalt eines Mädchens, das in der Tür der Hütte neben ihrem Spinnrad saß. So entstand ein hübsches Bild – der dunkle Hintergrund des Waldes, die malerische und heruntergekommene Waldhütte und vereinzelte Strahlen goldenen Glanzes, die die Figur im Vordergrund erhellten, in ihrem malerischen Kleid und der Mütze eines bretonischen Bauernmädchens, einem Kleid, das ... Setzen Sie die Schönheit des tief über das summende Rad gebeugten Gesichts perfekt in Szene. Tatsächlich war es eher das Gesicht einer Madonna als eines einfachen Bauern, denn die Schönheit lag nicht nur oder hauptsächlich im zarten Oval ihrer Wangen, der Regelmäßigkeit ihrer Gesichtszüge oder der glänzenden Üppigkeit der langen schwarzen Haarzöpfe der über ihre

Schultern fiel, sondern im weichen und zärtlichen Ausdruck ihrer Lippen und dunklen Augen, die sich schnell hoben, um de Corays neugierigem Blick zu begegnen.

Eine plötzliche Freudenröte statt mädchenhafter Schüchternheit rötete die Wangen des Mädchens, als sie hastig aufstand und ihren Besucher mit einem tiefen Knicks begrüßte.

Zu seiner Überraschung wurde de Coray mit Respekt und Dankbarkeit behandelt, die ihm vollkommen zuteil wurden. Es war offensichtlich, dass ihr Bruder kein Wort über den wahren Charakter seines Gönners oder den Grund seiner gegenwärtigen Schwierigkeiten verloren hatte, sondern stattdessen seiner einfachen Schwester solche Loblieder ins Ohr gesungen hatte, dass sie de Coray im Licht einer armen, verfolgten Heiligen betrachtete.

Es ist eine seltsame Erfahrung, so etwas zu tun, was man ganz offensichtlich nicht ist, und de Coray lauschte, halb amüsiert, halb erfreut, ihren schüchternen, stockenden Worten der Dankbarkeit.

Der Verdacht, der um sein Herz geschlummert hatte, hinsichtlich der Vertrauenswürdigkeit seines kleinen Verbündeten, verschwand vor der klaren Wahrheit in den dunklen Augen seiner Schwester, und unwillkürlich versuchte er, die Rolle zu übernehmen , die sie ihm so unschuldig gegeben hatte. Es war wieder der Wolf im Schafspelz, aber diesmal war es dem Wolf lieber, seine eigene dunkle Haut zu verbergen, als das vertrauensvolle Lamm zu verschlingen.

Nachdem das Essen beendet war, saßen sie also zusammen, diese beiden ungleichen Begleiter, während Gabrielle ihrem Besucher in immer noch schüchternen, aber vertrauensvolleren Sätzen die einfache Geschichte ihres Lebens erzählte. Es war so einfach, so bescheiden, und doch, als er an ihrer Seite saß, die unschuldige Schönheit ihres Gesichts beobachtete und ihren gemurmelten Worten lauschte, unterbrochen von gelegentlichem Vogelgesang aus den flüsternden Wäldern um ihn herum, war es so schien eine sehr schöne Idylle zu sein.

Der Glamour einer völlig neuen Erfahrung hatte sich über den grausamen, intriganten Mann vieler Verbrechen geschlichen, als er dort saß und auf den Einbruch der Dämmerung wartete, der Glamour, der um die Tage der frühen Kindheit und der Unschuld schwebt und von heiligen und heiligen Dingen zu flüstern scheint Schön. Es begeisterte ihn mit einem neuen Gefühl dafür, wie das Leben aussehen könnte, und ließ ihn entsetzt vor dem zurückschrecken, was sein Leben bereits gewesen war.

Es war beschämend und dennoch nicht ohne Süße, sich in den Augen dieses Bauernmädchens als edler Ritter widergespiegelt zu sehen, dessen Güte und makellose Ehre bereits das Thema ihrer mädchenhaften Gedanken gewesen waren, und er schauderte fast, als er sich das Licht vorstellte Ehrfurcht und Bewunderung würden aus ihrem süßen Gesicht verschwinden, wenn sie die Wahrheit wüsste.

„Ah, Monsieur", murmelte Gabrielle, während sie in ihrer geschäftigen Arbeit innehielt, um zu ihm hinüberzuschauen, „mein Herz schmerzt, wenn ich an die Grausamkeit derer denke, die versuchen, Ihnen Schaden zuzufügen, und ich kann mir auch nicht vorstellen, wie jemand so gut ist." und so edel, wie der Sieur de Mereac durch lügnerische Zungen getäuscht werden konnte."

De Coray zuckte mit den Schultern. „Nein, Mademoiselle", sagte er nachlässig, „zweifellos wird der edle Sieur mit der Zeit seinen Fehler erkennen und sein voreiliges Urteil bereuen; im Übrigen werde ich es nicht vergessen, wenn ich nur sicher zu meinem eigenen Schloss in Pontivy reiten kann . " der Beistand , den du und dein Bruder gewährt haben."

„Nein", rief das Mädchen leise, „Monsieur darf nicht von einer Belohnung für das sprechen, was wir mit Freude gegeben haben; Monsieur hat uns bereits vor der Not gerettet, denn sehen Sie, ich war krank – ich konnte nur wenig spinnen – und Mein Bruder hatte mir nur wenig Geld zu schenken, bis Monsieur ihm in der Großzügigkeit seines Herzens viel Silber schenkte, wofür unsere Liebe Frau und alle Heiligen Sie für immer segnen, Monsieur, und Sie aus den Händen der Grausamen befreien Männer."

„Nein", sagte de Coray galant, „ich glaube, schöne Jungfrau, einer der süßesten Heiligen hat bereits meine Befreiung unternommen."

Sie sah ihn unschuldig an und verstand das Kompliment, das er ihr machen wollte, nicht, denn sie dachte nicht an sie selbst, sondern an ihn.

Und so saßen sie da und unterhielten sich leise, wie es ihnen der Zauber und die Verzauberung des Augenblicks gebot, und sie erzählte ihm mit der Einfachheit eines Kindes, wie sie hier allein in der Waldhütte lebte, ganz allein, die meiste Zeit drehend Sie war lahm und konnte kaum gehen, und ihr Bruder Pierre kam oft zu ihr, wenn es möglich war. Und bei Pierres Namen wurden ihre Augen zärtlich, denn ihre Liebe zu ihm war groß. Ah! der arme kleine Pierre! – er, der ein so tapferer Soldat gewesen wäre, wenn sein Kummer nicht gewesen wäre. Der arme Pierre! Es ist lange her, dass der Sieur de Mereac auf der Jagd in seinen Wäldern an der kleinen Hütte vorbeikam, in der François Laurent mit seiner Frau und seinen beiden Kindern lebte, und leider! Der kleine Pierre, der dort draußen in der Sonne spielte, hatte lieber innegehalten, um die farbenfrohen Dekorationen der Kavallerie zu betrachten, als in den sicheren Schutz der Arme seiner Mutter zu rennen, sodass ihn eines der Pferde zu Boden geworfen und ihm die Wirbelsäule verletzt hatte.

Das war die Geschichte des armen Pierre; Deshalb musste er statt eines kräftigen, tapferen Mannes als der krumme, kümmerliche Pierre, der Narr, durchs Leben schlendern. Es ist wahr, dass der Sieur de Mereac bedauerte, was geschehen war, und als Pierre alt genug war, hatte er ihn in seine Dienste genommen, und als er feststellte, dass der scharfgesichtige Junge über einen eigenen Verstand verfügte, hatte er ihn zum Narren gemacht, zusammen mit Petit Pierre, dem Affen für die Firma.

Aber für sich selbst? fragte de Coray . Hatte sie keine Angst davor, allein in einer so trostlosen Hütte zu leben, in der ihr nichts als das Heulen der Wölfe und das Heulen des Windes Gesellschaft leistete?

Die kleine Gabrielle lächelte. Sicher nicht! Wie konnte sie Angst haben, wenn die Gottesmutter und alle Heiligen in ihrer Nähe waren, um sie vor dem Bösen zu schützen? So wird schlichte, kindliche Unschuld mit Schuld und Verbrechen argumentiert, die immer mit Angst und Schrecken einhergehen; und wieder verspürte de Coray beim Blick in ihre großen, dunklen Augen einen Schauer der Freude darüber, dass sie ihn nicht als das kannte, was er war; Denn wahrlich, hätte er diesen langen Tag voller geheimer Ängste und Spannung mit einem Engel vom Himmel verbracht, hätte keine sanftere und reinigendere Hand auf die verhärtete Schwärze seines Herzens gelegt werden können, die es mit einem plötzlichen, vagen, aber vorübergehenden Verlangen zum Springen brachte hin zu dem, was rein, edel und gut war.

So brach die Dämmerung herein, und weder Pierre noch seine Feinde waren gekommen; Doch als die trübe, geheimnisvolle Zeit der Schatten in die Dunkelheit der Nacht überging, sahen die beiden Beobachter durch die Bäume die sich nähernde Gestalt eines Jungen, der ein Pferd am Zaumzeug führte.

„Es ist Pierre!" rief Gabrielle freudig und erhob sich von ihrer Arbeit, obwohl sie immer noch in der Tür wartete, bis ihr Bruder auf sie zukam und ihr zuerst seinen Willkommensgruß in ihr gerötetes, frohes Gesicht lächelte, bevor er sich an de Coray wandte .

„Monsieur", sagte er und verneigte sich tief mit einer Bewegung seiner hohen Narrenmütze, die eher wie Spott als Ehrerbietung wirkte, obwohl er es vielleicht nicht so meinte – „Monsieur, alles ist gut. Die Feinde des Monsieur reiten nach Nantes und Angers; es." Es ist offensichtlich, dass sie einen so bescheidenen Aufenthaltsort wie den von Pierre, dem Narren, vergessen haben. Außerdem glaube ich, dass sie mich kaum verdächtigen, dass ich dir geholfen habe, da ich heute Morgen schlafend zwischen den guten Hunden Gloire und Reine aufgefunden wurde.

„Und der Wald?" fragte de Coray eifrig.

„Dass sie auch gesucht haben, Monsieur, wenn auch offensichtlich noch nicht mit ausreichender Sorgfalt; mein Herr hat in der Tat befohlen, jeden Winkel der Bretagne zu durchsuchen, bis Sie gefunden werden, und hat eine stattliche Belohnung für Ihre Gefangennahme ausgesetzt, aber vorerst." Er selbst ist zu sehr damit beschäftigt, sich um Monsieur Yvon zu kümmern, als dass er die Suche persönlich leiten könnte.

De Coray lächelte und warf einen Seitenblick auf Gabrielle, die die Hütte betreten hatte, um das Abendessen zuzubereiten, und fügte leise hinzu:

„ Hast du irgendetwas von einem gewissen Kerden gehört, mein Freund ? Bei ihrer Suche nach mir sind sie vielleicht auf einen Mann gestoßen, der diesen Namen trägt und der meint, dass er gerade jetzt in deinen Wäldern herumspukt?"

Pierre blickte auf und begegnete der Frage seines Gönners mit einem Blick, der ebenso klug war wie der von de Coray .

„Monsieur", sagte er einfach, „es scheint, dass dieser Kerden den Wald von Arteze nicht länger leibhaftig heimsuchen wird, und wenn alles zutrifft, was die Leute im Schloss sagen, wird der Teufel zu schnell gewesen sein, ihn zu ertragen." Geist an seinen eigenen Ort, um ihm die Möglichkeit zu geben, bei Einbruch der Dunkelheit dort umherzustreifen.

"Tot?" wiederholte de Coray mit einem langen Seufzer der Erleichterung. „Bist du dir dessen sicher?"

„Wahrlich", erwiderte Pierre, „wenn man den Worten von Mademoiselle und den blutigen Kiefern von Gloire vertrauen kann. Der Hund hat ihn, so heißt es, dort draußen auf der Heide getötet, wo die Courils in mondhellen Nächten tanzen ; aber Monsieur wird klug sein, nicht länger zu zögern. Sehen Sie, das Pferd ist gut und auch frisch; es gibt auch Proviant für eine Reise, obwohl ich denke, dass sie für den Verzehr durch andere Kiefer als die des Monsieur vorbereitet waren, aber sie werden schmecken trotzdem süß dafür. Und der fremde Junge lachte fröhlich über seinen Scherz.

„Nein, das ist das Ross des Franzosen!" rief de Coray aus , als sein Blick über das braune Pferd blickte, das Pierre am Zaum hielt. „ Tiens ! mein Freund, ich erkenne es an seinem weißen Stern und den abgeschnittenen Ohren. Aber wie bist du darauf gekommen , kleiner Schurke? Ich glaube, Monsieur da drüben hätte kaum ein so großes Verlangen nach meiner Flucht gehabt, dass er mir sein eigenes Ross geliehen hätte?"

„Nein", antwortete Pierre weise, „dass Sie die Wahrheit sagen, Monsieur; aber ich werde es erklären. Das Pferd des französischen Ritters habe ich vor zwei Tagen entdeckt, als Petit Pierre und ich um Mitternacht in die Fußstapfen von Mademoiselle gingen; es war." Er wurde in der Nähe der Kapelle des Braunen Mönchs untergebracht und ist dort bis heute geblieben. Mir kommt es vor, als wären Monsieurs Gedanken bei seinem erwarteten Abschied aus dem jetzigen Leben zu beschäftigt mit dem nächsten, um sich an sein armes Ross zu erinnern; und so auch heute Morgen, bevor ich zurückkam Als ich zum Schloss ging, besuchte ich den Schuppen und ließ das arme Tier los, und nachdem ich ihm etwas zu essen gegeben hatte, führte ich es zu einem entfernten Teil des Waldes, wo ich es anband, im Vertrauen auf die Heiligen, dass niemand die Möglichkeit haben würde, diesen Weg zu passieren . Auch in der Nähe der Kapelle entdeckte ich einen Korb mit Vorräten, die die schöne Mademoiselle für ihren Geliebten mit viel Sorgfalt vorbereitet hatte; auch diese habe ich für die Bedürfnisse des Monsieurs verwendet, daher denke ich, dass ich für einen Narren das Richtige getan habe. Ist es nicht so? Also, Monsieur?"

„Nein", sagte de Coray herzlich, „du hast tapfer das Richtige getan, mein Freund, und zu gegebener Zeit wird dein Lohn groß sein, auch wenn du vorerst nur leere Dankbarkeit erwarten musst; aber wenn mir das Glück noch einmal zulächelt, dann wird es auch für dich, mein Männchen, ein goldenes Lächeln geben, wie auch für deine süße Schwester hier."

„Ja", erwiderte Pierre und richtete sich stolz auf, als er ihn in seine bescheidene Behausung führte, „Obwohl wir Bauern sind, Monsieur, liegt doch auch im Blut der Laurents von Arteze Adel, denn wahrhaftig in den Adern von Unsere Vorfahren führten das Blut von König Artus selbst und der berühmten Morgana. Ist es nicht so, Gabrielle?"

Das Mädchen lächelte von einem zum anderen.

„Nein, mein Bruder", antwortete sie sanft, „das haben uns unsere Eltern gesagt, aber ich weiß, dass in den Worten unseres Vaters mehr Wahrheit steckt, dass Adel eher von der Seele als vom Körper kommt und es wenig darauf ankommt, wer." unsere Vorfahren waren es, solange wir selbst um Ehre und Tugend für unsere Ehepartner buhlten."

„Mademoiselle ist weise", sagte de Coray sanft, als sein Blick ihren traf. Und zu seiner Schande fiel sein eigener vielleicht nicht unter den unerschütterlichen Blick, sondern begegnete ihm, als würde auch er die Ideale schätzen, die sich auf ihrer reinen jungen Stirn eingeprägt hatten.

Doch vielleicht machte ihm sein Herz, so falsch es auch war, Vorwürfe, als er in die Dunkelheit der Nacht davonritt, und trug die Erinnerung an ein nach oben gerichtetes Gesicht voller süßem, vertrauensvollem Vertrauen und Ehrfurcht und an Augen, die ihn mit einem Namen begrüßten, mit sich er hatte es nie gewusst.

KAPITEL XI

„Und so verabschieden wir uns, mein Henri?" seufzte Gwennola traurig, und in den blauen Augen, die Henri d'Estrailles ' dunkles, hübsches Gesicht erblickten, standen Tränen .

„Nein, eher ‚au revoir', süß", antwortete er zärtlich, „obwohl ich glaube , dass das schwer genug zu sagen ist."

Sie standen, diese beiden, auf dem Terrassenweg nahe am Flussufer. Dahinter lag die graue Düsternis des Waldes mit seinem Hauch von Tragödie und Geheimnis, und hinter ihnen das Schloss, das am Rande einer trostlosen Heide stand, düster und bedrohlich. Aber um sie herum nahm das Leben eine fröhlichere Note an; Der Sonnenschein des Sommers spielte zwischen Blumen und Obstgartenblüten, und Vögel sangen süß in den Zweigen über ihnen. Vor allem Jugend und Glück lächelten einander die alte und immer neue frohe Geschichte der Liebe und Hingabe in die Augen. Doch selbst in der zarten Schönheit der Gegenwart spielte die Musik der Freude im traurigen Abschiedswort eine untergeordnete Rolle.

Es war schwer – so schwer – sich zu trennen, als die Liebe gerade erst geboren wurde und sie sich doch trennen mussten. Der Sieur de Mereac blieb in seiner Entscheidung unflexibel.

Überzeugt von d'Estrailles ' Unschuld hatte er seinem verletzten Gast die höfliche Entschuldigung angeboten, die ihm gebührte, Entschuldigungen, die ebenso aufrichtig wie herzlich waren, obwohl seinem Verhalten angesichts dessen, was geschehen war, vielleicht ein kleiner Vorwurf gemacht werden konnte; Während Entschuldigungen von geringem Wert gewesen wären, wenn Yvon de Mereac wenige Augenblicke später im Gerichtssaal erschienen wäre.

Groß und bitter war der Zorn und die Demütigung des alten Adligen gewesen, als er feststellte, dass sein eigener Verwandter eine so niederträchtige Rolle gespielt haben sollte, und schrecklich war die Vergeltung, die er ihm zu vergelten geschworen hatte.

Aber selbst in seinem Wunsch, Wiedergutmachung für ein fast vollendetes Unrecht zu leisten, blieb Gaspard de Mereac gegenüber d'Estrailles ‘ Bitten bezüglich seiner Tochter taub . Für ihn war es völlig unvorstellbar, dass sich eine Mereac mit dem natürlichen Feind ihres Landes paaren sollte, denn hier, im Grenzland des zerstreuten Herzogtums, wurde der Hass auf Frankreich mit dem ersten Lebenshauch eingeschleppt.

Erst schließlich gab er den Bitten seines geliebten Schatzes widerwillig nach und stimmte einer Verzögerung zu. Wenn die Mission des Grafen

Dunois erfolgreich war und das Band zwischen gemeinsamen Feinden durch Liebe und Ehe gefestigt wurde, dann würde vielleicht, wenn Gwennola noch unverändert bliebe, das natürliche Vorurteil weichen und eine Verlobung zwischen den beiden zugelassen werden. Doch selbst diese Zeitspanne wäre kaum möglich gewesen, wenn de Mereac sich nicht von der Gewissheit überzeugt hätte, dass seine Herzogin jedes Angebot einer Verbindung zwischen ihr und dem Mann ablehnte, den sie zwangsläufig als ihren erbittertsten Feind betrachten musste , ungeachtet ihres bereits bestehenden Treuebekenntnisses an den König der Römer gefleht.

So gab der schlaue alte Bretone, der seinem Vorsatz, seine Tochter nur mit ihrem eigenen Landsmann zu verkuppeln, nicht im Geringsten nachgab, äußerlich Bedingungen zu, die sich kaum erfüllen ließen, und brachte so die Zudringlichkeiten des Kindes, das er verehrte, und des Mannes, den er so sehr liebte, zum Schweigen zu Unrecht zum Tode verurteilt. Aber Yvon vertraute er sein geheimes Ziel an.

„Es ist nur die vorübergehende Laune eines törichten Dienstmädchens", sagte er leichthin, „und jemand, den man nicht ernst nehmen sollte, mein Sohn; dennoch ist es am klügsten, dem äußeren Schein nachzugeben, denn ich habe mich ihrem Willen widersetzt, die kleine Gwennola. " würde seufzen und weinen wie jedes verliebte Mädchen der Romantik, wie sich unsere Minnesänger vorstellen, um anderen albernen Mädchen den Kopf zu verdrehen; aber wenn es nach ihr geht, wird sie einen Fremden bald vergessen, wenn ein anderer edler Liebhaber sie umwirbt. Nein, nein, das Kind ist ein zu wahrer Mereac , um einen französischen Liebhaber lange zu lieben; ein anderes wird bald die Fantasie aus ihrem Herzen stehlen und eine wahrhaftigere an ihrer Stelle zurücklassen. Alain de Plöernic sucht eine Braut, und wo soll er eine schönere finden oder ein süßeres als die Demoiselle von Mereac ?"

So schmiedete der alte Vater seine Pläne, ohne von den Gedanken seiner Tochter zu ahnen, und träumte; Diese Mägde, wahrlich! Sie müssen zwangsläufig alle einem Muster angehören und bereit genug sein, auf Geheiß des Vaters den Liebhaber zu wechseln, oder weil der Name einer Person vielleicht in den Ohren eines Vaters schlecht klang, ohne sich darüber im Klaren zu sein, dass dies ein Ausrutscher seines eigenen strengen, eisernen Willens war Stamm, der, nachdem er seinen Partner gefunden hatte, nicht auf den Ruf eines anderen reagierte, nicht einmal auf den Befehl eines Elternteils, wie geliebt er auch sein mochte.

So wandelten die Liebenden auf der Terrasse, so schlecht sortiert und doch so treu, geschworen unsterbliche Beständigkeit und Wahrheit, und in der Halle des Schlosses lächelte der Sieur de Mereac über die neu entdeckte Schlangenweisheit, dann vertrieb er den Übeltäter gänzlich aus seinem Kopf dachte an Gwennolas unwillkommenen Liebhaber, um sich stattdessen umzudrehen und an den Mann zu denken, dem er die Treue seiner Tochter geschworen hatte, und um Rache an dem raffinierten Gehirn zu schwören, das beinahe den Untergang seines Hauses herbeigeführt hätte. Trotz seines Rassenhasses konnte er nicht anders, als zuzugeben, dass Henri d'Estrailles seine Dankbarkeit für sich beanspruchte, wenn auch vergeblich, gegen die feige Hand kämpfte, die seinem Yvon den Schlag des Verräters versetzt hatte. Und so kehrten die wandernden Gedanken des alten Mannes aus dem Gedanken an diese Szene im Wald von St. Aubin mit schaudernder Wut noch einmal zu der Geschichte zurück, die Yvon selbst ihnen so zögernd erzählt hatte, als er mit seinen eigenen in der düsteren Halle stand Vater und Schwester neben ihm, seine Hände – so dünne, zitternde Hände! – verschränkten sich in ihren, während er sprach.

Und die Geschichte selbst! Ah! Warum war der Hauptdarsteller darin so kurzerhand von der Gerechtigkeit – seiner Gerechtigkeit – abgewichen? Fast hätte er es übers Herz gebracht, mit dem treuen Hund zu streiten, der sein Werk der Vergeltung so schnell und so gut erledigt hatte. Anfangs war es fast unmöglich zu glauben, dass dieser gebrochene, schwachsinnige Mann mit Yvons Augen wirklich der tapfere Junge sein könnte, auf den er so große Hoffnungen gesetzt hatte. Und dann hatte er – ja, hörte von der kleinen Kellerkammer im alten Haus in Rennes, wo sein Sohn aus seiner langen Bewusstlosigkeit erwacht war und es ihm so schwer fiel, sich durch das Schattenland des Deliriums zurückzukämpfen, um zu erkennen, wo er war, und in dessen Obhut. Und auch die Erkenntnis, wie schrecklich und wie bitter, als sie kam! Der Vater, der die Geschichte erzählte, konnte die groben Umrisse des Ganzen mit grellem Anflug von Fantasie gut einordnen. Während er starrte, den Ellbogen auf den Tisch vor sich gestützt, mit blinden Augen auf die verblassten Wandteppiche gerichtet, konnte er sich diese dunkle Zelle vorstellen, den kranken, fiebrigen Mann, dessen Jugend in ihm so verzweifelt ums Überleben kämpfte; dann das spöttische, spöttische Gesicht seines Entführers, als er ihm die Wahrheit sagte, die es nicht zu verbergen gab – die Wahrheit, dass er als Trumpf dieses Bösewichts daliegen sollte, als das Instrument, mit dem er an den Ängsten anderer arbeiten sollte; Wie in der Tat, dass er dort festgehalten werden sollte, um zu schmachten und zu schmachten, aber nicht, um zu sterben, bis sein Verwandter sein Erbe antreten würde, wenn sein Entführer ihn als ständige Bedrohung für den ungesetzlichen Sieur de Mereac benutzen könnte, womit er zurechtkam Gold und Gunst für sich selbst erpressen. Oh, es war ein listiger Plan! und wie fröhlich hätte der Urheber gelacht, als er es seinem Opfer präsentierte! Und dann die lange Wartezeit, das Hinziehen von Monat zu Monat, in der man sich tatsächlich nach dem Tod als höchstem Gut gesehnt haben musste und doch nicht auf seinen Ruf hin kam. Dann die wahnsinnige Vorstellung, die aus dieser schrecklichen Gefangenschaft entstand, dass sein Gefängniswärter immer auf eine Gelegenheit wartete, mit seinem mörderischen Dolch in seine Zelle zu schleichen. Und obwohl er um den Tod gebetet und sich nach ihrem erholsamen Kuss gesehnt hatte, musste der Schrecken vor diesem schnellen und blutigen Ende unerträglich geworden sein. Dann, als die Hoffnung tot zu sein schien, das plötzliche erneute Aufwachen im Mitleid und der Freundschaft der alten Frau, die ihm Essen und, in seltenen Fällen, frische Kleidung brachte – der Entschluss zur Flucht, die atemlose Aufregung, diese lange Zeit hinaufzukriechen gewundene Treppen, die alte Hexe murmelte und schluchzte aus Angst, dass ihr Herr sie töten würde, wenn er die Wahrheit erfuhr, dann die wahnsinnige Freude, noch einmal den reinen Luftzug der Außenluft einzuatmen, und schließlich die unzeitige Flucht – Die Flucht war jedoch beinahe so erfolgreich, dass er das Flussufer erreicht hatte und in Sichtweite des Schlosses stand, als der Anblick seines grausamen Entführers den schwachen, eingeschüchterten Geist erneut aus dem Gleichgewicht brachte und er unaufhaltsam in den Wald floh. Nur um von Kerden leicht eingeholt und überwältigt zu werden , der mit Flüchen und Schlägen mit Folter und Strafe für seine Kühnheit drohte, als er ihn erneut in sein Gefängnis zurückbrachte. Aber hier war der Raufbold selbst überlistet worden, denn auf der Suche nach seinem Opfer war er selbst von seinem verstorbenen Herrn gesehen und erkannt worden, und er war bestrebt, ihm nicht nur zu entgehen, sondern ihn ganz aus der Spur zu bringen, wie er beschlossen hatte sich zurückzuhalten, bis de Corays Verdacht zerstreut war. Dementsprechend hatte er Yvon zu der Höhle getragen, die er am Hang gefunden hatte, und sich neben ihm versteckt, um sich dann nachts hinauszuschleichen, um Proviant zu suchen, den er von den Bauern von Mereac und der kleinen Stadt Martigue in der Nähe beschaffte . Noch in dieser Nacht hatte er Yvon von seiner Absicht erzählt, sein Pferd zu holen und nach Rennes zurückzukehren, und ließ seinen zitternden Gefangenen im Ungewissen über sein eigenes Schicksal. Ob er seine Meinung geändert hatte oder ob die aufmerksame Suche des Narren Pierre ihn beunruhigt hatte, war unmöglich zu sagen, da der Tod den herzlosen Intriganten so schnell überholt hatte; Doch als de Mereac sich an das entsetzte Gesicht seines Sohnes erinnerte, als er seine Geschichte erzählte, schlug er seine geballte Faust auf den Tisch vor sich und verfluchte heftig die Seele des Mannes, der diese Tat begangen hatte.

„Mein Sohn", sagte eine sanfte Stimme an seiner Seite, „sagt nicht die Heilige Schrift: ‚Vergib, wie wir anderen ihre Sünden vergeben‘?"

De Mereac drehte sich schnell mit ausgestreckter Hand zu der schwarz gekleideten Gestalt um, die neben seinem Stuhl stand.

„Ambrosius!" er weinte leise. „Nein, es tut mir gut, dich von Vergebung sprechen zu hören, da ich sehe, wie sehr ich deine Hände brauche."

Der Benediktiner lächelte, als er seine schlanke Hand auf die breite Schulter des anderen legte.

„Nein“, erwiderte er, „es steht dir nicht zu, mich um Vergebung zu bitten, Gaspard, denn in Wahrheit glaube ich, dass ich schuld daran war, dass ich der Laune einer Jungfrau nachgegeben habe, wenn auch einer großzügigen.“

„Bah!“ lachte de Mereac herzlich, während er einen Stuhl heranzog und den alten Priester sanft hineinschob. „Daran triffst du nicht die Schuld, mein Freund. Gwennola , fürchte ich, ist die Tochter ihres Vaters, und wenn sie sich etwas vornimmt, gibt es keine Ruhe, bis es ausgeführt wird. Aber es war wirklich alles zum Besten bestimmt. “ , und das Urteil meiner kleinen Magd war nicht schlecht, obwohl ich nicht weiß, ob sie sich aus Liebe zur Gerechtigkeit ihrem Vater widersetzte oder weil sie den Mann so sehr hasste, den ich in meiner Torheit hätte heiraten lassen .

Das Lächeln von Pater Ambrose war etwas skurril, denn von seinem Fenster aus hatte er die beiden Gestalten am Flussufer gesehen.

„Nein, alter Freund“, sagte er sanft, „vielleicht war es weder Gerechtigkeit noch Hass, die aus dem Kind eine romantische Heldin machte, sondern eine stärkere Macht als beides, nämlich die Liebe, was auch immer. “ bewegt eine Magd zu seltsamen Taten und Fantasien.

De Mereac starrte den Priester einen Moment lang mit zusammengezogener Stirn an, dann runzelte er die Stirn, als er erriet, was er meinte.

„Eine törichte Laune“, erwiderte er knapp, „und eine, die ich gut verstehe , wird schnell genug verschwinden, wenn dieser Franzose seinen Abschied genommen hat, was er, Maria sei Dank, schnell tut. Ich würde lieber aus der Magd eine trostlose Nonne werden, alle Gebete und Melancholie, als die Frau eines französischen Räubers.

„Eine Braut des Himmels zu sein ist wirklich eine glückliche und erhabene Berufung“, sagte Pater Ambrose vorwurfsvoll, „obwohl er meiner Meinung nach kaum zu unserer Gwennola passt“, fügte er mit einem Funkeln in seinen scharfen alten Augen hinzu .

„Nein“, antwortete de Mereac unverblümt, „die Magd hat einen zu hohen Geist und ein zu warmes Blut, um das beengte Leben in einer Klosterzelle zu ertragen. Eine edle Magd, ein Vater, eine edle Magd und jemand, der ebenso edel verheiratet sein soll.“ Ich habe an den jungen Alain de Plöernic oder den Grafen Maurice de la Ferrière gedacht , beides würdige Gefährten für die Taube von Arteze , die leider!“ Er fügte mit einem Schulterzucken hinzu: „Ich war so nahe dran, dem verdammten Falken zum

Opfer zu fallen, dessen Hals ich am liebsten umdrehen würde, bevor die Morgensonne aufgeht. Falscher Lügner! Nein, Vater, sprich nicht zu mir von Vergebung, wenn ich mich daran erinnere." Ich glaube, ich hätte die Hand meiner Tochter in die rote Zunge gegeben, die meinen Sohn töten wollte.

„Frieden, Gaspard", sagte der Priester beruhigend, als de Mereac von seinem Sitz sprang, um zornig im Saal auf und ab zu schreiten, „und denke statt an Rache an die Barmherzigkeit, die dir dadurch zuteil wurde, dass du Sohn und Tochter sicher in dein Eigentum zurückgebracht hast." Waffen."

"Restauriert!" rief de Mereac bitter. „Nein, Ambrose, denk an das Gesicht und die herabhängende Gestalt dieses armen Jungen, ganz ausgezehrt und schrecklich, und erinnere dich an den Morgen, als der junge Yvon so fröhlich über die Brücke ritt und mir, während ich lag, etwas zurief und mein Unglück verfluchte unfähig, sich unter rheumatischen Schmerzen zu bewegen, dass er unser Banner im Triumph mit frischen Lorbeeren umrankt zurückbringen würde.

„Vielleicht wird er sich noch erholen", sagte Pater Ambrosius sanft. „Aber jetzt habe ich ihn friedlich schlafen lassen; er ist jung und das Leben fließt immer noch schnell in seinen Adern; hier in Mereac , mit Liebe und Freunden um ihn herum, können wir durchaus hoffen, die Jahre auszulöschen, die einen weniger verrückt gemacht hätten stark und mutig."

„Mein armer Yvon! mein armer Sohn!" stöhnte der Vater. „Mein Fluch liegt auf diesen, seine alles andere als Mörder. Nein, Vater, tadele mich nicht, denn ich muss und werde sie verfluchen; ich werde der Verzögerung wirklich überdrüssig, wenn ich daran denke, dass de Coray gerade jetzt meiner Gerechtigkeit entgeht. Nein, Vater , dein Verzeihung, denn während ich so schwärme, vergesse ich, nach deinen Verletzungen zu fragen. Du bist immer noch blass und erschöpft; ich glaube, es wäre nicht gut, so schnell von deinem Lager aufzustehen."

„Nein", sagte der Priester mit einem Lächeln, „es war nur ein rissiger Schädel, der wirklich immer noch etwas schmerzt , den ich aber bald heilen werde . Lieber ein Schmerz im Kopf, mein Sohn, als einer im Herzen, deshalb ." Höre auf den Rat deines alten Freundes und bete lieber für die Seelen deiner Feinde als für die Zerstörung ihrer Körper.

„Nein, das will ich nicht", erwiderte de Mereac energisch, „denn ich würde dem Teufel solche erlesenen Häppchen nicht rauben . – Wie nun, Hiob, welche Neuigkeiten bringst du? Wo ist dein Gefangener?"

„Nein, mein Herr", zögerte Hiob Alloadec , als er schwitzend und beschämt auf seinen zornigen Herrn zuging, „ich fürchte mich, dass er entkommen ist, denn obwohl wir den Wald von den Schlossmauern bis nach

Martigue selbst abgesucht haben, konnten wir es. " finde keine Spur des Übeltäters.

„Flüche auf ihn!" knurrte de Mereac . „Aber ich kenne deine Suche , Schurke, mit einem Auge geschlossen und dem anderen nach oben gerichtet, als ob du erwartest, dass deine Beute wie eine reife Nuss von den Zweigen über dir fallen würde. Nun, der Kerl musste unbedingt in Reichweite sein, da er keine hatte Ross, um ihn zu tragen.

„Nein, Monsieur", antwortete der Soldat mit einem verwirrten Blick auf seinen Herrn, „ich bitte um Verzeihung, ich glaube, er hat dort im Wald ein Ross gefunden, das auf ihn wartete, denn als wir zur zerstörten Kapelle ritten" (Hiob bekreuzigte sich unwillkürlich) „ Als wir Monsieur d'Estrailles ' Pferd hierher holen wollten, von dem er uns erzählte, dass es in der Nähe lag, fanden wir keine Spur davon, obwohl wir nicht nur den Schuppen, sondern auch die Ruinen durchsuchten .

„Beim Bart von St. Efflam , der Bösewicht ist entkommen!" knurrte de Mereac wütend, „die Unholde hatten ihm wahrlich geholfen, denn woher wüsste er sonst, wo das Pferd des Franzosen zu finden ist?"

Job kratzte sich zweifelnd am Kopf. Für ihn war es insgesamt eine Angelegenheit satanischer Kräfte, und als er die Gegenwart seines Herrn mit dem neuen Befehl verließ, die Suche fortzusetzen, so hoffnungslos sie auch sein mochte, bekreuzigte er sich erneut und ahnte nicht, dass er und seine Mitsucher an diesem Tag mehr als einmal dort gewesen waren nicht nur einen Steinwurf vom Pferd des Franzosen entfernt, sondern auch von de Coray selbst, der ruhig in der geschützten Hütte von Pierre, dem Narren, saß.

d'Estrailles war es in der Tat ein Kummer, als er vom Verlust seines Lieblingspferdes hörte – dass der arme Rollo dazu verurteilt werden sollte, den Möchtegernmörder seines Herrn der Hand der Gerechtigkeit zu entziehen, schien ein völlig unwürdiges Schicksal zu sein Ein so galantes Tier, und eines, das d'Estrailles mit so tiefem Kummer erfüllte, dass es durch das großzügige Geschenk eines prächtigen grauen Arabers vom Sieur de Mereac selbst kaum ausgeglichen werden konnte.

Der alte bretonische Adlige verabschiedete sich typisch für seinen Gast, schroff und herzlich, verhehlte jedoch keineswegs seine Zufriedenheit über seinen Abschied.

Aber obwohl Henri d'Estrailles durch die offensichtliche, wenn auch höflich verheimlichte Feindseligkeit seines Gastgebers wenig Ermutigung fand, klammerte er sich dennoch an die Hoffnung, als er sich zärtlich von Gwennola verabschiedete . Dass die Liebe über alle Hindernisse triumphieren muss, ist das Evangelium der Jugend, dachten die beiden, als sie sich zum letzten Mal in die Augen blickten.

„Ich werde zurückkommen", flüsterte Henri sanft, als er sich von seinem Sattel beugte, um die Tränen von dem schönen, nach oben gerichteten Gesicht zu küssen – „Ich werde bald zurückkommen, Kleiner, um deine Versprechen einzufordern und vielleicht deinen Vater an seine zu erinnern, und." Für die Wahrheit werde ich diesen Ring bewachen, den du mir gegeben hast, und deine Gunst , die ich am Tag der Schlacht in meinen Helm binden werde.

Sie lächelte ihn unter Tränen an.

„Du hast mir keinen Guerdon gegeben", flüsterte sie leise.

„Habe ich das nicht?" er antwortete zärtlich. „Nein, Liebling, die einzige Guerdon, die ich geben muss, bin ich selbst und das Herz, das du bereits in deiner Obhut hast und das ich sicherlich bald zurückgeben werde, um es in deine Hände zu beanspruchen."

„Dann sollst du es nicht haben", erwiderte sie und lächelte erneut, als sie ihre blauen Augen hob, um seinen dunklen Augen zu begegnen. „Denn du hast es mir für alle Zeiten gegeben, und zwar an Ort und Stelle –"

"An Ort und Stelle?" wiederholte er und beugte sich noch tiefer.

„Dummkopf!" rief sie mit einem kleinen Lachen, das in einem Schluchzen endete: „Sie wissen sehr gut, welches Herz Sie dafür haben – ein Herz der Bretagne, Monsieur, um dessentwillen Sie zartlich gegenüber seinen Landsleuten sein müssen."

„Ich schwöre es", antwortete er – „Ich schwöre es, kleine Gwennola ", und so ritt er durch den Wald und hinaus über die wilden Heiden dahinter auf der Straße nach Rennes.

KAPITEL XII

Der lang gehegte Traum des klugen und weitsichtigen François Dunois, Comte de Longueville, war offenbar durch den herrischen Willen eines jungen Mädchens vorzeitig zu Ende gegangen. Trotz der Einwände ihres Vormunds und ihrer Vertrauensräte sowie ihres treuen Freundes, des Grafen Dunois selbst, blieb Anna standhaft bei ihrer Ablehnung des Vorschlags, sich mit dem König von Frankreich zu vereinen und so eine unauflösliche Bindung einzugehen der Vereinigung zwischen Königreich und Herzogtum.

„König Karl", sagte sie, „ist ein ungerechter Prinz, der mich des Erbes meiner Väter berauben will. Hat er nicht mein Herzogtum verwüstet, meine Untertanen geplündert, meine Städte zerstört? Ist er nicht die betrügerischsten Bündnisse eingegangen? mit meinen Verbündeten, den Königen von Spanien und England, die versuchten , mich zu überlisten und zu ruinieren? Und habe ich nicht, auf den Rat von euch allen, die jetzt das Gegenteil raten, gerade erneut ein feierliches Bündnis mit dem König der Römer geschlossen und genehmigt? von dir und meinem ganzen Volk? Glauben Sie nicht, dass ich mein Wort so verfälschen werde, noch dass ich mein Gewissen mit einer Tat belasten werde, die ich für so verwerflich halte."

Vergebens drängte ihr Rat sie auf die Notwendigkeit, ihren Vorschlägen nachzugeben; Vergeblich plädierten de Rieux , de Montauban und der Prinz von Oranien gemeinsam mit Dunois für den Zustand der Bretagne , für die Unmöglichkeit, sich selbst zu verteidigen, für die Gewissheit, dass sie dem ersten ehrgeizigen Nachbarn zum Opfer fallen würde , der sie angreift, wie es ihre Herzogin tun würde in einem fernen Land leben und mit einem Mann verheiratet sein, dessen eigene Untertanen sich ständig in einem Zustand der Rebellion befanden.

Anne weigerte sich hochmütig, sich diese Argumente anzuhören. Trotz ihrer zarten Jahre war ihr Wille unbeugsam und ihr Verstand klar, was sie tun sollte.

„Lieber", antwortete sie schließlich ihrem verunsicherten Rat, „als dass mir die Ehre und Pflicht fehlt, die ich dem König der Römer schulde, den ich als meinen Ehemann betrachte, werde ich mich ihm anschließen, denn er." findet es unmöglich, hierher zu kommen, um mich abzuholen.

Eine solche Antwort war entscheidend, und Dunois war gern verärgert und verunsichert, aber noch nicht verblüfft, zurück zu reiten, um Annes trotzige Antwort ihrem königlichen Freier zu geben.

Dies schien auch die vagen Hoffnungen zunichte zu machen, an denen Gwennola de Mereac in jenen Sommertagen gehangen hatte – Tage, die leider brachten! Neue Sorgen für die einsame Jungfrau des alten bretonischen

Schlosses. Denn kaum zwei Monate nach der Abreise ihres Geliebten hatte sie einen Sturz von seinem Pferd während einer Wildschweinjagd dazu veranlasst, um einen Vater zu trauern, der immer zärtlich und liebevoll zu seiner Tochter gewesen war, wenn auch in den letzten Wochen etwas strenger als sonst zu ihr – für ihn – hartnäckige Weigerung, auf den Befehl zu hören, den er ihr gab, die Hand – wenn nicht das Herz – des jungen Comte de Laferrière anzunehmen, eine Verlobung, die ihr tatsächlich aufgezwungen worden wäre, wenn nicht der Tod eingegriffen hätte, um sie davor zu bewahren ein unwillkommener Liebhaber, gleichzeitig beraubte er sie eines zärtlich geliebten Elternteils.

Die Trauer jener Tage war lang und selbst für diejenigen, deren Trauer am aufrichtigsten war, ausreichend belastend ; Die Etikette verlangte, dass sich eine Tochter sechs Wochen lang in einem mit Trauergehängen bedeckten Gemach zu Bett zurückziehen sollte und höchstens aufstehen und sich auf ein Sofa setzen durfte, das ebenfalls mit Trauerornamenten behangen war.

Während sie tief um ihren Vater trauerte, konnte Gwennola nicht umhin, erleichtert aufzuatmen, als sie sich am Ende der angekündigten Ruhestandszeit in die Septembersonne schlich. Wie trostlos alles schien, sagte sie sich, und doch – nun ja, die Sonne schien und die Vögel sangen, und schließlich war das Leben jung und der Tod – sie schauderte, als sie auf ihr schwarzes Gewand hinunterblickte; Aber selbst während die Tränen ihre Augen verdunkelten, flogen ihre Gedanken mit der Unbestimmtheit der Jugend zurück zu dem Liebhaber, von dem sie sich getrennt hatte, und fragten sich, wann er wieder umwerben würde und was Yvon sagen würde, wenn er um ihre Hand anhielt von ihm. Diese Monate der Ruhe und des Friedens hatten bei ihrem Bruder eine große Veränderung bewirkt. Ein Großteil der verlorenen Schönheit der Jugend war zurückgekehrt, und die geschwächten Gliedmaßen hatten ihre Kraft und Vitalität wiedererlangt , aber in den blauen Augen lauerte immer noch der unbestimmte Schrecken, den drei Jahre quälender Angst und Leiden unauslöschlich in ihnen eingeprägt hatten. Auch Yvon de Mereac würde nie der edle, tapfere Ritter werden, den er in seiner Kindheit vorhergesehen hatte. Grausamkeit und seelische Folter hatten eine starke, mutige Natur in ihrem rücksichtslosen Griff zermalmt und geschwächt, und Gwennolas eigene Augen füllten sich oft mit Tränen des Mitgefühls, als sie dem ruhelosen, ängstlichen Blick ihres Bruders begegneten, der auf einen noch immer von Nervosität getrübten Geist hindeutete Ängste. Doch trotz seiner Schwäche besaß Yvon eine hartnäckige Entschlossenheit, als er sich einmal entschlossen hatte, von der ihn weder Argumente noch Bitten abbringen konnten, und es war diese Art von Hartnäckigkeit, die Gwennola mit der Erwähnung des Namens ihres Geliebten nur mit Mühe hervorrufen konnte dass ihr Bruder die ganze unversöhnliche Feindseligkeit seines Vaters gegenüber ihren natürlichen Feinden Frankreich geerbt hatte. Dennoch war die Liebe von Bruder und Schwester zueinander stark, und oft schien es, als ob Yvon sich auf die stärkere Natur von Gwennola verlassen würde , um Führung und Rat zu erhalten, während ihre eigene schwesterliche Zuneigung manchmal den mütterlichen Instinkt des Schutzes hatte für jemanden, dessen Geist immer noch von der Angst vor einer unsichtbaren, undefinierbaren Angst überschattet war.

In Begleitung von Marie und der treuen Gloire kehrte Gwennola einige Tage später von ihrem wöchentlichen Besuch bei der inzwischen bettlägerigen alten Bäuerin Mère zurück Fanchonic , als sie überrascht war, die Anzeichen einer Ankunft vor den Toren des Schlosses zu bemerken. Zwei seltsame Soldaten führten Pferde weg, auf deren Rücken sich Sozius befanden.

„Sehen Sie, Marie", rief Gwennola , während sie vorwärts eilte, „was kann das bedeuten? Es sind zweifellos Besucher, die erst kürzlich angekommen sind, und sehen Sie, auch Sozius! Wahrlich, welche Damen können uns hier so unerwartet geehrt haben . " Arteze ?"

„Zweifellos Reisende , die sich verirrt haben", meinte Marie. „Aber sehen Sie, meine Dame, hier kommt Hiob, mit seinem törichten Gesicht, ganz begeistert von Neuigkeiten."

„Was wir genauso gerne hören, wie er es erzählt", rief Gwennola und lachte fröhlich, denn ihre Stimmung hatte sich erhoben, um jede Veränderung zu begrüßen, die die Monotonie des Daseins durchbrechen würde; außerdem könnte dieser seltsame Besuch nicht in irgendeiner Weise mit ihrem abwesenden Liebhaber zusammenhängen?

„Vielleicht ist die Dame von Laferrière mit ihrem edlen Sohn hierher gekommen", schlug Marie schlau vor, während sie die Röte des Ärgers beobachtete, die sich sofort auf die Stirn ihrer jungen Herrin stieg.

„Das ist unwahrscheinlich", erwiderte Gwennola etwas schroff, „wenn man bedenkt, dass die gute Dame ebenso bettlägerig war wie Mère ." Fanchonic in den letzten zwei Jahren. Und du hast keinen besseren Vorschlag zu machen, Mädchen, es wäre am klügsten, die Predigt des guten Pater Ambrosius über die Tugend des Schweigens im Gedächtnis zu behalten, die er letzten Sonntag gehalten hat.

Marie antwortete nicht auf diese Zurechtweisung, schürzte jedoch ihren rosigen Mund, um den die Grübchen spielten, und warf ihren dunklen, hübschen Kopf mit einer Miene großer Klugheit zurück, als wüsste sie genau, was in den Gedanken ihrer Herrin hinter der scharfen Rede steckte .

Jobik keineswegs befriedigt , der nur die Nachricht überbrachte, dass erst kürzlich eine Dame im Schloss angekommen sei und dass sein Herr ihm befohlen habe, schnell seine Geliebte aufzusuchen und sie über die Neuigkeit zu informieren.

„Eine Dame? Allein und unbeaufsichtigt?" fragte Gwennola eifrig. „ Sag mir dann, guter Jobik , welchen Namen hat sie gegeben? Und wie sieht sie aus? Ist sie alt oder jung? Und kennt sie ihre Gesichtszüge?"

Darauf antwortete Job Alloadec , dass die Dame seines Wissens keinen Namen genannt habe und dass sie so eng mit einer Kapuze behaftet sei, dass er ihre Gesichtszüge nicht gesehen habe, dass sie aber groß und schlank sei und mit der Miene einer großen Dame spreche, sehr hochmütig und stolz. Im Übrigen wusste er nichts, außer dass sie in Begleitung einer wartenden Jungfrau und drei Bewaffneten gekommen war und dass der Sieur de Mereac ihn aufgefordert hatte, sich zu beeilen.

Gwennola sah, dass es sinnlos war, Zeit mit weiteren Fragen zu verschwenden, eilte sie weiter und fragte sich sehr, was ein solcher Besuch bedeutete und wer die Dame sein mochte, die so in solch unruhigen Zeiten mit so kleiner Eskorte und ohne Begleitung eines Kavaliers ritt.

Der Saal des Schlosses war verlassen, bis auf zwei Soldaten, die am unteren Ende herumlungerten, und Pierre, den Narren, der auf dem Bauch lag und mit seinem Affen spielte und von Zeit zu Zeit schrille, fröhliche Schreie imitierte von den wütenden Schreien seines schrumpeligen kleinen Begleiters darüber, dass er so verspottet wurde, sehr zur Belustigung des kleinen Henri, des Pagen, der ihm gegenüber hockte. Als Antwort auf die Fragen seiner Herrin teilte der Page ihr mit, dass sein Herr sie im Sonnenzimmer erwarte, während er vor ihr herlief, um die Wandteppiche hochzuheben, die vor dem inneren Gemach hingen.

Der Solarraum war einer, in dem Gwennola am häufigsten mit ihren Jungfrauen an ihrer Wandteppich- oder Stickarbeit saß, und er war prächtiger eingerichtet als der Rest des Schlosses; Der Boden war mit einem feinen flämischen Teppich und den Vorhängen aus dunklem Samt bedeckt, während in der Ecke eine Harfe und ein Stickrahmen standen.

Mereac , den Kopf gegen das Mauerwerk gelehnt, als wolle er hinaus in den Hof blicken, und Gwennola bemerkte den unruhigen, unruhigen Ausdruck seines hübschen Gesichts, als er sich umdrehte, um sie zu begrüßen .

„Schöne Schwester", begann er nervös, während er sich mit der Höflichkeit verneigte, die in jenen Tagen des Rittertums sogar Brüder ihren Schwestern entgegenbrachten. „Entschuldigen Sie die übereilte Aufforderung, aber – aber –"

„Jobik hat mir befohlen, mich zu beeilen, um einen unerwarteten Gast zu begrüßen", antwortete Gwennola und blickte sich überrascht im Raum um, als sie sah, dass kein anderer Bewohner ihren Bruder gerettet hatte.

„Ja", antwortete Yvon mit wachsendem Unbehagen. „Ich bitte Sie, meine Gwennola , dass Sie die Dame mit Ihrer Höflichkeit grüßen, denn –"

„Nein", erwiderte seine Schwester etwas hochmütig. „Bin ich es dann gewohnt, Gäste so ungebührlich zu behandeln, dass du mir meine Manieren beibringen musst , Yvon?"

„Nein, nein", antwortete er besorgt. „Nochmals deine Verzeihung, kleine Schwester, aber ich dachte – ich dachte, vielleicht könnte der Name unangenehm auf dein Ohr stoßen, hätte ich es nicht zuerst erklärt."

"Der Name?" wiederholte Gwennola verwundert. „Tatsächlich, Bruder, ich verstehe nicht, was du meinst."

„Es ist Mademoiselle de Coray ", murmelte er hastig. „Nein, Schwester, schau nicht so wütend; sie ist gekommen, arme Magd, mit einem Friedensauftrag."

"Frieden!" wiederholte Gwennola , ihr Gesicht verhärtete sich zu so stolzen und kalten Falten, dass sie an den strengen Blick ihres Vaters erinnerte, „ein de Coray auf der Suche nach Frieden? Ich würde eher darauf vertrauen, dass die Schlange, die sanfte Worte zu unserer Mutter Eva sprach, mit einem Auftrag gekommen ist." der Liebe zur Menschheit als die Schwester von Guillaume de Coray , die auf eine solche Mission verpflichtet ist."

„Nein, deine Worte sind ungerecht", sagte Yvon hitzig. „Aber bleib, du sollst nicht richten, bis du sie gesehen hast. Schau ihr einmal in die Augen und du wirst dort solche Quellen der Unschuld und Wahrheit lesen, die dich des Verdachts beschämen werden."

„Unschuld und Wahrheit!" antwortete Gwennola verächtlich. „Das dachte Adam vielleicht, als er Eva in die Augen sah und ihr den Apfel aus der Hand nahm; aber sagen Sie mir doch, was hat dieses Musterbeispiel an Schönheit und Vollkommenheit zu unserem armen Schloss Mereac gebracht? Dafür muss es doch einen guten Grund geben Bringen Sie in diesen Zeiten eine so schöne Dame durch die Bretagne.

„Dein Spott steht dir nicht zu", erwiderte Yvon kalt. „Was den Auftrag von Mademoiselle de Coray betrifft , so sollen Sie selbst beurteilen, ob er eher auf Täuschung als auf eine solche Freundlichkeit des Gemüts schließen lässt, die Sie, wie ich fürchte, in Ihrer gegenwärtigen eigensinnigen Stimmung kaum zu schätzen wissen werden."

„Eigenwillige Stimmung!" wiederholte Gwennola empört, denn eine siebzehnjährige Châtelaine konnte es kaum ertragen, als Kind gescholten zu werden. „Eigensinnige Stimmung, wahrlich! Aber wir werden zu gegebener Zeit sehen, wer der Weise ist. Doch vielleicht wirst du mir sagen, höchst weiser und urteilsfähiger Bruder, welche Bedeutung die Geschichte hatte? Woraus sie gemacht wurde, weiß ich bereits." ."

Vielleicht hörte Yvon die letzten paar Worte nicht, weil er bestrebt war, seine Schwester zu einer nachsichtigeren Stimmung gegenüber ihrem Gast zu bewegen.

„Sie hatte gehört", sagte er, „dass unser Vater nicht mehr existierte und trotz des Widerstands ihres Bruders sofort darauf bestehen würde, nach Mereac zu kommen, da sie es für den richtigen Zeitpunkt hielt, einen wunden Bruch zwischen liebenden Verwandten zu heilen." eine Erklärung, die schon längst hätte abgegeben werden müssen.

„Liebevolle Verwandte!" murmelte Gwennola und zupfte am Gürtel um ihre Taille. „Bah! Von so viel Liebe hätte ich wohl wenig, glaube ich ."

„Und so", fuhr Yvon fort, ohne auf sie zu achten, „kam sie nach Mereac und erzählte mir ihre Geschichte."

„Was du mit der ganzen Einfachheit eines einjährigen Kindes geglaubt hast."

„Tush! Kind, du schwatzst von dem, was du nicht weißt ; ich hätte mich kaum täuschen lassen. Doch wahrlich, in den Augen von Mademoiselle gab es keine Täuschung, während die Geschichte selbst einfach ist."

„Wie auch der Zuhörer", flüsterte Gwennola . „Und die Geschichte, Bruder?"

„Tatsächlich wusste ich es größtenteils schon vorher. Mein einziger Feind war François Kerden , der mich selbst im Wald beraubte und mich aus keinem Grund außer mutwilliger Grausamkeit getötet hätte, wenn ihm nicht der schlimmere Plan in den Sinn gekommen wäre. Noch nicht Als es zu ihm kam, förderte das Schicksal die Verschwörung, denn Guillaume de Coray , der zum Teil sah, was der Zufall war, sprang zur Stelle und hätte, wie er annahm, meinen Tod an meinem Mörder gerächt, wenn der Franzose nicht eingegriffen hätte und raubte ihm seine Beute und mich." Yvon hörte mit einem Stöhnen auf, als ihm die Erinnerung an diese drei Jahre Gefangenschaft wieder einfiel.

„Aber", sagte Gwennola kalt, „die Geschichte trägt kaum das Licht der Wahrheit, Bruder, wenn man bedenkt, dass Henri d'Estrailles gesehen hat, wie der Verräter getroffen wurde; außerdem, wenn er so unschuldig war, warum floh dann dieser so edle Verwandte, als er dich erscheinen sah?" und warum versuchte er, einen anderen zum Tode zu verurteilen, als er sah, wer dich in Wirklichkeit erschlagen hatte, laut dieser hübschen Fabel?"

„Nein", sagte Yvon und runzelte die Brauen, „es ist leicht zu erklären, hast du nur zugehört, Mädchen Breton. Beide trugen geschlossene Visiere, und beide waren in der Nähe meines Sturzes, der den Schlag ausgeführt hatte, den Guillaume kaum erkennen konnte. Der Bretone floh jedoch, und während er sich umdrehte, um ihn auf frischer Tat niederzuschlagen, öffnete der Franzose sein Visier Visier, und de Coray sah deutlich seine Gesichtszüge. Ich glaube, das war es, was ihn verwirrte, als er behauptete, d'Estrailles habe die Tat des Feiglings begangen, denn nur ein Gesicht war in sein schwankendes Gedächtnis eingeprägt, und es war sicherlich leicht, so zu verwechseln, welches von beiden Die beiden, die er gesehen hatte, hatten tatsächlich die üble Tat begangen. Dass es Kerden selbst war, zeigt die Rolle, die er später dabei spielte, mich so zu foltern."

„Nein", sagte Gwennola knapp, „die Geschichte ist falsch, mein Bruder, und sollte kein Kind täuschen – so falsch wie der Weber. Habe ich nicht neben diesem Kerden gekniet und seinen letzten Worten zugehört, die so treffend dazu passten? die von Monsieur d'Estrailles ? Es ist unmöglich, Yvon, dass du auch nur einen Augenblick an eine so verlogene Geschichte glauben oder jemanden unter deinem Dach beherbergen könntest , der sich schon beim ersten Atemzug als Verräterin erweist.

„Nein, Mademoiselle", sagte eine lachende Stimme in der Tür, und als sie sich umdrehten, bemerkten Bruder und Schwester den Gegenstand ihres Gesprächs, der dort stand, den Gobelinvorhang mit einem Arm halb hochgezogen, und wie sie von einem zum anderen lächelte, als ob war sich des zierlichen Bildes bewusst, das sie so entstehen ließ.

Dass Diane de Coray schön war, ließ sich nicht leugnen, aber ihre Schönheit war nicht von der Art, die Gwennola sich vielleicht bereits vorgestellt hatte. In ihren klaren, haselnussbraunen Augen, die vor Offenheit und Heiterkeit strahlten, schien keine Möglichkeit der Täuschung zu lauern. Ihre rosigen Wangen, die vollen roten Lippen und die zarten Gesichtszüge verliehen ihr zusammen ein äußerst jugendliches Aussehen, in Wahrheit eine Verkörperung des Frühlings, und dazu noch einen schönen. Das Haar unter dem weißen Kopfschmuck war weich und gewellt und von sattem Dunkelbraun; Ihre Figur war schlank und groß und wurde durch ein ärmelloses Kleid aus karmesinrotem Samt mit Borten , einem Pelz, der damals in Mode war, besonders hervorgehoben. Um ihre Taille trug sie einen hübschen Gürtel mit juwelenbesetzten Quasten.

Als sie sich zu ihr umdrehten, ließ Diane den Wandteppich fallen und trat mit einem tiefen Knicks auf ihre junge Gastgeberin zu und streckte die Hände aus.

„Nein", schrie sie immer noch lachend, „so sollst du mich nicht
ungehört richten, Kleines. Pfui, deine Verwandte ist eine Verräterin? Ich bitte
dich, sag mir, wohin? Siehst du! Ich komme als Geisel für die Wahrheit
meines Bruders." "

„Und eine, die wir hoffentlich lange behalten werden", antwortete
Yvon höflich, als er einen Platz für sie bereitstellte.

Sie lachte zu ihm auf und zeigte dabei ihre kleinen, perlmuttfarbenen
Zähne.

„Deine Schwester würde deine Worte nicht allzu herzlich wiederholen,
schöner Verwandter", antwortete sie mit einem schlauen Blick auf Gwennola
.

Aber Mademoiselle de Mereac ließ sich nicht von schelmischen
Blicken, Grübchen oder süßen Worten rühren. Sie hatte auf die
überschwängliche Begrüßung ihrer Cousine mit einem steifen Knicks
reagiert und dabei die ausgestreckten Hände nicht im Geringsten beachtet.

„Mademoiselle", antwortete sie eisig als Antwort auf Dianes
ermutigende Worte, „ist in Mereac genauso willkommen wie die Schwester
von Guillaume de Coray ."

Diane schmollte mit der süßen Koketterie eines verwöhnten Kindes;
Es schien sogar, als wären Tränen in den Augen gewesen, die sie zuerst zu
Yvon und von ihm zu Gwennola hob .

„Es ist grausam", murmelte sie leise, „dass du meinem Wort nicht
glauben willst, aber es ist so, wie Guillaume mich gewarnt hat, denn oft hat
er mir voller Trauer von dem Hass erzählt, den du ihm entgegenbringst, süße
Gwennola . Aber nein", sagte sie rief sie, sprang von ihrem Sitz auf und
faltete ihre schlanken Hände mit einer hübschen kleinen Miene des Flehens.
„Du wirst überzeugt sein, schöne Cousine. Schau, ich schwöre dir, es ist
wahr. Willst du mir nicht glauben?"

„Wenn Monsieur de Coray unschuldig wäre, warum ist er dann
geflogen?" forderte Gwennola unaufhaltsam.

"Fliege?" wiederholte Diane unschuldig. „Nein, Vetter, kaum fliegen!
Dass er in Eile weggegangen ist, ist wahr; aber nicht so sehr aus Angst,
sondern aus einer anderen Sünde – soll ich es bekennen?" Auf ihr schiefes
Lächeln traf Gwennolas ernstes, ernstes Gesicht, was sie jedoch keineswegs
zu beunruhigen schien . „Es war Eifersucht", murmelte sie, blickte zu Yvon
auf und sprach ihn mehr an als Gwennola . „Pfui! Es ist eine böse
Leidenschaft. Nicht wahr, Monsieur? Aber eine, zu der arme Sterbliche
neigen. Er hatte wahrlich, wie er dachte, bewiesen, dass Monsieur d'Es – d'Es
– Monsieur, der Franzose, seiner Schuld schuldig war Obwohl er vom Blut

seines Cousins abstammte, und so unwürdig es auch sein mochte, freute er sich umso mehr, ihn sterben zu sehen, da er glaubte, dass die Dame seiner Geliebten freundlicher zu ihm war, als er es für angemessen hielt. Als er feststellte, dass sein Rivale wiederhergestellt werden würde Zur Freiheit eilte er in einem törichten Anfall unvernünftiger Wut nach Hause und ahnte nicht, wie schlimm eine so schwache Konstruktion ihr hätte schaden können.

„Und woher wusste er von einer solchen Konstruktion, wenn er doch in so großer Eile floh?" forderte Gwennola scharfsinnig; aber Diane de Coray war plötzlich taub geworden.

„Zu solch einer Torheit führt uns unerwiderte Liebe", seufzte sie und wandte sich jetzt ausschließlich an Yvon. „Leider! Das ist bestenfalls eine grausame Leidenschaft, nicht wahr, Monsieur? Und eine, die von den Weisen besser gemieden wird."

„Nein", antwortete er langsam und blickte mit unverhohlener Bewunderung in ihr Gesicht. „Nicht, wenn es in der Gestalt eines Engels des Friedens und der Liebe auftritt, Mademoiselle."

"Frieden und Liebe!" flüsterte Gwennola vor sich hin, als sie sich zurückzog. „Maria, Mutter, gib, dass es kein Streit und kein bitterer Hass ist; denn leider ist sie falsch, diese Demoiselle, falsch bis ins Innerste des Herzens, trotz all ihrer Schönheit."

KAPITEL XIII

Es schien tatsächlich so, als wäre Diane de Coray gekommen – und wenn sie nur zu diesem Zweck gekommen wäre –, um lebenslang als Geisel gegen die Wahrheit ihres Bruders zu spielen, denn fast unmerklich schlüpfte sie in ihre Nische im einfachen Familienleben im Schloss von Mereac .

Nicht, dass ihre Anwesenheit Frieden mit sich brachte, denn es schien, als würde sie dort, wo sie Frieden fand , gern ein Schwert zurücklassen, und viele und bittere Tränen waren die Tränen, die Gwennola in der Einsamkeit ihrer Kammer vergoss, während sie zusah, wie ihr Feind von Tag zu Tag unbestrittener wurde Macht über ihren nachgiebigen und schwachsinnigen Bruder. Ja, es wurde stillschweigend vereinbart, dass es ein Krieg zwischen diesen beiden Verwandten sein sollte, doch ein Krieg, wie ihn nur Frauen spielen können, das Kratzen der Krallen aus Samtpfoten und das süße Lächeln, das bittere Worte verhüllt. Nicht, dass Gwennola eine Meisterin im Fechten gewesen wäre; Ihre Natur war zu geradlinig, vielleicht auch zu stürmisch, um verschleierte Beleidigung mit verschleierter Beleidigung zu vergelten. Sie antwortete hitzig, sogar wütend, und trug so den Hass eines Streits vollständig auf ihre eigenen Schultern, sodass ihre Rivalin nachsichtig lächeln konnte, als würde sie über den stürmischen Ausbruch eines Kindes lächeln, bis Gwennola vor lauter Demütigung hätte weinen können . Diese ungleichen Kraftproben hatten jedoch die Wirkung, die Diane anstrebte; Bruder und Schwester entfremdeten sich nach und nach immer mehr, denn Yvon war von der Verliebtheit, die seine schöne Verwandte in ihn geweckt hatte, begeistert und zögerte nicht, seiner Schwester, oft mit Zorn, Vorwürfe zu machen, weil sie empört auf Dianes süßliche Sticheleien reagiert hatte. So vergingen die Tage, und Gwennolas Herz wurde immer schwerer, und die Hoffnungen, die der Sommer ihr ins Ohr geflüstert hatte, verblassten vor dem schrillen Klang des Herbstes.

Es wurde gemunkelt , dass König Charles die Weigerung der jungen Herzogin, auf seine Vorschläge zu hören, übel genommen hatte und gerade jetzt eine mächtige Armee zusammenstellte, um in die Bretagne einzumarschieren und mit Gewalt zu fordern, was ihm durch Bitten nicht zustehen konnte.

Angesichts solcher Gerüchte verstärkte sich der erbitterte Hass ihrer überheblichen und mächtigen Nachbarn , und Gwennola wusste, dass ihre Rivalin diese nationale Empörung ausnutzen würde, um ihre Hoffnungen zunichte zu machen, dass Yvon einer Verlobung zwischen ihr und Henri d'Estrailles zustimmen würde .

sie sich zwischen einem Nonnenschleier und dem Schleier entscheiden müsse, da ihr der Gedanke an eine Verlobung mit Guillaume de Coray so übel sei Bräutigam, den ihr Vater bereits für sie entworfen hatte, Maurice de Laferrière .

Vergeblich berief sich Gwennola auf das Versprechen ihres Vaters, dass ihre Hand dem Diktat ihres Herzens folgen würde, wenn die beiden Länder endlich durch Frieden miteinander verbunden würden. Mit einer Hartnäckigkeit, die, sobald sie geweckt war, unerschütterlich war, weigerte sich Yvon, auf Tränen oder Bitten zu hören, und forderte sie auf, sich unverzüglich zu entscheiden, da er sah, dass es an der Zeit war, ihr Schicksal zu regeln, und verkündete gleichzeitig seine eigene Verlobung mit Diane de Coray .

Obwohl sie darauf vorbereitet war, war der Schock für die unglückliche Gwennola dennoch schrecklich . Die Vorurteile, die sie gegenüber der Schwester von de Coray hegte, hatten sich in den letzten Wochen zu einer Art Hass entwickelt, ein Gefühl, das Diane selbst herzlich erwiderte. Diese junge Dame beherrschte jedoch ihre Gefühle so sehr, dass sie ihre Abneigung hinter einem sehr hübschen Zeichen der Freundschaft verbarg, was den liebeskranken Yvon völlig täuschte, der das Gefühl hatte, dass nur seine Schwester an den von Zeit zu Zeit aufkommenden Meinungsverschiedenheiten schuld sei Zeit zwischen Châtelaine und Gast.

So standen die Dinge an jenem Oktobermorgen, als Diane de Coray mit ihrem Falken am Handgelenk und einem triumphierenden Lächeln in ihren haselnussbraunen Augen die Halle des Schlosses betrat.

„Komm, Pierre", sagte sie leise, als der Narr, der zitternd über dem Feuer gehockt hatte, bei ihrem Eintritt aufstand. „Ich würde mit dir dort drüben auf dem Terrassenweg reden. Der Sieur de Mereac wird noch nicht für die Jagd bereit sein, und in der Zwischenzeit habe ich dir etwas zu sagen. Sag es mir ", fügte sie hinzu und senkte ihre Stimme noch weiter Sie erreichte die breite Terrasse und stand ihrem zitternden Begleiter gegenüber. „Ist dein Herr angekommen?"

„Er ist seit einigen Tagen in der Hütte von Henri Lefroi ", murmelte der Junge und musterte seinen Vernehmer neugierig.

"Für einige Tage?" wiederholte Diane überrascht. „Nein, es ist seltsam; zu welchem Zweck sollte er so verweilen?"

„Ich weiß es nicht", antwortete Pierre düster, „das geht meinen Herrn etwas an und nicht meine Sache. Aber was ist Ihr Wille, meine Dame? Denn ich glaube, ich höre dort drüben Monsieurs Stimme, die Ihren Namen ruft."

„Egal", sagte Diane leichthin; „Er kann auf das Nonce warten. Aber dann sei vorsichtig, kleiner Schurke: Du musst heute zum Haus dieses Lefroi gehen und meinen Bruder hierher reiten lassen, als käme er von einer Reise. Sag ihm, dass ihm sein Empfang sicher ist." alle, außer vielleicht dem kleinen Narren Gwennola de Mereac ; aber sagen Sie ihm auf keinen Fall, er solle länger warten, denn ich weiß nicht, wie ich ohne ihn vorgehen soll. Sie wiederholte die letzten Worte mit Nachdruck, als wolle sie sie in Pierres Gedächtnis einprägen, dann wandte sie sich mit einem kurzen Nicken von ihm ab und begrüßte mit sonnigem Lächeln den jungen Schlossherrn, der mit großen Schritten auf sie zukam, sein hübsches Gesicht war vor Vergnügen gerötet , seine blauen Augen glühten vor Liebe.

Ehre überwältigt wird, wenn er ein Lächeln von diesen süßen Lippen erhält."

Vielleicht empfand Pierre, der Narr, als er sich in seine Ecke am Feuer zurückzog, die Ehre weniger belastend, als sein Herr annahm, als er sah, dass er dort saß und über die fröhlichen Flammen lachte, die auf dem offenen Herd loderten und sprangen. Es war offensichtlich eine Anstrengung, sich von der warmen Glut zu lösen und noch einmal in die frische Luft hinauszugehen, doch seine Gedanken schienen so angenehm, dass er immer noch leise kicherte, während er mit Petit Pierre auf seiner Schulter den Waldweg entlang trottete , plapperte und schimpfte gleichzeitig.

Die Hütte von Henri Lefroi hatte einen fast ebenso schlechten Ruf wie die zerstörte Kapelle des Braunen Mönchs, denn die Leute sagten, dies sei die Behausung eines Zauberers gewesen, dessen Kräfte in der okkulten Wissenschaft so groß waren, dass sie sowohl dem Himmel als auch der Hölle trotzten Bei dem Namen bekreuzigten sich Männer und Frauen und wiederholten ein Ave , aus Angst, den Zorn einer so gefürchteten Persönlichkeit auf sich zu ziehen.

Aber Pierre wandte seine Schritte nicht zur Hütte des alten Lefroi , sondern zu der kleinen Behausung, in der Gabrielle, seine Schwester, saß und spinnte.

Es war zwei Wochen her, dass ihr Bruder ebenfalls mit dem Spinnen begonnen hatte, allerdings nicht aus Flachsgarn, sondern mit dem Hauch von Romantik, der plötzlich in seinem schlauen Geist entstanden war. Warum sollte Monsieur de Coray , fragte er sich, so viele Tage vor der von seiner Schwester festgelegten Zeit kommen? Und warum sollte er versuchen, sie zu verbergen, anstatt sie mit der Tatsache seiner Anwesenheit vertraut zu machen? Und warum sollte er sich außerdem täglich aus Henry Lefrois trostlosem Aufenthaltsort stehlen, um die langen Stunden der Herbsttage neben der hübschen Gabrielle zu verbringen? Aha! Das war eine hübsche Romanze, die der kleine Narr sicher vor neugierigen Blicken verborgen im

Unterholz des Dickichts beobachtete. Ja, sagte er sich, ohne Zweifel hatte Monsieur de Coray sein Herz an Gabrielle, seine Schwester, verloren, und ohne Zweifel würde der Tag kommen, an dem Gabrielle die Herrin eines edlen Schlosses sein sollte, und er, Pierre, der Narr, würde sich für immer abwenden die Bunten und schlüpfen in die Rolle des Monsieur Laurent. Ah! wie großartig es klang, wie vornehm! Dennoch behielt er diese beiden eifersüchtig im Auge, denn er traute der Ehre von Monsieur de Coray nicht ganz , obwohl er scharfsinnig bemerkte, mit welchem Respekt er der kleinen Schwester gegenübersprach, einem Respekt, den er sicherlich nicht einmal Mademoiselle de entgegengebracht hatte Mereac , die stolze, hochmütige Demoiselle des Schlosses dort drüben.

Und Pierre hatte trotz all seiner Dummheit Recht, denn die Leidenschaft eines bösen und bösen Mannes hatte sich in der Gegenwart dieses Kindes des Waldes geläutert. Er liebte sie nicht so, wie er andere geliebt hatte, sondern mit einer Ehrfurcht, wie man sie vor Heiligen hat, verbunden mit der Leidenschaft, die er für die Frau empfand, und während er Tag für Tag dort saß und sie beobachtete, wie sie sich hin und her bewegte, oder gebannt zuhörte, als sie ihm eine süße, einfache Ballade über die Bretagne vorsang, erfüllt von der Romantik und Traurigkeit ihres Landes, mit einer Stimme, um die ihn die Vögel beneidet hätten, schwor er sich, dass dieses Bauernmädchen seine Frau sein sollte. und dass er um ihretwillen alles tun würde. Aber die Schlange von einst lauert immer im schönsten Garten der Träume, und so wurde der eigentliche Zweck seiner Anwesenheit in diesen Wäldern zu einem Zweck, den er zu erfüllen geschworen hat, so böse und grausam er auch war, um dieses schönen, arglosen Kindes willen Blicke hatten sein von der Sünde verhärtetes Herz erobert. Also führt uns der Teufel in Versuchung. Um des Menschen willen, den wir lieben, sagen wir, werden wir Böses tun, so rein und gut es auch sein mag, damit wir dessen Früchte an den Gegenstand unserer Hingabe verschwenden können, der, wahrlich! würde entsetzt zurückschrecken, wenn es wüsste, woher diese Früchte kommen.

So träumten drei Seelen im Herbstwald ihre Träume. Pierre, der Narr, stolziert vor seinem geistigen Auge in einem Anzug aus Samt und einer goldenen Kette, nicht länger der Narr oder Gegenstand des Scherzes, sondern „Monsieur Laurent“, der geehrte und geschätzte Bruder von Madame la Châtelaine . Guillaume de Coray umarmte das schöne Mädchen, dessen Bild so viele und so unterschiedliche Träume von Ambitionen ausgelöscht hatte, und führte sie mit stolzen und triumphalen Schritten zu seinem Schloss Mereac, das er schließlich mit Mitteln gewann, vor denen er unwillkürlich die Augen schloss . Und Gabrielle Laurent, die nur das Gesicht des Mannes sah, dem sie ihr Herz geschenkt hatte und den sie für immer lieben musste, gleichgültig, ob er ein großer Herr oder ein einfacher Bauer war , mit der ganzen reinen Zärtlichkeit ihres jungen Herzens. Während sie nachts in ihrer einsamen Hütte im Gebet kniete und mit kindlicher Einfachheit und Dankbarkeit dem guten Gott und all ihren Schutzheiligen dafür dankte, dass sie einen so Edlen und Guten wie Guillaume de Coray in ihr Leben gesandt hatten , Sie wiederholte den Namen leise und ehrfürchtig, als hätte er einen Zauber, der alle bösen Träume vertreiben könnte, während sie in ihrem Holzbett lag und das flackernde Mondlicht beobachtete, das über die Schwelle fiel – das weiße, wunderschöne Mondlicht, das war nicht reiner als ihre Gedanken, als sie einschlief und den Namen ihres Geliebten murmelte. Ach! die arme kleine Gabrielle!

KAPITEL XIV

Ungefähr drei Stunden, nachdem Pierre der Narr Diane de Corays Botschaft überbracht hatte, saßen die Geschwister zusammen in ihrem Gemach im Château de Mereac .

„ Das ist dir also gelungen?" fragte Guillaume und musterte mit Neugier, nicht ohne Bewunderung, das schöne Gesicht seiner Schwester.

„Über unsere Erwartungen hinaus."

In ihren Worten lag ein spöttischer Unterton, der ihm nicht entging.

„Also", sagte er, schlug die Beine übereinander und lehnte seinen Ellbogen gegen den Tisch, sodass seine Augen fast entgegengesetzt zu ihren gerichtet waren. „Übertrifft unsere Erwartungen? Das ist gut so. Und so liebt dich der arme Narr, Yvon de Mereac ?"

„So sehr, wie mich seine Schwester hasst."

„Ebenso wie ihre eigene Zerstörung."

Sie lachte ein wenig unbehaglich.

„Die Idee amüsiert Sie?"

Sein Ton war nicht angenehm.

„Amüsant", sagte sie vage. Dann änderte sie ihren Ton: „Ist es doch so notwendig?"

„Absolut notwendig. Denken Sie an Ihren Eid."

Sie änderte ihre Farbe , blieb aber bei ihrem Standpunkt.

„Nein, aber zu sehen – zu sehen, dass er mich liebt?"

„Kaum mit solcher Hingabe würde er sein Erbe dem Bruder seiner Angebeteten überlassen."

Sie zuckte unter dem höhnischen Grinsen zusammen.

„Aber wird dich sonst nichts befriedigen, mon frère? Wenn ich seine Frau wäre, würde ich – ich würde die Dinge ganz nach deinem Willen regeln. Du sollst in allem Herr sein, außer dem Namen nach. Bedenken Sie, er ist schließlich nur ein armer, schwacher Mensch Du Narr, wer wird jemals meinen Befehlen gehorchen?

Ihre Worte waren schnell und hatten einen Hauch von Flehen, aber Guillaume de Coray runzelte nur die Stirn.

„Es ist notwendig, dass er vollständig entfernt wird, oder, wenn es im Klartext notwendig ist, muss er sterben. Die Mittel liegen bereits in unseren Händen.“

Sie schauderte unwillkürlich.

„Bah!“ sagte er leichthin. „Du liebst diesen schwächlichen Liebhaber doch nicht, Diane? Kümmere dich nicht um ihn, ma chère ; der neue Sieur de Mereac wird dich mit einem edleren Verehrer verheiraten, wenn er zu ihm kommt.“

„Ich kann es nicht“, stöhnte sie. „Nein, Bruder, mir wird schon bei dem Gedanken schlecht. Es ist nicht die Wahrheit, dass ich ihn liebe, aber – aber –“

„Eine dumme Einbildung“, sagte ihr Bruder spöttisch. „Nein, Diane, du wirst nicht so leicht erbleichen und an deine süße Rache an deinem stolzen und verächtlichen Mädchen denken.“

Ihre haselnussbraunen Augen wurden hart.

„Ja“, sagte sie, „ich hasse sie; ja, ich hasse sie von ganzem Herzen, denn sie verachtet mich, Guillaume, und trotz all der Wut ihres Bruders verachtet sie mich auch. Ja, Rache ist süß, und doch –“

„Mut“, spottete Guillaume und beugte sich über den Tisch näher zu ihr – „Mut, kleine Schwester. Immerhin –“

Er hielt inne und beobachtete, wie sich ihre Augen vor plötzlicher Angst weiteten, während sie die unausgesprochenen Worte ergänzte.

„Nein“, schrie sie schließlich, und ihre Stimme wurde schnell und entschlossen, „ich kann es nicht tun, Guillaume; lieber als dein Werkzeug bei dieser Arbeit zu sein, werde ich – ich werde –“

„ Stirb wie du selbst “, sagte er kühl, ohne den Blick von ihrem sich verändernden Gesicht abzuwenden. „Denk gut nach, Diane, ja, sehr gut, bevor du deinen Eid brichst – erinnere dich an das Schicksal, das dich erwartet. Habe ich auch nur ein Wort über deine Taten in Angelegenheiten geäußert , die so manche schönere Magd als dich auf den Scheiterhaufen gebracht haben? oder die Folterkammer. Habe ich dich zur Hexe erklärt? Welcher Arm, selbst der Liebe selbst, wäre stark genug in der Bretagne, ja, in ganz Frankreich, um dich zu retten?“

„Ich bin keine Hexe“, rief sie leidenschaftlich, „wie du genau weißt , Lügner und Feigling, dass du es bist.“

„Keine Hexe“, antwortete er sanft, „aber dennoch verwandt genug, um dein Schicksal zu besiegeln, wenn ich deine geheimen Geschäfte mit jemandem enthüllen würde, bei dessen Namen die ganze Bretagne schaudert. Und du selbst warst keine schlechte Schülerin, meine Schwester – deshalb –"

Die bedeutungsvolle Pause genügte, und das unglückliche Mädchen bedeckte ihr Gesicht mit den Händen und stöhnte:

„Nein, erspare mir den Spott, Guillaume. Es ist wahr, ich habe gesündigt, und doch bin ich keine Hexe, vor dem Himmel bin ich keine Hexe. Bin ich nicht aus der verfluchten Behausung der Beldame geflohen, voller Angst vor solchen Taten, wie sie es getan hätten ? Nein, Bruder, ich wusste nicht, mit welchem schwarzen Schrecken ich spielte, ich, ein mutterloses Mädchen, in die Irre geführt von jemandem, den ich für einen Freund gehalten hatte.

„Ein guter Freund", höhnte er, „wirklich ein guter Freund, aber genug. Dass du geflohen bist, ist mir bekannt; dass du dort warst, wird sich zeigen, ja, und der Welt wird es bewiesen, *wenn* du hartnäckig bist, und das wirst du auch." Zahle die Strafe so sicher, als wärst du genauso wahrhaftig ein Diener Satans wie jede Hexe, die sich jeden Abend im Sand von Sevilla oder um den Nussbaum von Benevento versammelt."

Peitsche aufblickt, von der er weiß, dass er sie herabstürzen sehen wird.

„Was ist dein Wille?" flüsterte sie mechanisch, als sie in dem harten Gesicht vor ihr kein Anzeichen von Nachgiebigkeit erkennen konnte.

Er lächelte triumphierend.

„Du wirst gehorchen?"

"Ich werde gehorchen."

„Das ist gut, aber im Übrigen kennst du meinen Willen sehr gut und weißt, weshalb du hierher gekommen bist ."

Sie schauderte.

werde ich unseren Plan wiederholen, wenn du ihn noch einmal hören willst, Diane , *unseren* Plan , den du mir in Pontivy so geschickt zu entwickeln geholfen hast ."

„Ich hatte ihn damals noch nicht gekannt", rief sie mit einem leisen Schluchzen, „und – und er liebt mich sehr."

„Umso besser, umso geringer ist die Chance, dass uns Verdacht erregt. Sehen Sie, Kind, haben Sie Schluss mit diesen törichten Ausdünstungen , und beachten Sie, wie alles unserem Zweck entspricht. Der Sieur de Mereac liebt dich – eine Liebe, die er zweifellos lieben wird Verlängere die Zeit einigermaßen für mich, deinen Bruder, da du ihn hinsichtlich der

Angelegenheit in St. Aubin beruhigt hast. Dann sind alle in Frieden und zufrieden, außer Mademoiselle de Mereac, die aus irgendeinem unbekannten Grund ist von Hass und Eifersucht gegen die geliebten Freunde ihres Bruders erfüllt, ein Hass, der sie in der Tat auch von ihrem Bruder entfremdet. Plötzlich, ohne Vorwarnung, wird der Sieur de Mereac krank und verkümmert bis zur Fälligkeit an einer seltsamen und unerklärlichen Krankheit Mal wird klar, dass der Tod ihn zum Kameraden macht. Im ganzen Haus kursieren Gerüchte, die den Namen Gwennola de Mereac mit Hexerei in Verbindung bringen; das Flüstern steigert sich zu einem Aufschrei; in der Kammer der Jungfrau werden Schuldbeweise entdeckt; sie wird dazu verurteilt Tod, aber es ist zu spät, um ihren unglückseligen Bruder zu retten, der als Opfer der Böswilligkeit einer verfluchten Schwester umkommt, und Guillaume de Coray , sein Cousin, regiert an seiner Stelle über die weiten Ländereien von Mereac . Voilà, meine Schwester, was für eine bezaubernde und wie einfache Geschichte! Und die Mittel, die *Mittel* ", betonte er, „zu seiner Erfüllung liegen hier."

Während er sprach , reichte er ihr ein kleines Fläschchen mit einer dunklen Flüssigkeit und beobachtete sie wie die Katze mit der Maus, während sie es in ihre zitternde Hand nahm.

„Verstehst du?" fragte er leise.

„Ich verstehe."

Er lächelte nachdenklich.

„Das ist sehr gut, und zu gegebener Zeit wird sich meine entzückende Geschichte entfalten. Für das Flüstern von Mademoiselles Schuld wäre es gut, die Dienste der guten Jeanne in Anspruch zu nehmen. Sie ist diskret, dieses Mädchen, und verdient eine Belohnung."

Aber Diane antwortete nicht; Sie starrte immer noch voller Entsetzen auf das winzige Fläschchen, das sie in der Hand hielt – das Fläschchen, das den Preis eines Lebens darstellte.

„Ein bezaubernder Liebestrank, hat mir der liebe Lefroi mitgeteilt", sagte de Coray und breitete mit einer luftigen Geste seine Hände aus. „Ah, was ist das für ein Mann, und was für eine Wohnung! – ein echtes Beinhaus, und doch nicht ohne Vergnügen. Du hättest Schlimmeres tun können, meine Diane, als hier zu bleiben und dem Vortrag deiner schönen Freundin über die okkulte Wissenschaft zuzuhören , in dieser Nacht in Pontivy . Aber du bist nicht einverstanden? Bah! Was für eine Dummheit! Es ist sicherlich besser, seine eigenen Tränke zu mischen, als sich auf die Diskretion eines anderen zu verlassen. Aber was Lefroi betrifft , er ist kein Klatsch, und wenn Man hat die Gefahr vorhergesehen, ein Dolchstoß ist ein sicheres Siegel für widerspenstige Lippen. Und nun, meine Schwester, werde ich dich auf

Wiedersehen bitten, da ich gehe, um die schöne Demoiselle zu begrüßen, die mir vor nicht allzu langer Zeit die Ehre erwiesen hat, meine verlobte Braut zu werden . Parbleu ! Es kann gut sein, dass sie es bald bereuen wird, die Hand verachtet zu haben, die ihr einst in Liebe und Freundschaft angeboten wurde.

"Liebe und Freundschaft!" wiederholte Diane traurig vor sich hin, als sich ihr Bruder mit einer Verbeugung zurückzog. „Deine Liebe und Freundschaft! Barmherziger Himmel! Ich glaube, die Liebe eines solchen Menschen würde nur Verdammnis mit sich bringen, und ich –" Ein Schluchzen erstickte ihre geflüsterten Worte.

„Ah, Yvon! armer Yvon!" Sie murmelte leise: „Und du musst sterben!" Dann schüttelte sie ihr Haar, das ihr teilweise ins Gesicht gefallen war, zurück und richtete sich trotzig auf. „Zumindest", sagte sie leise, als sie sich ihrem Spiegel zuwandte und das darin widergespiegelte hagere Gesicht bemerkte, „zumindest werde ich mich an diesem stolzen Mädchen rächen. Für sie habe ich kein Mitleid – die Verächtliche!"

In der Zwischenzeit, so seltsam die menschliche Natur ist, stand Guillaume de Coray da und blickte aus seiner Turmkammer auf den Wald, mit einem Blick, der so sanft und zärtlich war, dass seine Schwester den Mann nicht erkannt hätte, der nur eine kurze Stunde zuvor aus Spott einen Mord geplant hatte Töne. Jetzt träumte er von der Zeit, in der er seine Gabrielle als stolze und glückliche Braut aus den Schatten des Waldes führen würde. In diesem Traum von der Zukunft, als er sich endlich auf dem Gipfel seines Ehrgeizes, Herr über die umliegenden Länder, Ehemann einer bereits verehrten Frau, sah, war es seltsam, dass er sah, wie er auch eine Ehre und einen Adel erlangte, die er niemals erreichen konnte besitzen. Der Ehemann von Gabrielle Laurent, sagte er sich, sollte für immer die Tore der Vergangenheit verschließen, die Guillaume de Coray umhüllten , den blutbefleckten, prinzipienlosen Bösewicht, der, nachdem er einem bösen Herrn gedient hatte, danach, noch schlimmer, seinem eigenen Herrn gedient hatte Begierden, der auf seinem Weg jeden mit Füßen tritt, der sich ihm beim Erreichen seines Ziels widersetzt, nur auf seine Ziele bedacht, ohne sich im Geringsten darum zu scheren, durch welche Schurkerei sie erreicht wurden. Ja, die Tore für diesen Mann sollten verschlossen sein, und im Sieur de Mereac sollte ein neues Geschöpf entstehen, aufrichtig, ehrenhaft , ritterlich, eine Phantomfigur, die danach strebt, immer das zu sein, was die Frau, die er liebte, von ihm dargestellt hatte. Eine seltsame Laune komplexer menschlicher Natur, die selten so verloren vorkommt, dass sie nicht mehr erlöst werden kann; So grausam und sündenhart dieser Mann auch war, muss irgendwo tief in ihm ein Herz gewesen sein, das in der Ferne das Gute und die Wahrheit verehrte – ein Herz, das inmitten der Korruption durch die reine Berührung einer Frau zum Leben erweckt worden war. Sie hatte an ihn geglaubt, dieses einfache Bauernmädchen mit dem Gesicht und dem Geist einer heiligen Madonna, und das Vertrauen hatte in ihm jenen langen, stillen Akkord der Ritterlichkeit und Ehre geweckt , aus dem die Liebe selbst hervorgegangen war. In ihrer Gegenwart war er nicht mehr der Guillaume de Coray , den die Welt kannte, sondern einer, der sich bemühte, diese böse Präsenz in ein Gewand der Ehre und des Adels zu hüllen. Und in der Täuschung selbst lag der Keim eines neugeborenen, edleren Selbst, der Wunsch, das verborgene Wesen der Sünde für immer beiseite zu legen und das zu werden, was er in ihren reinen Augen erkannte. Er schauderte, als er sich vorstellte, wie sie sich selbst erkannte, wie er war, und schwor, dass er früher, als dies geschehen sollte, das alte Selbst beiseite werfen würde. Doch – beachten Sie das heimtückische Flüstern Satans – solche Träume von Güte und Tugend waren Kleidungsstücke, die er anziehen musste, nachdem er sein Ziel erreicht hatte. Sünde war das notwendige Werkzeug, das er einsetzen musste, um für seine weiße Taube das schöne Nest zu gewinnen, das er begehrte; Deshalb sollte die Sünde seine Segensgefährtin sein, bis das Werk getan war, und er vergaß fast, vor ihrem unschönen Gesichtsausdruck zu schaudern oder vor den üblen Einflüsterungen ihres Ratschlags zurückzuschrecken, in seiner Eile, sie nach seinem Willen zu gebrauchen. Danach würde er sie verschmähen – ja, danach, als Gabrielle in Mereac regierte – danach –, aber nicht jetzt.

Kapitel XV

Der Lärm der Ausgelassenheit erklang in der großen Halle von Mereac . Auf dem Podium am Kopfende des Tisches hob der junge Sieur mit geröteten Wangen und funkelnden Augen seinen Weinkelch und trank einen tiefen Schluck, während er in die haselnussbraunen Augen der schönen Frau neben ihm blickte. Die Gäste am Tisch flüsterten miteinander, dass Yvon de Mereacs Geschmack nicht falsch gewesen sei, als er die schöne Diane de Coray für seine Verlobte auswählte, und es wurden reichlich Trinksprüche auf die künftige Châtelaine des Schlosses getrunken und bewundernde Blicke auf die jugendliche Schönheit geworfen saß da und lachte und lächelte so fröhlich und glücklich.

Guillaume de Coray lachte ebenfalls, als er die schöne Dame neben sich stellte und die erlesenen Hippokrates austrank, die seinen Becher füllten. Es ging tatsächlich alles gut mit den Luftschlössern, die er unbedingt bauen wollte. Die ersten Samen waren bereits gesät, und sein scharfer Blick bemerkte mit einem Schauer angenehmer Erregung, dass die geröteten Wangen und funkelnden Augen seines jungen Gastgebers alles andere als die Blüte der Gesundheit trugen. Seine eigenen Augen wanderten langsam über die Tafel, während er dem Tenor seiner Gedanken folgte, und fielen schließlich auf das Gesicht von Gwennola de Mereac .

Das junge Mädchen saß schweigend und blass zwischen den Gästen ihres Bruders, ihre lustlosen Augen und apathischen Antworten an den Kavalier neben ihr erzählten, wie weit Gedanken und Herz entfernt waren. Vergebens flüsterte der Comte de Laferrière zärtliche Worte in ihre unwilligen Ohren. Sie antwortete mit einem Akzent, der so kalt war, dass er den wärmsten Bewunderer zwangsläufig erschreckt haben musste; und schließlich wandte der Graf, der Abstoßungen überdrüssig, seine Aufmerksamkeit und seine Komplimente einem lebhafteren Mädchen zu seiner Linken zu, das offenbar nur allzu bereit war, auf seinen Witz und seine Tapferkeit zu reagieren. Wenn er geglaubt hatte, seine Braut zu verärgern, so war die Wirkung ganz im Gegensatz zu seinen Erwartungen, denn Gwennola schien seine Vernachlässigung völlig gleichgültig, wenn nicht gar nicht wahrzunehmen, sondern saß an ihrer Stelle, blass, lustlos und gleichgültig wie zuvor, außer wann Für einen Moment hob sie ihre blauen Augen, um de Corays spöttisches Lächeln zu begegnen, dann huschte eine Röte der Wut über ihre blassen Wangen, und für einen Moment blitzten ihre Augen mit der alten Verachtung und dem Trotz auf.

Trotz ihrer leidenschaftlichen Empörung und ihres Flehens war dieser Mann von ihrem verliebten Bruder als Ehrengast willkommen geheißen worden, der mit offenem Ohr den lahmen und schwachen Ausreden zuhörte, mit denen de Coray sich bemühte, die Vergangenheit zu erklären. Dem Bruder der schönen Diane war alles vergeben und vergessen, und de Coray brauchte nur eine kurze Zeit , um den schwachen und schwankenden Willen seines zukünftigen Schwagers fest unter Kontrolle zu bringen. Dass sie zu einer hasserfüllten Ehe gezwungen oder in eine Klosterzelle verurteilt werden würde, war Gwennolas tägliche Erwartung, aber bisher war der Schlag noch nicht gefallen. Zwar hat Maurice de Laferrière immer noch umworben, eine formelle Verlobung hatte es jedoch nicht gegeben . Doch alle Hoffnungen auf eine Heirat mit ihrem Geliebten wurden für immer zunichte gemacht , nicht nur wegen der bedrohlichen Haltung Frankreichs gegenüber dem verfolgten Herzogtum, sondern auch wegen der erbitterten Feindschaft von de Coray , der de Mereac erfolgreich davon überzeugt hatte , dass der Franzose der Verbündete gewesen sei von François Kerden .

Kein Wunder also, dass Gwennolas Herz schwer war, als sie gezwungenermaßen allein und einsam inmitten des Trubels saß.

„Ein neuer Minnesänger!" rief Yvon mit einem fröhlichen Lachen. „Nein, mein Freund, bei den Gebeinen von St. Yves, du kommst in einer glücklichen Stunde. Dein Name, guter Kerl? und ein Becher Wein, um dich vor deinem Lied zu räuspern."

Der Fremde verneigte sich, als er den Becher entgegennahm, und warf einen Blick auf den Sprecher.

„Mein Name, Monsieur", antwortete er in bretonischer Sprache, „ist Jean Marcille und mein Geburtsort in der Nähe von Cape Raz."

„Gut", antwortete der Gastgeber. „Ein wahrer Bretone; und eine bretonische Ballade bretonischen Könnens ist im Château de Mereac immer willkommen . Äh, alter Antoine? Eine neue Sorte wird uns ebenso willkommen sein wie eine Pause für Sie; singen Sie uns also ein mitreißendes Lied, Sir. " Minnesänger, und achten Sie darauf, dass das Thema Liebe und Krieg ist, denn von solchen Dingen lassen alle wahren Ritter ihre Träume wahr und schöne Damen heißen sie willkommen."

Wieder verneigte sich der Spielmann, nahm sein Instrument in die Hand und spielte die Akkorde, bevor er mit dem Lied begann. Dabei blickte er um das lange Brett herum, obwohl sein Auge scheinbar auf keinem ruhte. Er selbst war eine hinreichend auffällige Gestalt, um Interesse zu erregen, besonders am unteren Ende des Tisches, wo die Kellnerinnen die schlanke, wohlgeformte Gestalt in ihrem Korsett aus scharlachrotem Stoff mit weit herabhängenden Ärmeln und der Mütze voller Anerkennung beäugten Samt, fast einen halben Meter hoch, schmiegte sich schwungvoll auf das dunkle Haar des Mannes, das gut zu seinem gebräunten Teint und seinen schwarzen, fröhlichen Augen passte, die einen wohltuenden Begleiter mit fröhlichem Witz und scharfer Zunge zu versprechen schienen.

Der Besuch eines solchen Kammerherrn war in den Schlössern der Großen keine Seltenheit; Denn obwohl fast alle einen eigenen Minnesänger hatten, war ein neues Repertoire immer willkommen, Musik und Gesang waren eine fast notwendige Begleitung zum Essen.

Jean Marcille besaß offensichtlich eine Stimme von nicht geringem Wert, und tosender Applaus wurde Lied für Lied gefeiert. Er sang wilde Balladen aus der alten Bretagne und erzählte vom Schicksal des Zauberers Myrddyn , der sich trotz all seiner Weisheit dazu verleiten ließ, der verräterischen Vyvyan sein Geheimnis zu verraten, obwohl er von ihrer grausamen Absicht wusste, aber der Sirene nicht widerstehen konnte Die List der Zunge ihrer Frau, und so schläft er für immer in seinem Grab im Wald von Broceliande, unter dem tödlichen Stein, wo ihn seine falsche Liebe verzaubert hat. Dann verfolgte er immer noch die traurigen Themen, von denen Brittany in Hülle und Fülle zu wimmeln scheint und die ihren Kindern so am Herzen liegen, und sang von den romantischen Lieben von Abaelard, dem Weisen, und Helöise , der Schönen – Lieben, die, in Kummer und Verzweiflung zerstört und getötet, unsterblich erblühten in Poesie und Gesang. Doch bald klang seine Stimme mit noch kriegerischerem Ton, als er, die Saiten seiner Harfe schwingend, die inspirierenden Lieder der Tapferkeit sang – Lieder, die er vielleicht selbst gesungen hatte, denn sie erzählten von den Nöten der schönen jungen Herzogin Anne , von ihrem hilflosen Zustand unter räuberischen Feinden, von ihren tapferen Bretonen, die sich um sie scharten, von der Unerschrockenheit bretonischer Helden, von der Belagerung von Gwengamp , wo die tapferen Kapitäne Chero und Gouicket dem Ruf des Verräters Rohan trotzten und erklärten, dass, während es eine gab Herzogin in der Bretagne, sie würden ihre Städte nicht aufgeben; und von Tomina Al- Léan , der Frau von Gouicket , die den Platz ihres Mannes auf den Mauern einnahm, als er hilflos und verwundet unten lag.

Solche Balladen versetzten ihre Zuhörer in einer Zeit, in der ritterliche Taten zu den alltäglichen Taten tapferer Männer gehörten und Damen kein Lächeln für zurückhaltende Ritter oder feige Liebhaber hatten, immer wieder in Begeisterungsstürme bei ihren Zuhörern, und Ritter zogen ihre Schwerter, als sie sprangen Sie standen auf, tranken mit Kelchen in der rechten Hand auf ihre kleine Herzogin und warfen das zitternde Glas zu Boden.

Corays Enthusiasmus ein wenig gezwungen, und seine Lippen verzogen sich mehr als einmal zu einem spöttischen Lächeln, als er den Ring aus geröteten Gesichtern betrachtete und darüber nachdachte, wie gering seine Sorge war, ob die Herzogin oder der König regieren würde in der Bretagne, vorausgesetzt, seine eigenen Pläne gingen gut.

Der seltsame Minnesänger brauchte kaum Druck, um im Schloss von Mereac zu bleiben , denn es schien tatsächlich so, als ob er sich fast von selbst in seinen Platz im Haushalt hineinfügte. In der Tat eine willkommene Ergänzung, um die kürzer werdenden und düsteren Tage zu beleben, denn die Stimme des alten Antoine wurde brüchiger und stockender, und seine Lieder wurden durch die häufige Wiederholung ermüdend; Auch hatte der ältere Mann nicht die Fähigkeit, neue zu weben, die sein junger Rivale zu besitzen schien – eine Tatsache, die zu Eifersucht neigte, obwohl Antoine zu klug war, dies offenkundig zu machen.

Unterdessen bewies Jean Marcille , dass er sowohl in der Sprache als auch im Gesang eine ebenso sanfte und gewinnende Zunge hatte, und das fand auch Marie Alloadec , die eifrig mit ihrer Handarbeit beschäftigt war, während der Minnesänger mit gekreuzten Beinen und einem Gesicht auf dem breiten Sims neben ihr saß beugte sich vielleicht etwas näher zu Maries schnell fliegender Nadel, als es vernünftig war.

Er erzählte ihr von seinem Zuhause in der Nähe des wilden und traurigen Cape Raz, und von Zeit zu Zeit ließ Marie ihre Arbeit fallen, während sie den anschaulichen Beschreibungen dieser trostlosen und romantischen Küste lauschte. Der bloße Name Raz veranlasst den zitternden Seemann, laut zu seinen Schutzheiligen zu beten, während er an die Zeit denkt, in der sein Boot an den roten Felsen vorbeigleiten muss, wo die Hölle von Plogoff sich nach ihrer Beute sehnt. Kein Wunder, dass die bretonischen Sprichwörter sagen: „Niemand passiert den Raz ohne Schaden oder Angst" und „Hilf mir, großer Gott, am Kap Raz; mein Schiff ist so klein und das Meer so groß."

Dies ist ein schrecklicher Wohnort, in dem eine brütende Angst in der Luft liegt und eine Melancholie vermischt mit allen Legenden und Fantasien, die die Küste heimsuchen. Weit entfernt, jenseits der Dead Man's Bay, liegt die Insel Sein, eine verlassene Sandbank, die von ein paar mitfühlenden Familien bewohnt wird, die sich jedes Jahr darum bemühen, die Schiffbrüchigen zu retten. Diese[#] Insel war der Wohnsitz der heiligen Jungfrauen, die den Kelten schönes Wetter oder Schiffbruch bescherten. Dort feierten sie ihre düsteren und mörderischen Orgien; und die Seeleute hörten mit Schrecken weit weg auf dem Meer das Klirren der barbarischen Becken. Auch dort drüben können Beobachter zwei Raben sehen, die schwer am Ufer entlangfliegen: Sie sind die Seelen des schrecklichen Königs Grallo und seiner Tochter; während das schrille Pfeifen, das man für die Stimme des Sturms halten würde, die *Schreier* oder Geister der Schiffbrüchigen sind, die nach einer Beerdigung schreien .

[#] Siehe Michelets *Geschichte Frankreichs* .

„Aber sehen Sie", rief Marie aus, während ihre großen Augen vor Staunen und Ehrfurcht noch größer wurden, als sie den wilden Geschichten lauschte, die Marcille ihr in die Ohren schüttete, „diese Geschichten sind düster und sehr schrecklich; und doch, wie ist es?" dass du lachst und fröhlich bist und insgesamt die Ausstrahlung von Freude und Glück hast?

„Ein gutes Gewissen", sagte Jean leichthin, während er mit abwesenden Fingern an den Saiten seiner Vielle spielte. „Außerdem, Mademoiselle, vielleicht das gute Geschenk meiner Mutter, die aus der lachenden Touraine kam, wo alle singen und fröhlich sind und wo die Wasser der Loire im fröhlichen Sonnenschein tanzen, anstatt grau vor Melancholie zu sein, wie hier in der Bretagne." ."

„Von Touraine?" fragte Marie und senkte die Stimme, während ihre hellen Augen neugierig das dunkle, lächelnde Gesicht des Minnesängers suchten. „Und deine Mutter kam aus Touraine? Aber das ist vielleicht schon lange her, und du bist noch nie so weit gereist?"

"ICH?" lachte Jean Marcille . „Nein, Mademoiselle, ein Minnesänger wandert oft in vielen Ländern umher, und ich habe zu meiner Zeit nicht nur die Obstgärten und Wiesen der Touraine gesehen, sondern auch den blauen Himmel Italiens und die weißen Berge der Schweiz."

„Aber von Touraine?" beharrte Marie. „Wenn deine Mutter aus diesem Land stammt, weißt du vielleicht viel – fast so viel wie über deine Heimat Bretagne?"

„Wahrlich", antwortete Marcille mit einem Schulterzucken, „da mein Vater schon vor langer Zeit gestorben war, als ich noch ein kleiner Junge war, und meine Mutter, müde vom grauen Himmel und dem Jammern verlorener Geister, gern zurückkam." zum Sonnenschein ihres eigenen Landes.

„Und so", sagte Marie, deren Farbe sich vertiefte, als ihr eifriger Blick wieder den seinen suchte, „wohnen Sie schon lange im Land unserer Feinde, Sir Minstrel? Aha! Aber das haben Sie unserem Herrn gestern Abend nicht gesagt, als er fragte, woher." du kamst."

Marcille breitete mit einer nachlässigen Geste der Gleichgültigkeit die Hände aus.

„Monsieur fragte mich nur nach meinem Namen und Geburtsort", antwortete er lächelnd.

„Aber wenn Mademoiselle vielleicht befürchtet, dass ich eine Spionin bin –" Er hielt inne und beobachtete ihr Gesicht, als sie es ihm zuwandte.

„Nein", murmelte sie und blickte sich um, um sicherzugehen, dass sie nicht gehört wurden; „Ich fragte – ich fragte – weil – weil ich mich nach einem edlen Monsieur aus der Touraine erkundigt hätte, der im Frühsommer hierher reiste und für den meine Herrin ein gewisses Interesse zeigte."

„Übrigens", sagte ihre Begleiterin, „gibt es in der gesamten Touraine kaum ein Schloss, dessen Herr ich nicht kenne; denn für den Minnesänger-Barden steht immer ein Krug Wein bereit."

„Aber niemals für bretonische Balladen", antwortete Marie schlau mit einem koketten Seitenblick.

„Nein", lachte er, „ich passe meine Lieder an meine Gesellschaft an, Mademoiselle, denn es ist ein dummer Vogel, der nur auf einer Note singt, und es gibt Chansons und Rondeaux von Touraine und Anjou, mit denen ich die Grübchen um dich werben kann." Wangen, süße Herrin, sowie Balladen der Bretagne, um Tränen in diese strahlenden Augen zu treiben.

„Aber", sagte sie und schüttelte den Kopf mit einem Grübchenlächeln, um ihren Tadel zu mildern – „aber du bist dumm, ganz und gar dumm, und ich möchte keine Komplimente von Frankreich, sondern höre mir lieber an, was ich von dir verlangen würde. In." Haben Sie in dieser schönen Touraine, wo alle lachen und fröhlich sind, vielleicht jemanden getroffen, der Monsieur Henri d'Estrailles heißt und dessen Schloss nicht weit vom Ufer der Loire entfernt liegt?"

„ Ich kenne ihn so gut", antwortete Marcille und blickte sie fest an, als würde er am liebsten in ihr Herz lesen – „ich kenne ihn so gut, dass ich auf seinen Befehl hin hier bin, hübsches Mädchen, um seine Botschaft zu deiner Messe zu bringen Herrin."

„Ein Bote von Monsieur d'Estrailles !" keuchte Marie, während ihr das Werk aus den Händen glitt und unbeachtet auf dem Boden lag. „Ein Bote von Monsieur d'Estrailles !"

„Ja, wahrlich", flüsterte der Minnesänger. „Aber sprechen Sie nicht so laut, Mademoiselle, denn soweit ich weiß, war es für mich ein kurzer Prozess, ob jemand hier mich oder meinen Auftrag verdächtigte."

„Aber ich kann es nicht glauben", murmelte Marie, ihre Augen immer noch vor Verwunderung geweitet. "Es ist unmöglich."

Als Antwort schob Marcille seine Hand in seine Weste und holte einen kleinen Ring hervor, der sicher in seiner braunen Handfläche lag.

„Es ist das Zeichen", sagte er einfach. „Fürchten Sie sich nicht, Mademoiselle Marie; alles ist so, wie ich es sage. Ich bin in Wahrheit der Diener von Monsieur d'Estrailles , der eine Botschaft für das Ohr seiner

Herrin hat, aber nur zu gut wusste, dass er möglicherweise nicht in seiner eigenen Person hierher kommen würde um es zu sagen, da die französische Armee bereits jetzt die bretonische Grenze überschreitet, und er befürchtete, dass seine Anwesenheit zu einem solchen Zeitpunkt nicht gerade willkommen sein könnte.

„Weniger als willkommen!" wiederholte Marie. „Nein, in dem Moment, in dem ich befürchte, dass es für den tapferen Ritter den Tod selbst bedeuten würde. Aber Ihre Botschaft wird überbracht, Monsieur, und zwar sofort. Sehen Sie, ich gehe eilig zum Gemach meiner Herrin, und es wird sein, dass ich zurückkehren werde." bald, um dich zu ihr zu rufen.

Mit diesen Worten stolperte Marie Alloadec , ohne darauf zu warten, ihre heruntergefallene Stickerei aufzusammeln, schnell davon, um in wenigen Augenblicken eilig zurückzukehren und Marcille leise zu rufen , sie solle ihr folgen.

Keiner von ihnen bemerkte, dass in der Nähe der Schießstube, in der sie gesessen hatten, die Gestalt einer Frau kniete, die sich im Vorbeigehen fast hinter die schweren Wandbehänge zurückzog. Aber auf dem Gesicht von Jeanne, der dunkelbraunen Kellnerin von Diane de Coray , lag ein Lächeln, als sie verstohlen die sich entfernenden Gestalten beobachtete.

Kapitel XVI

Der Sieur de Mereac war krank. Eine Verschleierung dieser Tatsache war nicht mehr möglich; er war in der letzten Woche dünn und abgemagert geworden, während seine großen blauen Augen, die denen seiner jungen Schwester so sehr ähnelten, mit einer erbärmlichen Wehmut aus seinem eingefallenen Gesicht blickten, die eine Saite des Mitleids im härtesten Herzen berührte.

Doch was der Grund für eine so seltsame und tödliche Krankheit sein könnte, schien unmöglich zu sagen. Tatsächlich schienen vage Verdächtigungen wie schwache und böse Atemzüge in der Luft des Schlosses zu schweben; aber sie waren so ungreifbar, dass die Menschen kaum wagten, den Gedanken zu untersuchen, die sich von Zeit zu Zeit in ihnen bewegten. Plötzlich schien Trübsinn über das Haus hereingebrochen zu sein, das zuvor von einer kaum angemessenen Heiterkeit erfüllt worden war, wenn man bedenkt, dass seit dem Tod des alten Sieur so kurze Zeit vergangen war. Und nun schien es, als würde der Tod erneut seine Hand ausstrecken, aber dieses Mal nicht, um jemanden zu seiner vollen Scheune zu sammeln, dessen Haupt bereits vom Schnee des Alters weiß war, sondern um gierig nach der Jugend zu greifen, mit ihrem schnellen Pulsieren von Freude und Leben . Was hat der Tod hier bewirkt? Welchen Platz hatte er in der Verlobungskommission? Welches Recht hatte sein Schatten, zwischen den Sonnenschein der Liebe und ihre Erfüllung zu fallen? Solche Fragen waren in der Tat schwer zu beantworten, und durch sie fiel der Schatten der Angst auf diejenigen, die Mitleid mit dem jungen Meister hatten, obwohl sie ihn liebten, dessen Fußstapfen durch das Leben ihn auf so tragische Wege geführt hatten und der nun in der Krise zu sein schien Morgendämmerung des Glücks, vor dem Unbekannten, vor dem gähnenden Abgrund eines Grabes zu stehen.

Doch am merkwürdigsten und geheimnisvollsten von allem schien es, dass Gwennola de Mereac – sie, die in vergangenen Tagen so zärtlich an ihrem Bruder gehangen hatte – die Tatsache seines veränderten Aussehens kaum beachtete und sich aus grüblerischer Melancholie selbst einbildete alles plötzlich ein Aspekt von Zufriedenheit und freudiger Erwartung.

So beobachteten die Gefolgsleute von Mereac den geheimnisvollen Lauf der Ereignisse, während das Flüstern in der Luft von Tag zu Tag klarer wurde. Aber Gwennola ahnte nichts davon. Es stimmt, ihr schmerzte das Herz um ihren Bruder, als sie sein verändertes Aussehen bemerkte; doch war die Kluft, die Diane de Coray zwischen ihnen gemacht hatte, so groß geworden , dass ihr Stolz es ihr nicht erlaubte, die ängstliche Besorgnis zu zeigen, die sie empfand; während Diane selbst insgeheim versuchte, solche Fürsorge durch ihre Haltung gegenüber dem Mädchen, das sie hasste, noch unmöglicher zu machen. Yvon wurde im Stillen mitgeteilt, dass er sich zwischen seiner Schwester und seiner Geliebten entscheiden müsse; und in seinem Kopf war kein Zögern möglich, als Diane sich zärtlich über sein Sofa beugte, während Gwennola sich kalt zurückhielt und niemandem erlaubte, den brodelnden Kummer und die Eifersucht zu erraten, die in ihrem Herzen tobten.

Aber es war nicht nur Stolz, der Gwennolas Lippen zu einem ruhigen und heiteren Lächeln verzauberte, das scheinbar unbekümmert um die Krankheit ihres Bruders wirkte; denn indem sie ihre Sorge um ihn beiseite legte – und die Jugend ist geschickt darin, sich davon zu überzeugen, dass solche Ängste unbegründet sind –, freute sie sich insgeheim über die Botschaft, die ihr von Jean Marcille überbracht wurde .

Ah! Was für eine Freude war es gewesen, und doch brütete dahinter eine heftige Angst! Während sie an ihrem Fenster saß und zusah, wie die braunen Blätter der Waldbäume sich im Herbstwind verfingen und davonwirbelten, sang ihr Herz, doch zitterte sie, als sie an die Zeit dachte, in der sie in drei Tagen hinauskriechen würde Sie hatte es vor Monaten getan und unter diesem Waldschatten den Liebhaber gefunden, treu und wahrhaftig, der über die Gefahren lachte, aus Freude, sie noch einmal in seine Arme zu schließen. Wie schön war es, diese Begegnung immer und immer wieder zu wiederholen – die Schrecken des Waldweges, die eindringliche Angst vor neugierigen Blicken, alles vergessen und verschlungen in dem frohen Moment, in dem sie spüren würde, wie diese starken Arme sie an sich hielten, und das auch tun sollten Schauen Sie auf, um die alte, alte Geschichte in Augen zu lesen, die so voller tiefster Zärtlichkeit der Liebe sind. Dann verblasste die überwältigende Freude an dem Bild, als sich die Ängste in spöttischen, spöttischen Gesichtern um den Traum drängten. Was wäre, wenn er entdeckt würde? Sie wusste, dass es dieses Mal kein Entrinnen geben würde. Kein Schatten des Verdachts würde zu schwach sein, um sein Schicksal zu besiegeln. Sie wusste, dass Rache tief in de Corays Herzen schwelte, und der Hass und die Eifersucht seiner Schwester würden nur zu eifrig dieses Mittel nutzen, um sich an ihre Rivalin zu rächen, deren Einfluss, wie sie wusste, sie am liebsten aus dem Gefängnis vertrieben hätte Schlosstore.

Aber Marie Alloadec hatte keine derartigen Befürchtungen. Die treue Jungfrau freute sich nicht nur über die Romanze ihrer Herrin, sondern auch über eine eigene, die zur gleichen Zeit geknüpft wurde. Das hübsche Gesicht des Boten von Monsieur d'Estrailles hatte bereits einen Eindruck im empfänglichen Herzen des bretonischen Mädchens hinterlassen; und Jean Marcille war kein rückständiger Werber gewesen, da er es sowohl zu seinem eigenen Vergnügen als auch zu den Interessen seines Herrn fand, mit der hübschen Kellnerin zu schlafen, während er den Befehlen ihrer Herrin Folge leistete.

Alle drei waren sich der Gefahren, die ihnen drohten, sehr bewusst; Aber die Liebe lacht über solche Gefahren, und der glückliche Optimismus von Marie und Marcille tröstete Gwennola , wenn er ihn auch nicht überzeugte . Für Marie war es leicht, schwul zu sein, denn ihr Geliebter war an ihrer Seite; aber Gwennola ihrerseits zitterte, selbst während sie lächelte, so große Angst vor Unheil hatte sie.

Aber endlich war die Nacht gekommen, eine Nacht, die so ruhig und friedlich war, als wäre sie in diesem wilden Monat November aus der Zeit gefallen. Es stimmt, es gab nur einen sterbenden Mond, der den Weg durch den Waldweg erleuchtete, und von Zeit zu Zeit wurde selbst ihr schwankendes Licht durch die vorbeiziehenden Wolken getrübt, die sie verdeckten. Aber dieses Mal ging Gwennola nicht unbeaufsichtigt zu ihrem Rendezvous; tatsächlich war ein solcher Kurs voller Gefahren, die sich seit dem Sommer zwangsläufig vervielfacht hatten, denn die hungrigen Wölfe wurden aufdringlicher denn je für ihre Beute. Doch geschützt durch den starken Arm von Jean Marcille und in Begleitung von Marie, die darum bat, ihrer Herrin bei ihrem gefährlichen Auftrag folgen zu dürfen, empfand sie kaum Angst vor diesen vierfüßigen Feinden; Sie wusste, dass Job Alloadec im Hintergrund treu das offene Hintertor bewachte.

Es war jedoch nur diskret, dass Jean und Marie im Schatten der Bäume zurückblieben, während sie allein auf die zerstörte Kapelle zuging.

Ah! die Erinnerungen, die sich an diesem Ort drängten! — Erinnerungen an Schrecken, der längst vergangen war, und auch an den Vater, so teuer und doch so herrisch, dessen Zorn sie getrotzt und dessen Vergebung sie gewonnen hatte, alles um des Mannes willen, der da stand jetzt noch einmal vor ihr. Allerdings war hier kein tapferer Ritter zu sehen, wie in jenen anderen Tagen, als die warme Sommerbrise den Efeu an den grauen Wänden bewegte und der Duft der Blumen süß in der Nachtluft hing. Das Mondlicht schien beim Anblick der großen Gestalt zu schrumpfen, deren braune Kapuze so eng um den Kopf gezogen war, wie sie allein dastand und wartete. Doch als Gwennola mit einem leisen Schrei vorwärts rannte, fiel die Kapuze von ihrem dunklen Kopf zurück, der sicherlich nicht der eines bösen Geistes war, und starke, menschliche Arme packten sie und hielten sie in ihrer warmen Umarmung, während leidenschaftliche Küsse gedrückt wurden auf den rosigen, zitternden Lippen, die immer wieder seinen Namen flüsterten. Kein Wunder, dass die weiße Eule, die sich im Efeu der Ruine versteckte, mit kläglichem Geschrei vor dem Sakrileg floh, das auf diese Weise mit menschlicher Liebe den Aufenthaltsort ihrer geisterhaften Freunde entweihte; Kein Wunder, dass die Eidechse, die die bröckelnde

Mauer hinaufkroch, innehielt, um mit listigen, glitzernden Augen die Szene zu beobachten, die seine Vorfahren im Garten der Unschuld des Menschen beobachtet hatten. Aber was kümmerte es diese beiden in diesem erhabenen Moment, die Augen zu beobachten? Sie hatten keine Ahnung von irgendetwas anderem auf der weiten Welt als denen, in die jeder blickte.

Wahre Augen, mutige Augen, Augen, in denen die Geschichte von Liebe und Treue so leicht zu lesen war! Und dann mussten sie noch einmal auf die Erde und die gefährliche Gegenwart zurückkommen und die allumfassende Freude dieses ersten Augenblicks des Vergessens der Vergangenheit und der trüben, süßen Zukunft überlassen, auf die beide mit sehnsüchtiger Sehnsucht blickten, je ungeduldiger sie waren für diesen kurzen Moment der Verzückung.

Aber es war keine Zeit für Liebesträume, da der scharfe Winterwind herumpfiff und die noch kältere Angst vor Gefahr, die von Trennung flüsterte.

Es gab so viel zu erzählen, so viel zu hören, so viel zu planen und oh! Es ist so wenig Zeit, über alles zu sprechen.

Gemeinsam saßen sie dort inmitten der Ruinen einer toten Vergangenheit und bauten goldene Burgen für die Zukunft; leuchtende, prächtige Schlösser, alles von Liebe erleuchtet und wunderschön. Doch noch während sie sie bauten, wurden sie von unzähligen und unüberwindlichen Schwierigkeiten erneut auf die Beine geworfen. Die Situation war in der Tat eine Situation, die so hingebungsvolle Liebhaber durchaus beunruhigen könnte. Die riesige Armee Karls rückte bereits in Richtung Rennes vor; Und obwohl es eher bedrohlich als angreifend wirkte, schien die Gefahr für das Herzogtum doch unmittelbar zu drohen, wenn Herzogin Anna an ihrer Entschlossenheit festhielt, was nur allzu wahrscheinlich war.

Mit stockender Stimme erzählte Gwennola die Geschichte der vergangenen Monate: vom Tod ihres Vaters, von der Ankunft von Diane de Coray , von Yvons tödlicher Verliebtheit, von der Rückkehr von Guillaume de Coray und von der völligen Macht, die er und seine Schwester über die ihres Bruders hatten schwacher Geist; von Yvons Krankheit und ihrer eigenen Entfremdung von ihm; schließlich von Dianes verschleierter Verfolgung und ihren Ängsten um ihre eigene Zukunft.

Ein stürmisches Bild, so düster, dass es beide Liebenden für einen Moment sprachlos machte; Bis Henri, als er sich bückte, um in das halb auf seiner Schulter verborgene Gesicht zu blicken, eine helle Träne erblickte, die auf den herabhängenden Wimpern zitterte.

„Nein, weine nicht, mein Schatz", flüsterte er leidenschaftlich. „Du sollst nicht so weinen und solche Dinge fürchten; es wird nicht erlaubt sein.

Früher werde ich dich auf den guten Karl den Großen dort drüben besteigen und mit dir nach Touraine reiten, wo wir gemeinsam über diese abscheulichen Verschwörer lachen werden – ja, und über." Auch dein Bruder, der so viel Unglück über das Herz seiner kleinen Schwester gebracht hat. Pfui, hat er vergessen, dass er ohne deine Tapferkeit jetzt schon in einem üblen Kerker verrottet wäre?"

„Nein", flüsterte sie lächelnd, „aber das war auch mehr deinetwegen, Henri, als seinetwegen, obwohl ich ihn gut liebte – ja, und ihn immer noch liebe, trotz all seiner Härte, denn ich weiß, dass seine Augen vorerst geblendet wegen dieser Frau."

„Aber sagen Sie mal", rief d'Estrailles flehend, „ist es dann so unmöglich, dir zu helfen, Kleines? Würde ich vielleicht mutig zu dem Schloss dort drüben gehen und dich als meine Braut beanspruchen, denn das halte ich für feige verstecke dich auf diese Weise wie jeder andere Übeltäter.

„Ah, Henri", seufzte sie, „was für eine Dummheit würdest du sagen! Sicherlich könntest du mir kaum helfen, indem du in die Höhle des Löwen gehst, oder mich vor einem trostlosen Schicksal retten, indem du als Spion sterbst, wie man dich sicherlich nennen würde, wenn du es tust." kam hierher in deiner richtigen Gestalt.

„Die Höhle des Löwen!" wiederholte er verächtlich. „Eher würde ich sie Schakale nennen, da ihre Wege die Wege der Feiglinge und ihre Gedanken die Gedanken von Verrätern sind. Aber sag mir, Süße, ist mein Plan dann so unmöglich? Oder wirst du Angst haben, allen zu vertrauen – sogar dir selbst? –zu meiner Ehre ?"

"Furcht?" Sie lächelte; „Angst!" – und sie hob ihre Lippen, um seiner Liebkosung zu begegnen. „Nein, Henri, es ist keine Angst, die mich zögern lässt , sondern weil – weil –"

"Weil?" fragte er und hielt ihre Hände in seinen. „Weil, Kleiner?"

„Wirklich, ich weiß es nicht", flüsterte sie leise; „Vielleicht ist das nur eine Torheit, aber mein Verstand hat Zweifel , was das Beste ist. Warten wir, mein Henri, bis morgen, und ich werde den lieben Pater Ambrose um Rat fragen, der mich sehr liebt und der, Ich glaube, er hat für diese de Corays , beide Brüder und Schwestern, nicht mehr Vorliebe als ich. Außerdem bin ich mir sicher, dass er Mitleid mit mir hat und mich gerne glücklich sehen würde, wovon er gut weiß , dass ich niemals in einer Klosterzelle oder anderswo sein könnte Arme als deine. Also bis morgen, Henri, lass uns warten, und es kann sein – es kann sein, dass ich komme."

So saßen sie wieder Seite an Seite und träumten von all der Glückseligkeit, die das Kommen mit sich bringen würde, während er ihr noch einmal vom glücklichen, fröhlichen Leben von Touraine erzählte, so lebhaft, dass es Gwennola vorkam, als würde sie bereits an seiner Seite durch die Welt reiten Lachende Wiesen und sonnige Obstgärten, die Rondeaux und Virelais singen, fröhlich und süß wie ihre Umgebung, ohne seltsame Melancholie, wie jedes Lied in diesem grauen, aber für immer geliebten Land der Bretagne nachhallt. Aber Träume müssen oft vor der Morgendämmerung verblassen, und schon bald müssen sie Abschied nehmen, diese törichten jungen Liebenden, die die Welt so ganz für sich allein geschaffen fanden. Und doch kein Abschied, sondern *ein Au revoir – ein Au revoir* bis zum nächsten Tag, vielleicht mit der Zustimmung, wenn nicht sogar seinem Segen von Pater Ambrose, auf ihrer Flucht vor Schwierigkeiten und Schatten, Verdächtigungen und Eifersüchteleien.

„Auf Wiedersehen! Auf Wiedersehen!" Die Süße dieser Worte erzeugte eine Melodie in Gwennolas Herzen, als sie und ihre Begleiter nach Hause eilten, und ihre Lippen zitterten vor lächelndem Glück, warm von der Erinnerung an seine Küsse. Auch Marcille und die kleine Marie mit dem rosigen Gesicht empfanden die Wartezeit als weniger lästig, als man hätte annehmen können; Denn es ist eine schöne Sache, dem Beispiel der Vorgesetzten zu folgen, und die Atmosphäre der Liebe ist so ansteckend, dass sie vielleicht sogar in den Schatten der Bäume wehte, wo die beiden warteten; und das könnte erklären, warum auch Maries rosige Lippen Grübchen bildeten, als sie in der Dunkelheit lächelte, und eine Hand, die ihren Umhang hätte halten sollen, nach unten glitt, um von einer anderen Hand, stark und zärtlich, ergriffen zu werden, die ihn so festhielt, dass sie ihn nicht mehr sehen konnte Das Lächeln verwandelte sich fast in ein fröhliches Lachen vor lauter Jugendglück.

Kapitel XVII

„Ach, armer Yvon! Nein, ruhe deinen Kopf so – ja, das scheint besser zu sein; und lege deine Hand in meine. Ach! Wie kalt ist es! Und wie zitterst du selbst vor diesem warmen Feuer!"

„Ja, es wird mir kalt ums Herz, wenn ich daran denke, was diese Krankheit bedeutet ", stöhnte Yvon, als er sich müde auf seiner Couch zurücklehnte und mit liebevollen, aber wehmütigen Augen in das strahlende, schöne Gesicht blickte, das sich so nah an seines beugte. Als Engel des Lichts und der Anmut erschien Diane de Coray in ihrem anmutigen, anschmiegsamen Kleid aus schwerem weißen Stoff, dessen lange Ärmel und Hals mit glänzendem Gold besetzt waren, während der hohe Kopfschmuck ein Gesicht umrahmte, das schön genug war, um jeden Mann zu beruhigen und zu erfreuen. und sanfte haselnussbraune Augen voller Mitgefühl, Zärtlichkeit – und vielleicht einem anderen vagen, undefinierten Ausdruck, der nicht zu deuten ist.

Sie wiederholte mehrmals leise seinen Namen, während sie die dünne Hand streichelte, die lustlos an seiner Seite lag.

„Dir wird es bald besser gehen", sagte sie schließlich sanft als Antwort auf seinen müden Seufzer. „Siehst du, Yvon, um meinetwillen *musst du* besser werden."

Er schüttelte traurig den Kopf. „Nein", antwortete er, „ich fürchte mich nicht, kleine Diane; für mich gibt es nichts als das Grab – das Grab, in dem alle Hoffnungen und die große Liebe begraben werden, mit der du mich inspiriert hast. Ja, Kleine, Weine nicht, denn es ist trotzdem so bitter, wie es zu sagen scheint – und wie bitter nur die Heiligen wissen; denn der Tod ist ein trauriger Gast, wenn die Liebe vor ihn getreten ist. Und ich liebe dich, meine Diane, ich Ich liebe dich mit all meinem armen Herzen – deiner nicht würdig, süß, nein, nicht würdig, denn Leiden und Angst haben nur ein trauriges Wrack des Yvon de Mereac hinterlassen, der einst war. Und doch, Diane, hast du geliebt Dieser Arme, Schwache, deiner so unwürdig! Schau, du sollst meine Hände in deinen halten und es leise sagen : „Ich liebe dich, Yvon de Mereac , ich liebe dich, obwohl du nur arm und unwürdig bist." bestenfalls ein Liebhaber für das süßeste und schönste Mädchen, das der gute Gott je geschaffen hat.""

"Nein!" sie weinte leidenschaftlich, wischte eine Träne weg und beugte sich vor, um das weiße, nach oben gerichtete Gesicht zu küssen; „Du weißt genau, dass ich dich liebe, Yvon, die Heiligen helfen mir! Aber du sollst nicht sterben! Höre! – Ich werde dir meine geheimen Gedanken sagen, obwohl ich Angst habe, dass du wütend sein wirst."

"Wütend?" fragte er lächelnd; „Bist du wütend auf dich, Diane?"

„Ja", sagte sie, indem sie ihm ein gerötetes, halb beschämtes Gesicht zuwandte und mit harter, gleichmäßiger Stimme sprach; „Du wirst wütend sein, Yvon; und doch werde ich diesen Zorn wagen für die Liebe, die ich dir entgegenbringe."

Sie blickte sich um, während sie sprach, aber niemand war in der Nähe; nur die mit Wandteppichen bedeckten Gesichter begegneten den ihren, als sie ruhig von den Wänden herabblickten, als ob sie, so leblos sie auch waren, diese Frau, die dort kniete, verachteten und sie als Lügnerin und Verräterin kannten und bejubelten.

Doch der plötzliche Anflug von Reue und Angst, der die Worte auf ihren zitternden Lippen festhielt, verging, und das Mädchen wappnete sich für ihre Aufgabe und näherte sich der Seite des kranken Mannes.

„Hör zu", sagte sie leise, „und urteile, Yvon, mein Verlobter. Hat dich diese schlimme Krankheit nicht verwundert? Niemand kann ihren Namen nennen; so geschickt er auch ist, Pater Ambrosius weiß nichts davon; und doch ist seine Natur so tödlich, dass der Tod wirklich nahe scheint ."

Yvons blaue Augen waren neugierig auf das Gesicht des Sprechers gerichtet, und ein vages Entsetzen wuchs in ihnen, während sie fortfuhr.

„Ist dir das alles noch nie aufgefallen, mein Yvon? Hast du nicht vergeblich nach der Ursache deines Leidens gesucht?"

„Nein", murmelte er, „ich verstehe nicht, wovon du sprichst , Diane."

„Von Hexerei", sagte sie leise, aber sehr deutlich. „Von Hexerei, liebste Liebe, die so böse auf dich wirkt, dass der Tod bereits auf dich wartet."

Sie bekreuzigte sich und schauderte, als sie sah, wie sich das Entsetzen in den großen Augen, die ihr so nah waren, vertiefte.

"Hexerei?" wiederholte er schwach. „Aber warum? Und von wessen Hand sollten solche Zaubersprüche gewirkt werden?"

„Durch die grausame Hand von Gwennola , deiner Schwester!"

Sofort strahlten die blauen Augen, und eine rote, wütende Röte färbte schnell die blassen, eingefallenen Wangen.

„ Gwennola ! Meine Schwester Gwennola ist eine Hexe! Nein, Diane, du schwärmst . Sag solche Worte nicht, Mädchen! Bei meinem Glauben, sie sollen in meiner Gegenwart nicht noch einmal gehaucht werden – die Ehre des Hauses Mereac darf nicht leichtfertig verbreitet werden." nachlässige Lippen."

Sie hatte mit seiner Wut gerechnet und war ihr kühl genug gegenüber.

„Ich kann die Wahrheit nicht leugnen, Yvon de Mereac , selbst wenn die Ehre deines Hauses auf dem Spiel steht. Nein, gib nicht mir die Schuld, sondern ihr, die es so grausam in den Dreck gezogen hat."

„Aber es ist eine Lüge", rief er leidenschaftlich, „eine üble und grausame Lüge. Wer hat es gewagt, solche Worte zu dir zu sagen, Diane? Ich werde ihn an den nächsten Baum hängen lassen, weil er so den schönen Namen einer edlen Jungfrau verunglimpft hat."

Diane legte eine sanfte, streichelnde Hand auf seine geballte Handfläche; Die Augen, die sie seinen funkelnden und empörten Augen zuwandte, waren voller Tränen.

„Ach! Ach! mein Yvon!" Sie flüsterte. „Hätte ich es wagen sollen, so über deine Schwester zu sprechen, wenn ich nicht selbst die Wahrheit der Anschuldigung herausgefunden hätte?"

Er legte sich auf die Couch zurück, keuchend und fast atemlos vor Gefühl; aber seine Augen weiteten sich immer noch vor Angst und Entsetzen, als er ihren sanften, sanft gesprochenen Worten lauschte.

„Ohne die Liebe, die ich zu dir hege, Yvon, hätte mir kein Wort über die Lippen kommen dürfen; aber weil es auch jetzt noch nicht zu spät sein mag, dich zu retten, hat die Liebe meine Lippen geöffnet, und ich erkläre dir hiermit feierlich, dass deine Schwester Gwennola und sie allein sind für diese tödliche Krankheit verantwortlich.

„Nein, ich kann es nicht glauben", rief er mit einem kurzen Schluchzen. „Was! Gwennola versucht mich zu töten? Die kleine Gwennola meines Vaters ist eine Hexe? Das ist jenseits aller Vernunft, sage ich dir, Diane."

„Das habe ich zuerst gesagt", sagte Diane leise; „Dennoch ist es die Wahrheit."

„ Gwennola !" „ wiederholte er träumerisch, als in diesem Augenblick all die alten Kindertage in seiner Erinnerung aufzutauchen schienen – „kleine Gwennola !"

Er sah sie, ein kleines, hübsches Mädchen aus fünf unschuldigen Sommern, wie es in seinen eigenen starken jungen Armen hochgehalten wurde, um die Stirn seines Pferdes zu küssen; und erinnerte sich daran, wie sie sich von ihrer Liebe zu dem schwarzen Ross abwandte und ein Paar weiche Babyarme um seinen Hals schlang und ihn immer wieder küsste. Dann schlichen sich andere Bilder in den dunkler werdenden Raum zu ihm zurück: Bilder desselben Kindes, das zu einem schlanken kleinen Mädchen herangewachsen war, schön wie die Blumen, die ihre hellen Köpfe in die

Sommerbrise neigten; mit großen blauen Augen, die immer nach Vater und Bruder Ausschau hielten, denen sie immer entgegenlaufen musste, um sie zu begrüßen, wenn es nur den Vorwand gäbe, sich vom Stickrahmen und dem tadelnden Blick ihrer Mutter zu lösen . Doch schließlich verblassten die Bilder und schrumpften vor einem giftigen Atem – und Dianas Stimme klang in seinen Ohren: „ Gwennola ist eine Hexe!"

„Nein", schrie er heftig, als wollte er die anklagende Stimme übertönen; „Es ist keine Wahrheit, sondern eine Lüge – eine Lüge, die in der schwärzesten Hölle erfunden wurde!"

Aber Diane ließ sich von seinen harten Worten nicht rühren. Sie spielte um einen Einsatz und wusste, dass sie gewinnen musste, obwohl sie in ihrem Herzen umso wütender war, als sie feststellte, dass die Liebe, die sie bereits zerstört zu haben gehofft hatte, eine so starke Wurzel hatte.

„Ich habe um deiner selbst willen gesprochen, mein Yvon", flehte sie mit einem Bruch in ihrer sanften Stimme. „Leider, leider! Ich habe dich nur verärgert, und das alles ohne Zweck, da du weder glauben noch danach streben willst, dich vor ihren Zaubersprüchen zu retten."

„Nein, Süße, du musst meine wütenden Worte verzeihen", sagte ihr Geliebter und schmolz vor Zärtlichkeit, als sein Ohr das Schluchzen in den sanften Tönen hörte. „ Nun, ich weiß, dass es nur dein Eifer für mein Wohlergehen ist, der dich in die Irre geführt hat, indem du solchen falschen Worten geglaubt hast. Aber denk daran, meine Diane, welchen Beweis können diese bösen Geschichtenerzähler vorbringen? Welches Wissen haben sie?"

„Ah, ich!" stöhnte Diana, „Ich muss dich erneut verärgern, Yvon; und doch hat sie dich so grausam betrogen und dir Unrecht getan, dass ich kein Mitleid haben werde – nein, denn ein so schlimmes Unrecht verdient nichts, und ihre Sünde liegt auf ihrem eigenen Kopf!" "

„Sprich", murmelte Yvon heiser, als sich erneut die Angst in seine Augen schlich; „Sprich, Diane."

„Als meine Zofe, Jeanne Dubois, mir die Geschichte erzählte", sagte Diane leise, „gebot ich ihr, zu schweigen; denn für böse Zungen gab es harte Strafe, und Verleumder sollten meiner Meinung nach wenig Gnade haben. Aber das Mädchen beharrte darauf, und so hörte ich notgedrungen zu, zunächst nur, um sie auf die Gefahr solcher lügnerischen Unwahrheiten hinzuweisen. Doch die Geschichte hatte einen so lebhaften Beigeschmack von Aufrichtigkeit, dass ich lange und aufmerksamer zuhörte, während sie mir erzählte, dass die Demoiselle de Mereac seltsam blieb Gesellschaft, und dass sie oft, wenn sie bei Einbruch der Dunkelheit an ihrer Zimmertür vorbeikam, Grund gehabt hatte, sich zu bekreuzigen, aus großer Angst vor den seltsamen Gesängen und Stimmen, die sie drinnen hörte. Doch da sie wusste, dass es sie nichts anging, sagte sie nichts, bis sie es eines Tages zufällig tat Während er sich gerade mit Pierre, dem Narren, unterhielt, flüsterte der Schurke ihr etwas von seinem eigenen Verdacht ins Ohr und sagte Jeanne, dass er ihr auch beweisen könne, dass die junge Schlossherrin nicht nur böse Gesellschaft unter dem Dach des Schlosses versammelte, sondern auch dorthin ging In der Mitternachtsstunde geht sie mitten in den Wald, um mit ihren bösen Freunden schreckliche Orgien zu feiern und sich mit ihrem schrecklichen Vertrauten zu unterhalten, der ihr im Gewand eines braunen Mönchs erscheint , der wegen seiner bösen Taten auf Erden verurteilt wurde die Schatten einer zerstörten Kapelle heimzusuchen und denjenigen noch mehr zu helfen, deren Sünden so schwarz sind wie die seiner eigenen verlorenen Seele."

Wieder schaute Diane fest in Yvons Augen und markierte mit einem Schauer des Triumphs den Ausdruck der Angst, der sich in sie geschlichen hatte.

„Ich selbst", sagte sie traurig, „habe bereits die Wahrheit von Jeannes Worten bewiesen; es liegt an dir, Yvon, dich auch von einer Schuld zu überzeugen, die leider so klar leuchtet wie der Mittag. Ehrlich gesagt, ich flehe dich an." um die Worte zu beweisen, die ich zu sagen gewagt habe, denn ich habe kaum Zweifel daran, dass in den bösen Taten dieser verlorenen Jungfrau das Geheimnis deiner tödlichen Krankheit liegt. Und weil ich dich liebe, Yvon, bete ich von ganzem Herzen und ganzer Seele Du bemühst dich, dich vor diesen grausamen Zaubersprüchen zu retten, und wenn es sein muss, reiße sogar diesen geschlagenen Zweig von seinem Stammbaum und wirf ihn ins Feuer.

„ Gwennola ! – Gwennola !" stöhnte Yvon; „Der Liebling meines Vaters – seine kleine Gwennola ! Ist es möglich, dass du so gefallen bist – bist du so verloren? Diane", rief er und drehte sich fast heftig zu ihr um, „ich akzeptiere dein Wort. Beweisen Sie mir die Schuld meiner Schwester, und Ich selbst werde die Reisigbündel anzünden, die die Ehre des Hauses Mereac reinigen sollen. Doch ich warne dich, dass, wenn diese Geschichte falsch ist, die Liebe, die ich dir hege, schrumpfen und verbrennen wird, bis nichts mehr übrig bleibt als die Asche des Hasses."

„Ich werde es beweisen", sagte Diane und erwiderte seinen Blick unbeirrt. „Noch in dieser Nacht wirst du mit deinen eigenen Augen sehen, wie deine Schwester in den Armen eines der schlimmsten Schatten der Hölle liegt und mit ihm deine Vernichtung plant."

Kapitel XVIII

Es ist schwer vorstellbar, welchen enormen Einfluss der Aberglaube der Hexerei seit frühester Zeit auf den Geist unserer Vorfahren hatte. Und im fünfzehnten Jahrhundert waren die Angst vor Zauberern und Hexen und der Glaube an ihre übernatürlichen Kräfte nahezu unbegrenzt. Tatsächlich war der Ruf des Wahnsinns für Hunde nicht verhängnisvoller als der Ruf der Hexerei für Menschen .[#] Er war so zerstörerisch, dass es westlich der Karpaten kaum einen alten Weiler gibt, in dem nicht Scharen von Hexen massakriert wurden das Mittelalter. Über einen längeren Zeitraum brannten in Köln jedes Jahr vierhundert, Paris dreihundert und eine Vielzahl zweitklassiger Städte jeweils zweihundert Stück nieder. Als Hexe stigmatisiert zu werden bedeutete früher oder später die Verurteilung auf dem Scheiterhaufen; und dies war so gut verstanden, dass die Böswilligen ihren Opfern nur diesen bösen Namen anhängen mussten, um ihre Hinrichtung sicherzustellen. Es bleibt eine Liste von etwa hundertfünfzig Hexen übrig, die in drei Jahren von diesem unbedeutenden Ort Würzburg getötet wurden; und unter den Leidenden finden wir ein halbes Dutzend Landstreicher, Kinder und andere; ein Schelter, ein gelehrter Richter, ein geschickter Sprachwissenschaftler, mehrere beliebte Prediger und „Goebel Babelin , das hübscheste Mädchen in Würzburg.“

[#] Siehe *Hexen und ihr Handwerk* .

Es war ein grundlegendes Axiom der Hexenkodizes, wie Bodin erklärte , dass keine Hexe freigesprochen werden dürfe, wenn ihre Unschuld nicht „so klar wie die Mittagssonne" strahlte; und es wurde jede Sorgfalt darauf verwendet, dies unmöglich zu machen. Aber das bei weitem wirksamste Mittel, um ihre Verurteilung herbeizuführen – es übertraf falsche Zeugenaussagen und Folter um Längen – war die berüchtigte Untersuchung, der die elenden Kreaturen unterzogen wurden. Die von der Kirche vorgeschriebene Suche nach dem Teufelsmal und dem Amulett galt als schlimmer als der Tod selbst, und von den Tausenden, die ums Leben kamen, starb ein großer Teil unter Selbstvorwürfen und zog die tödliche Suche nach der Flamme der der mönchischen Inquisitoren vor .

Wenn man bedenkt, wie furchtbar und unvermeidlich Hexen bestraft wurden, scheint es erstaunlich, dass sich einige davon, geschweige denn solche Myriaden, dazu bekennen, Hexen zu sein. Aber andererseits muss man bedenken, dass der Erwerb von Macht, um Sturm und Verwüstung, Krankheit und Tod anzurichten, eine unwiderstehliche Versuchung für die damals in den unteren Klassen vorherrschende wilde Natur darstellte. Denn jeder suchte die Brüderlichkeit. Diejenigen, die litten oder Leid befürchteten, kauften ihre Dienste ebenso wie diejenigen, die Leid zugefügt bekommen wollten. Letztere waren jedoch bei weitem zahlreicher, und die Hexen hatten eine ganz besondere Art, sie zu befriedigen. Eine der seltsamsten Situationen bestand darin, sich während der Feier bestimmter höllischer Rituale ein Bild des verhassten Individuums zu machen. Das Simulacrum bestand normalerweise aus reinem Wachs; Wenn es aber darum ging, das Werk der Rache gründlich sicherzustellen, wurde im Allgemeinen der Ton bevorzugt, der aus der Tiefe eines gut genutzten Grabes entnommen wurde. Das Bild wurde gemäß den Regeln geformt und von einem entsprechend qualifizierten Priester getauft. Es wurde angenommen, dass jede Verletzung, die dem Modell zugefügt wurde, eine ähnliche Wirkung auf das Original hatte. Fesselten sie ein Mitglied des Bildnisses, befiel die Lähmung das entsprechende Glied der dargestellten Person. Daher wurde angenommen, dass es zu starken Schmerzen und furchtbaren Verstümmelungen kam; Auch der Tod selbst lag nicht außerhalb der Macht des Zauberers. Um dieses fatale Ergebnis zu sichern, gab es mehrere bewährte Rezepte. Einige durchbohrten das Herz der Statuette mit einer neuen Nadel; andere ließen es langsam vor einem Feuer schmelzen; ein dritter Satz bestattete es mitten in der Nacht auf geweihtem Boden mit schrecklicher Burleske des Bestattungsgottesdienstes; und ein vierter sammelte die Haare im Bauch des Modells und versteckte sie in der Kammer – wenn möglich unter dem Kissen – des beabsichtigten Opfers. Solche Bilder wurden von Robert von Artois zur Vernichtung seiner Feinde angefertigt. Auf diese Weise soll Enguerrand de Marigny Philipp den Schönen getötet haben. So soll auch Eleanor Cobhan , die Frau von Herzog Humphrey, einen Mordversuch an Heinrich VI. unternommen haben.

Die Kräfte und schelmischen Erfindungen der Hexen und Zauberer für jeden möglichen Zweck waren vielfältig und vielfältig. Ein Sud aus einer auf den Namen John getauften Kröte, die sich von geweihten Oblaten ernährte, wurde von einer Hexe in Soissons unter den Tisch eines Bauern geworfen, und alle, die um das Brett saßen, starben sofort. Jede Hexe besaß ihren Agenten oder vertrauten Kobold, der ihr bei ihrer Aufnahme in die Schwesternschaft das Blut aussaugte und so das tödliche „Teufelsmal“ hinterließ.

In der Bretagne wurde der weithin berühmte und abscheuliche Gilles de Retz nicht mehr als fünfzig Jahre vor Beginn unserer Geschichte auf den Scheiterhaufen geführt, um dort die Strafe für seine schreckliche Karriere als Zauberer, Mörder und Teufelsanbeter zu bezahlen. Die Verbrechen dieses Teufels der Ungerechtigkeit sind zu zahlreich und zu schrecklich, als dass sie eine Wiederholung ertragen könnten. Sein größtes Vergnügen bestand jedoch darin, mithilfe einer alten Hexe namens La Meffraie Kinder in sein Schloss zu locken , die durch das Land zog und alle Kinder, denen sie begegnete, mit falschen Versprechungen in die Wohnung ihres Herrn lockte. und von diesem Moment an hörte man nichts mehr von ihnen. Als nach vierzehn Jahren seine schrecklichen Praktiken aufgedeckt und eine Durchsuchung durchgeführt wurde, wurde im Turm von Chantoce ein Tunnel mit verkalkten Knochen gefunden – mit Kinderknochen in einer solchen Zahl, dass man davon ausging, dass es ganze vierzig gewesen sein müssten . [#] Eine ähnliche Menge wurde im Schloss von La Suze und an anderen Orten gefunden; kurz gesagt, wo auch immer er gewesen war. Die Zahl der von diesem vernichtenden Tier getöteten Kinder wurde auf einhundertvierzig geschätzt, wobei das Motiv für die Zerstörung dieser unglücklichen Unschuldigen schrecklicher war als die Art des Todes. Er bot sie dem Teufel an und rief die Dämonen Barren, Orient, Beelzebub, Satan und Belial an, um ihm im Gegenzug Gold, Wissen und Macht zu gewähren. Er hatte einen jungen Priester aus Pistoia in Italien bei sich, der versprach, ihm diese Dämonen zu zeigen; und ein Engländer, der half, sie zu zaubern .[#] Es war eine schwierige Angelegenheit. Eines der vorgeschlagenen Mittel bestand darin, den Gottesdienst zu Allerheiligen zu Ehren böser Geister zu singen . Und doch lobte dieser blutbefleckte Bösewicht, der es genoss , den kläglichen Todesschreien kleiner Kinder zu lauschen und sich über ihr Leid zu freuen, der durch die Anbetung von Dämonen selbst mehr zum Teufel als zum Menschen geworden war, seinen bösen Assistenten und Zauberer, der verurteilt wurde mit ihm, zur Gnade Gottes – dessen lebendiges Abbild er ermordet hatte – mit den folgenden Worten: „Adieu, François, mein Freund; möge Gott dir Geduld und Wissen schenken, und sei versichert, vorausgesetzt, du hast Geduld und Hoffnung auf Gott, wir werden uns in den Freuden des Paradieses treffen. Der Schrecken, den dieser gotteslästerliche Schurke auslöste, hing immer noch in den Herzen der Bretonen, und es war kein Wunder, dass Zauberei oder Hexerei in den Händen eines unwissenden und fanatischen Volkes kaum Gnade fanden; Obwohl es Zauberern oder Hexen oft erlaubt war , ihr Handwerk viele Jahre lang unbehelligt auszuüben, hielt die Angst, unter ihrer Rache zu leiden, sogar im Tod, ihre Feinde in Schach, während sie mit den Gönnern, die ihre Hilfe wünschten, ein lukratives Geschäft betrieben .

[#] *Aussagen von Etienne Corillant* .

[#] Michelets *Geschichte Frankreichs* .

Aus diesen vorstehenden Bemerkungen lässt sich leichter verstehen, wie geschickt Diane de Coray das Netz ihrer Verschwörung um ihr unglückliches Opfer gesponnen hatte, das sich seiner Gefahr überhaupt nicht bewusst war, da die Diener des Schlosses zuvor von der schlauen Jeanne instruiert worden waren kein Wort ihres Verdachts in die Ohren derjenigen zu hauchen, die sie warnen könnten. Deshalb schlich sich Gwennola de Mereac , ohne zu ahnen, dass sie krank werden würde, noch einmal zum Rendezvous ihres Geliebten, erfüllt von glücklichen Gedanken und einem Herzen, das durch den Kontrast zu der ermüdenden Schwere so vieler Wochen leichter geworden war. Sie und ihre Begleiter ahnten nicht, welche scharfen Augen ihre Bewegungen beobachtet hatten oder welche verstohlenen Füße ihnen bereits durch den Schatten des Waldes nachgeschlichen waren.

Mereac mit so großer Freude begrüßt hatte . Sie versteckte sich im Schatten der schweren Wandteppiche, hatte gehört, was zwischen Marie Alloadec und ihrem zukünftigen Liebhaber vorgefallen war, und hatte die Nachricht eilig ihrer Geliebten überbracht. Dem so gegebenen Hinweis war sorgfältig nachgegangen worden, aber es war Pierre, der Narr, dessen List das tödliche Rendezvous entdeckt und die Verkleidung der verhüllten Gestalt durchbrochen hatte. So wurden die Fäden des Netzes sicherer um die Finger der Weber geschlungen, und nun rückte die Zeit näher, ihre Stärke zu beweisen.

Ein kalter Wind pfiff durch die kahlen Bäume über ihnen, aber das Unterholz des Dickichts rund um die zerstörte Kapelle wuchs so dicht, dass es alle Beobachter nicht nur vor dem heftigen Windstoß, sondern auch vor neugierigen oder fragenden Blicken schützte. Aber Gwennolas Augen und Gedanken waren weit davon entfernt, Verrat oder Böses zu vermuten. Während sie ihren Weg eilte, dachte sie an den freundlichen und liebevollen Rat von Pater Ambrose. Er hatte versprochen, der gute alte Mann, seinen Einfluss bei Yvon aufs Äußerste zu nutzen, um ihn davon zu überzeugen, entweder seiner Schwester zu erlauben, den Mann zu heiraten, den sie liebte, oder sie zumindest von unwillkommenen Verlobungsvorschlägen unbehelligt zu lassen, bis es klarer wurde Man wird sehen, wie sich die Dinge zwischen den beiden konkurrierenden Ländern entwickelten. Wenn Yvon immer noch hartnäckig wäre – nun, es könnte sein, dass Pater Ambrose bereit wäre, den Zorn seines Herrn aufs Spiel zu setzen, um der kleinen Magd willen, die er so sehr liebte; aber sie musste geduldig sein – sehr geduldig – während er betete, dass sein Weg vor seinen Augen klar gemacht werden möge.

Der alte Mann war so sanft, so liebevoll gewesen, hatte er sie mit solchen Tränen väterlicher Zärtlichkeit angefleht, dass Gwennola seinen Bitten zugehört und versprochen hatte, geduldig auf seinen weiteren Rat zu warten, anstatt allzu bereitwillig zuzuhören auf die Aufdringlichkeit ihres Geliebten, die hastige Flucht zu drängen, die in einem so günstigen Licht für ihre Augen erschienen war, als er beredte Gründe ins Herz flüsterte, das bereitwillig auf seine Bitten reagierte. Doch ihr Schritt wurde langsamer, je näher sie ihrem Rendezvous kam, als ob ihr Versprechen fast zu schwer auf ihr lastete, während sie sich die Enttäuschung in den dunklen Augen vorstellte, die ihre eifrigen Fragen in die ihren richten würden.

Marie und Jean Marcille blieben hinter ihrer Herrin zurück, wie sie es gestern Abend getan hatten. Sie hatten ihre eigenen Sorgen, diese beiden, die vielleicht – und wer könnte es verübeln? – ihre Ohren stumpf machten und die Wachsamkeit ihrer Augen trübten. Es ist sehr sicher, dass keiner von ihnen inmitten einer Baumgruppe nicht weit von ihrem Standort vier verhüllte Gestalten sah, die sich tief beugten, als würden sie verstohlen diejenigen beobachten, die bereits im schwindenden Mondlicht in der Nähe der efeubewachsenen Ruinen standen .

„Es ist genug", flüsterte Yvon de Mereac mit leiser, erstickter Stimme, als er sich erhob und der Frau an seiner Seite gegenüberstand. "Es reicht."

Ja! er war durch die Beweise seiner eigenen Augen davon überzeugt worden, wo er es für unmöglich hielt; Denn als er sich dort hinbeugte, hatte er vor Entsetzen zitternd die schattenhaften Umrisse einer großen, mönchischen Gestalt gesehen, und während er sich voller Angst bekreuzigte, hatte er eine andere Gestalt gesehen, schlank und mit einer Kapuze, die zwischen den Bäumen hervorschlich, um ihn zu umarmen in der engen Umarmung des Braunen Mönchs selbst; und als das schwache Mondlicht hinter einer vorbeiziehenden Wolke hervorfiel, war die Kapuze zurückgerutscht und gab den Blick auf die rotgoldenen Locken und das blasse Gesicht von Gwennola frei .

Diane de Coray war eine geschickte Verschwörerin. Dort zu verweilen, könnte dem gequälten Bruder schnell offenbaren, dass der Liebhaber seiner Schwester tatsächlich leibhaftig war und kein geisterhafter Agent aus der unsichtbaren Welt; und so eilte sie unter mitfühlendem Murmeln mit ihm zum Schloss zurück, gefolgt von ihrem Bruder und Pierre, dem Narren. Doch auf ihre geflüsterten Worte antwortete Yvon de Mereac überhaupt nicht; Der Schlag war so plötzlich und so überwältigend gewesen, dass sein schwacher Geist darunter schwankte. Für eine Bretonin steht die Ehre noch über der Liebe selbst, denn Herzogin Anne bringt die Gefühle ihres Volkes in ihrem ritterlichen Motto zum Ausdruck: „Der Tod ist der Schande vorzuziehen . " Und nun sollte Schande in ihrer schwärzesten Form auf die schönste Blume seines Hauses fallen! Kein Wunder, dass der arme, schwache Bruder angesichts eines solchen Schicksals in hilfloser Fassungslosigkeit stöhnte. Wie gelähmt vor Schrecken über das, was er gesehen hatte, weigerte sich sein schwaches Gehirn zunächst, zu begreifen, was seine äußeren Sinne ihm sagten, und ließ sich von seinen offenbar mitfühlenden Freunden zurück zum Schloss führen; und bis er sich noch einmal auf sein Sofa niederließ und aus dem Kelch Wein trank, den die zarte Diane an seine Lippen hob, wurde sein Geist klar genug, um die volle Bedeutung dieses mitternächtlichen Abenteuers zu verstehen.

„ Gwennola eine Hexe!" flüsterte er schließlich mit einem heiseren Schluchzen. „Die kleine Gwennola , eine Hexe! Heilige Mutter Gottes! Was

soll ich tun? Ach! Was soll ich tun? Die kleine Gwennola ! – die kleine
Gwennola !“

„Nein“, sagte Diane mit leiser, klarer Stimme, während sie sich über
ihn beugte, wo er lag und immer wieder den Namen seiner Schwester ausrief,
„sie verdient kein Mitleid, Yvon. Sie ist verloren, – ja, verloren , – Denke an
ihre Sünden – an die schreckliche Sünde gegen dich, mein Yvon. Um
meinetwillen muss sie die Strafe für ihr Verbrechen bezahlen, da ich nur für
dich lebe, damit du wieder gesund wirst.“

Ihr schönes Gesicht war seinem nahe; er konnte fühlen, wie ihr warmer
Atem sein Haar berührte, das schweißnass auf seiner Stirn lag; Ihre
haselnussbraunen Augen schienen ihren Willen in sein betäubtes Gehirn
einzubrennen und ihn wie mit magnetischer Kraft dazu zu zwingen. Schwach
und hilflos war er so völlig in ihren Händen, als wäre er tatsächlich nur ein
einjähriges Baby gewesen; und während seine Augen ihren folgten ,
wiederholte er langsam ihre Worte, als ob sie sie ihm entlocken würde.

„Sie ist eine Hexe, und als Hexe muss sie sterben – um deinetwillen,
Diane, – um deinetwillen.“

KAPITEL XIX

„Du, Marcille ? Im Namen der seligen Heiligen, was tust du hier? – und so!"

Die graue Morgendämmerung eines Novembertages kroch langsam im Osten empor, aber die Luft war feucht und kühl von Frost und Tau, und die Männer, die dort standen, sahen einander durch einen dunstigen Nebel ins Gesicht. Das Gesicht von Jean Marcille war bleich vor Angst, und seine dunklen Augen blickten mit einem Ausdruck von Schrecken und Bestürzung in die seines Herrn.

„Wie jetzt, Kerl!" rief d'Estrailles besorgt, „ist der Demoiselle etwas Schlimmes widerfahren? Warum bist du mit so viel Angst im Blick hierher gekommen?"

„Ach, mein Meister!" keuchte der Mann. „Leider! Wie soll ich Ihnen das sagen? Der edlen Dame ist wirklich etwas Schlimmes widerfahren, so schlimm, wie die Menschen sich fürchten, darüber zu sprechen, und Marie sagt –"

„Frieden, Du Narr", schrie d'Estrailles wütend, „was kümmern mich die Worte Maries oder anderer? Sage mir nur und sofort, was für ein Unglück der Mademoiselle zugestoßen ist, sonst werde ich, ohne weitere Worte an dich zu verschwenden, zu dir gehen." das Schloss.

„So war es", murmelte Marcille , während er dastand, immer noch nach Luft schnappend und den Kopf nach vorne gerichtet, als warte er auf einen Schlag. „Wir reisten in Sicherheit durch den Wald, aber als wir uns dem Schloss näherten, wer sollte mit großen Augen und offenem Mund auf uns rennen, wenn nicht der ehrliche Narr, Job Alloadec, Bruder der hübschen Marie. ‚Nein, Herrin' Er schrie und hinderte uns am Vorankommen: „Geh keinen Schritt vorwärts, denn nichts als Böses erwartet dich", und als er das sagte, schluchzte er wie ein törichtes Dienstmädchen, so dass seine Schwester ihn am liebsten rundheraus tadeln und bitten würde Erzählen Sie kurz seine Neuigkeiten. Aber das war mehr, als der gute Jobik zu sagen vermochte, und es dauerte einige Zeit, bis wir aus seiner Erzählung erkennen konnten, was geschehen war , und selbst dann war es nur der Schatten einer Erzählung. Der Sieur de Mereac , wie es schien , hatte sich den ganzen Tag unwohl gefühlt, aber gegen Einbruch der Dunkelheit schien er ruhiger zu sein und wünschte allen eine gute Nachtruhe, als er sich zurückzog. Doch kaum war Mitternacht geschlagen, als die große Glocke einen Aufruf an alle erklang, sich zu versammeln, und siehe da, dort, in der Halle, stand Monsieur de Coray , gekleidet und umhüllt, mit seiner Schwester Pierre dem Narren und Jeanne Dubois an seiner Seite. Sein Gesicht, fügte der gute Hiob hinzu, war zu einem schrecklichen Stirnrunzeln verzogen, und während er mit den

Menschen um ihn herum sprach , wurde es immer strenger. Ohne seine Worte, Monsieur, sagte Hiob, sie wären zehntausendmal schrecklicher als sein Gesicht, denn er ließ die Gefolgsleute hören, wie ihr Herr, dessen Krankheit sie alle mit so großer Angst beobachtet hatten, von einem Anfall gepackt worden war, und dass Pater Ambrose, der bei ihm war, an seinem Leben verzweifelte; Dann erzählte er mit sanften Worten und gut gespieltem Entsetzen und Empörung, dass diese Krankheit das Werk der Hexerei sei und dass zum unglaublichen Entsetzen seiner Schwester und seiner selbst zweifelsfrei nachgewiesen worden sei, dass diese Hexerei praktiziert worden sei von Gwennola de Mereac , ihrer Geliebten und Châtelaine . Und bei seinen Worten herrschte Stimmenverwirrung, denn einige riefen dies und einige das, und einige riefen den Tod der Hexe, die ihren Meister getötet hatte, und einige sagten, es sei falsch und die Demoiselle sei ein Engel des Lichts und nicht aus Dunkelheit. Aber die Antwort von Monsieur de Coray – oder besser gesagt, Monsieur le Diable – war, dass alles bewiesen werden sollte, und befahl zwei der Mädchen, mit Jeanne Dubois in das Zimmer ihrer Herrin zu gehen und die Dame und ihre Dienerin dorthin zu holen. Marie Alloadec . Als Hiob das hörte, eilte er herbei, um uns die Neuigkeit zu überbringen und uns vor der Gefahr zu warnen, bevor wir das Schloss betraten.

„Und Mademoiselle?" murmelte d'Estrailles heiser.

Marcille stöhnte. „Leider, Monsieur!" er sagte. „Mademoiselle hat den Mut eines Mannes. Sie stand so in der Dunkelheit, dass wir, die wir in der Nähe waren, ihr Gesicht kaum sehen konnten; aber ihre Stimme war fest und ruhig, als sie das antwortete, obwohl sie dem guten Hiob mit ganzem Herzen dankte In ihrem Herzen war ihr Platz dort, im Saal des Schlosses, um ihre Unschuld an dem üblen Verbrechen zu beweisen, das ihr so böswillig vorgeworfen worden war, und um ihren Bruder, wenn möglich, aus den grausamen Fängen seiner falschen Freunde zu retten. Vergeblich, Marie flehte sie an, während ich es mir auch nicht verkneifen konnte, die vielen Gefahren zu zeigen, denen sie ausgesetzt sein könnte; aber sie ließ sich weder durch Tränen noch durch Warnungen von ihrem Vorsatz abbringen und beteuerte, dass ihr die Unschuld und Ehre einer Magd teurer seien als das Leben selbst , und dass sie sie vor den erbittertsten Feinden verteidigen würde, wohlwissend, dass Gott ihre Sache nicht aufgeben würde. Dennoch, Monsieur, vergaß sie Sie nicht, sondern befahl mir, mich in Sicherheit zu verstecken und mit dem ersten Lichtstrahl zurückzukehren, um Ihnen die Flucht zu ermöglichen die List deiner Feinde hat dich entdeckt; denn sie ahnte wohl, dass sich schon lange ein leiser Verrat in ihrem Schatten eingeschlichen haben musste. Sie bemühte sich auch, Marie davon zu überzeugen, mit Hiob auf der Flucht Sicherheit zu suchen. Denn wenn tatsächlich der Vorwurf der Hexerei gegen sie erhoben würde, bestünde möglicherweise auch für sie eine große Gefahr, da solche Unholde wohl kaum die Folter ersparen würden, die sie anwenden durften, in der Hoffnung, ihnen ein falsches Geständnis von den Lippen zu bringen krümmten sich vor Qual, bis sie ihrem Willen unterworfen waren. Aber die tapfere Marie blieb auch standhaft und erklärte, dass sie mit ihr sterben würde, wenn ihre Herrin sterben würde , denn es wäre unmöglich, dass sie sie verlassen würde; aber als wir schließlich weitergingen, bat sie mich, dicht am Flussufer zu warten und dass sie es vor Tagesanbruch schaffen würde, mir Nachrichten über den Fall ihrer Dame und ihren eigenen zu überbringen oder zu schicken. Deshalb, Monsieur, habe ich mit großer Angst gewartet, denn es entspricht nicht dem Geschmack eines ehrlichen Mannes, sich auf diese Weise in Sicherheit hinter Bäumen zu verstecken, wenn die Magd, die er liebt, in Lebensgefahr gerät; aber ich wusste, dass es damals keine Arbeit für die Muskeln, sondern für die Weisheit war, und so lag ich mit schmerzendem Herzen da und wartete auf den Morgen; Und zur gegebenen Zeit schlich sich aus dem Schatten der Schlossmauern ein Mann hervor, der schnell dorthin kam, wo ich wartete, und ich erkannte, dass es wieder einmal der gute Freund Hiob war, obwohl ich durch seine verzweifelte Erscheinung bereits Unheil verkündete, bevor er sprach . Und es war schlimm, so schlimm, dass ich dachte, die Hölle selbst müsste bereits nach den Verschwörern einer solchen Schurkerei gähnen; denn es schien, dass sie klug waren, diese Teufel, so klug, dass die Notlage von Mademoiselle und der kleinen Marie wirklich schrecklich war. Im ganzen Schloss kursierten bereits Gerüchte , dass Monsieur de Mereac tot sei; und ob das nun der Fall war oder nicht, Monsieur de Coray nahm sehr schnell seinen Platz ein, während die falsche Demoiselle, seine Schwester, mit der schwarzbraunen Dirne, ihrer Jungfrau, und Pierre, der Narr, dem schon längst der Hals umgedreht worden sein sollte, es ihnen sagten Lügenmärchen. Ah! Wie weinte er, der arme Hiob, Monsieur, als er es wiederholte! „So ein Ring böser, grausamer Gesichter", sagte er, voller Satans eigener Bosheit, und ihnen gegenüber die Demoiselle de Mereac , schön, ruhig, unschuldig wie ein Engel, die diese ihre Ankläger mit der stolzen Verachtung einer edlen Dame betrachtete, die sie sieht Die Canaille heulte ihr von unten Schimpfwörter entgegen. Und doch, so ruhig und unschuldig sie auch war, erbleichte sogar sie, als sie die üblen Lügen hörte, mit denen diese Verleumder ihren schönen Namen befleckten, und als sie sah, mit welchem Geschick sie ihr Leben geplant hatten. Es war das verlogene Mädchen Jeanne Dubois, das die ersten falschen Aussagen gegen sie vorbrachte und von Stimmen sprach, die sie um Mitternacht in Mademoiselles Schrank gehört hatte, von unheimlichem Gelächter und Gesängen und ähnlichem Unsinn, bis sogar de Coray selbst ihr das Wort schnitt, als er es sah die Unzufriedenheit in den Gesichtern der umstehenden Männer, die, wie Hiob sagte, wenig erfreut darüber waren, ihre junge Geliebte in einer solchen Notlage und auf so dürftigen Gründen zu sehen.

Aber der nächste, der sprach, war der Teufelskobold Pierre, der Narr; und als er von dem Braunen Mönch erzählte, mit dem die Dame sprach und der um Mitternacht an der Kapelle vorbeiging, sahen viele schief und bekreuzigten sich. Aber Mademoiselle selbst sprach kein Wort, sie stand nur da in der ganzen Reinheit und dem Stolz ihrer Unschuld und blickte ihren Anklägern voller Verachtung entgegen. Aber nun war Mademoiselle de Coray selbst an der Reihe, und als sie zu den Anwesenden sprach, sank sogar das Herz Hiobs selbst, denn der Tonfall ihrer Stimme besaß die Faszination, die Glauben erzeugt. In trauriger Stimme ging sie auf die Liebe ein, die sie nicht nur für Monsieur de Mereac , sondern auch für seine Schwester empfunden hatte; davon, wie traurig ihr Herz gewesen war über die plötzliche und geheimnisvolle Krankheit, die denjenigen, mit dem sie bereits verlobt war, so niedergeschlagen hatte; von Mademoiselle Gwennolas seltsamem Verhalten ; von ihrem eigenen Verdacht; jedoch von ihrer Verachtung gegenüber Jeannes Behauptungen und der Geschichte von Pierre, dem Narren, bis sie selbst die Wahrheit bewiesen hatte. In ein paar lebhaften Worten stellte sie sich die Begegnung zwischen Mademoiselle und Ihnen vor, Monsieur, in der sie Sie für den Agenten des Bösen erklärte, mit dessen Hilfe sie ihre abscheulichen Zaubersprüche wirkte; das Entsetzen ihres Geliebten, als er selbst von den berüchtigten Machenschaften seiner Schwester erfuhr; Seine heftige Verunglimpfung von ihr und sein Befehl, sie zu töten, bevor ein neuer Anfall ihm die Sprache und, wie sie fürchtete, das Leben raubte. Schließlich brachte sie inmitten der gemurmelten Verwünschungen der Umgebung eine kleine Wachsfigur zum Vorschein, die eine vage Ähnlichkeit mit Monsieur de Mereac aufwies , die offenbar vor einem Brand teilweise geschmolzen war und von der sie behauptete, sie sei im eigenen Zimmer des Angeklagten entdeckt worden. Doch trotz des lauten Murmelns des Entsetzens und des Abscheus, das nun die Halle erfüllte , zuckte Mademoiselle Gwennola überhaupt nicht. „Ich bin unschuldig“, sagte sie einmal laut und deutlich. „Möge unser Herr und unsere Frau Ihnen, Diane und Guillaume de Coray , die falsche Geschichte verzeihen, die Sie gegen mich verbreitet haben.“ Aber Mademoiselle Diane lachte nur und zeigte auf die schwarze Kapuze und den Umhang, die vom Nachttau feucht waren. 'Eine Lüge!' Sie weinte vor Spott, so dass Hiob sie am liebsten niedergeschlagen hätte, während sie dastand, murmelnd und grinsend. „Eine Lüge, sagst du? – Hexe und Mörderin, dass du bist.“ Woher kommst du denn, ehrliche Jungfrau, mit dem Tau der Nacht um dich herum, statt aus deinem Schlummer? Deine Kammer war leer, als sie sich auf die Suche nach dir machten, und bald kommst du frisch von deinen unheiligen Feierlichkeiten zu uns und wagst es, mir eine Lüge vorzuwerfen! Nein! Du kannst auf diese Weise nicht hoffen, die Gerechtigkeit zu täuschen, Mädchen, während die Zeichen deiner Schuld an dir hängen, oder die empörte Liebe von ihrer gerechten Rache abzubringen!‘ Aber Mademoiselle antwortete überhaupt nicht, sondern zog nur ihren Umhang enger um sich, als ob sie ihr Geheimnis umso sicherer hüten wollte; und wahrlich, wie Hiob sagte, die Worte von Mademoiselle de Coray ein wahrer Genuss für diejenigen, die die Fortsetzung nicht kannten.

„Ach, leider!" rief d'Estrailles leidenschaftlich, „warum war ich nicht da, um diese Wahrheit zu verkünden? Besser hundert Tode, als dass ein Hauch solcher Schande die Reinheit der Ehre einer solchen Jungfrau beflecken würde! Aber es ist noch nicht zu spät, – Dummkopf, der ich war . " zu verzögern! Dann lasst uns schnell beeilen, Jean, und diesen Dummköpfen die Wahrheit sagen."

„Nein, Meister", sagte Marcille und legte eine zurückhaltende Hand auf den Arm seines Herrn. „Ich glaube, es würde der Dame wenig nützen, wenn sie Ihren Kopf in eine sichere und sichere Schlinge steckt. Außerdem würde die Anklage auch dann noch bestehen, so geschickt haben sie es erfunden. Außerdem sind bereits die arme Fräulein und die hübsche Marie auf ihrer Seite Weg nach Martigue unter der Eskorte von Monsieur de Coray persönlich, der erklärte, dass sie noch vor Tagesanbruch der Gerechtigkeit übergeben werden sollten.

„Zur Gerechtigkeit?" wiederholte d'Estrailles , während seine Augen voller Entsetzen vor sich hinstarrten, als ob er tatsächlich bereits das schreckliche Bild sah, das die bedeutungsvollen Worte vor ihm hervorriefen. „Zur Gerechtigkeit?"

„Ja", stöhnte Marcille schluchzend; „Am liebsten würden sie sie als Hexe verbrennen, mein Meister; und leider auch die kleine Marie neben ihr – Teufel, die sie sind!"

Aber Henri d'Estrailles hatte die volle Tragweite des überwältigenden Schlags, der so schnell auf die Süße des Liebestraums getroffen worden war, noch kaum begriffen . So vage wie Yvon de Mereac selbst wiederholte er die Worte: „ Gwennola , eine Hexe! – um als Hexe verbrannt zu werden! – Sie!" Seine Stimme erstickte in einem plötzlichen wilden Anflug von Gefühl und Wut, als seine Fantasie das schreckliche Bild seiner Geliebten heraufbeschwor, die allein und hilflos inmitten ihrer Feinde stand. Er konnte sie sehen, ah! so lebhaft, mit ihrer stolzen, mädchenhaften Gestalt, die bis zum Äußersten ihrer schlanken Größe gezogen wurde, und den großen, blauen Augen, die hochmütig ihre falschen Ankläger herausforderten – diese Augen, die vor so kurzer Zeit mit Liebe und Zärtlichkeit in die seinen geblickt hatten und die „Heilige Mutter Gottes beschütze ihn vor dem Gedanken!" könnte schon bald inmitten des Rauchs und der Flammen des grausamen Scheiterhaufens in den Todeskampf starren.

Aber obwohl sein Blut wild durch seine Adern strömte, um mit der ganzen Kraft seiner Liebe und Wut zu strömen und sie im Alleingang den Händen ihrer Feinde zu entreißen, wusste er, dass der Gedanke zu hoffnungslos war, ein solcher Plan so unmöglich, dass er scheitern würde besiegele ihr Schicksal erneut. Ja! – Untergang! Denn er wusste genau, wie unerbittlich es bereits geschrieben war; Nun, er wusste, dass es mit solchen Beweisen für den Edelsten oder Schönsten kurzen Prozess machen würde, vor allem mit der mächtigen Hand des neuen Sieur de Mereac im Rücken, der sein Opfer vorwärts in die Flammen drängte, die es erwarteten. Die Situation war tatsächlich verzweifelt. Die Fäden des Netzes waren so eng verwoben, dass sie nicht reißen konnten. Würde er sich melden und die Identität des Braunen Mönchs preisgeben, gäbe es immer noch den tödlichen Beweis für das Wachsbild und den unerklärlichen und mysteriösen Tod von Yvon de Mereac . So klar die Verschwörung von de Coray für ihn auch war, gerade ihre Kühnheit machte die Position des Verschwörers uneinnehmbar, und alles, was d'Estrailles durch den Versuch, die perfiden und mörderischen Pläne seines Rivalen aufzudecken, erwarten konnte, war der Tod eines französischen Spions, der in Verkleidung ertappt wurde innerhalb der Grenzen der Bretagne.

Es schien nur noch eine letzte verzweifelte Hoffnung zu geben, und dieser Hoffnung wandte er sich mit der Energie der Verzweiflung zu. Er würde in aller Eile nach Rennes reiten, wo in der Nähe der Stadt die passiven Armeen des Königs von Frankreich lagen. Auf der Suche nach seinem Herrn, dem Grafen Dunois, betete er um die Erlaubnis, eine Abteilung französischer Truppen mitnehmen zu dürfen, um damit nach Martigue zu reiten , in der Hoffnung, dass er die Behörden durch Drohungen, unterstützt durch militärische Macht, dazu bewegen könnte, ihre Gefangenen auszuliefern. Eine wilde Hoffnung, so wild, dass er es nicht wagte, allzu genau auf ihre schattenhaften Umrisse zu blicken; doch der einzige, an dem er sich in seiner Not festhalten konnte.

„Leb wohl, Marcille ", rief er, während er Robe und Kapuze ablegte und in seinen Sattel sprang. „Nein, mein Freund, ich werde dich nicht mitnehmen, und ich habe nur kurze Zeit Zeit, um Anweisungen zu erhalten. Ich kann dir nur raten, aufzupassen, und sollte deine Dame in unmittelbarer Gefahr drohen, reite mit lockerem Zügel nach Rennes. Du wirst mich finden." Unterwegs, das verspreche ich; und kann ich Dunois nicht um eine Gesellschaft bitten, ich werde sogar eine stehlen, denn beim Glauben eines französischen Ritters schwöre ich, sie zu retten!"

Marcille standen Tränen in den Augen, als er zusah, wie sich sein stürmischer junger Herr zurückzog, während Henri d'Estrailles mit tief in die Seite seines Pferdes geschlagenen Sporen wie verrückt davongaloppierte, über die Heide, wo noch immer der Morgennebel dicht hing.

"Ach!" er seufzte, als er sich wieder dem Wald zuwandte, „es nützt nichts; und nicht nur Mademoiselle, sondern auch die kleine Marie wird umkommen; und für mich wird nichts mehr übrig bleiben als Rache."

KAPITEL XX

Der Zauberer Lefroi lebte allein in seiner kleinen Hütte im Wald von Arteze . Es war sehr einsam, diese Hütte, und ihr Inneres machte einen völlig abscheulichen Eindruck. Aber das war der Zweck seines Gewerbes; wofür! Sie würden nicht aus dem Grab heraus nach Geheimnissen suchen oder nach Mitteln suchen, Ihre Feinde dorthin zu bringen, in einem sauberen, hellen und ordentlichen Salon , in dem der reine Sonnenschein des Himmels durch die Fenster hereinströmt und vielleicht Blumen der Reinheit und Unschuld blüht in dir? NEIN! Der Aufenthaltsort der Zauberei und des Bösen muss notwendigerweise düster und düster sein, umgeben von den üblichen Accessoires des Gewerbes. Daran mangelte es der Hütte des alten Lefroi nicht. Das Licht einer Kerze brannte schwach und gedämpft in jener wilden Novembernacht, als der Zauberer sich versunken über seine nächtlichen Beschwörungen beugte. Er war weise, dieser alte Mann, mit der Weisheit vieler Jahrhunderte, einige sagten, er habe von seinem Meister, dem Teufel, gelernt, andere sagten, er sei von einigen dieser umherziehenden Böhmen und Zauberer gelehrt worden, denen man hier so oft begegnete damals in Frankreich. Diese Söhne Ägyptens waren in der kleinen Waldhütte freundlich behandelt worden, und als Belohnung hatten sie dem Besitzer, wie behauptet wurde, nicht nur Wissen über die Sterne vermittelt, sondern auch die Geheimnisse vieler wunderbarer und tödlicher Drogen, die sich oft als so nützlich erwiesen von den Kunden des alten Lefroi und hatte nicht immer den Charakter von Liebesphiltres . Vielleicht war er gerade dabei, einige seiner schädlichen Getränke abzukochen, während er sich über seinen Schmelztiegel beugte, denn sein runzliges altes Gesicht war zu einem verzerrten, spöttischen Lächeln zusammengezogen, was ihm noch mehr das Aussehen von zerknittertem Pergament verlieh. Sein Kostüm war effektiv und bestand aus einem langen, losen Umhang, der mit zahlreichen urigen kabbalistischen Zeichen und Hieroglyphen verziert war. Auf seinem Kopf trug er die übliche Mütze; Während an seiner Seite die vertraute schwarze Katze saß, deren Schnurren eine passende Begleitung zum Blubbern des Topfes bildete, in den ein riesiger schwarzer Rabe mit neugierigen Augen von der Schulter ihres Herrn blickte. Im Großen und Ganzen war das Bild ein vertrautes Bild, wie man es in jedem Wohnsitz jener Gaukler und Quacksalber jener Zeit hätte sehen können, die die okkulte Wissenschaft praktizierten und durch den Aberglauben der Unwissenden reich wurden.

Ein Klopfen an der Holztür riss den alten Mann aus seiner fesselnden Beschäftigung, und mit einem gemurmelten Fluch humpelte er hinüber, um den Riegel zurückzuziehen und in die Dunkelheit hinauszuspähen.

Der Besucher wartete jedoch auf keine Einladung, sondern drängte sich fast unhöflich hinein, als fürchtete er, der Hüttenbesitzer könnte den Zutritt verweigern. Es war eine Frau, die keine Zeit verlor, ihre Kapuze zurückzuwerfen und sich ihrem Begleiter zuzuwenden.

„Ich bin Diane de Coray ", sagte sie kurz, „und wurde von meinem Bruder, den du kennst, alter Mann, eilig geschickt, um von dir das Gegenmittel für das Gift zu erbitten, das du ihm vor einiger Zeit gegeben hast."

Lefroi blickte neugierig in das blasse, schöne Gesicht, das so ängstlich in seines herabblickte. Dann nickte er.

„Es ist sehr gut", bemerkte er scharfsinnig, „es ist sehr gut; aber woher soll ich wissen, schöne Herrin, dass Sie tatsächlich die sind, deren Namen Sie angeben, denn in Wahrheit ähneln Sie Monsieur, Ihrem edlen Bruder, nicht etwa." alle?"

"Narr!" rief sie ungeduldig, „Ich schwöre dir, ich bin Diane de Coray – reicht das? Gib mir schnell das Gegenmittel, sonst ist es zu spät."

immer noch verstohlen und zögerte, ihren Willen zu tun.

„In der Tat, ich weiß nicht, wovon Sie sprechen, Herrin", jammerte er schließlich. „Gift? Ich kenne kein Gift. Ein Liebes- Philtre , Geliebte – ein Liebes- Philtre oder die Vorhersage des Horoskops jetzt –"

"Getan haben!" Sie weinte wütend und er bemerkte den Glanz der Verzweiflung in ihren Augen. „Habe es getan, alter Dummkopf; ich habe keine Zeit zu verlieren, und du weißt wohl , wovon ich spreche: das Gift, das Tropfen für Tropfen verabreicht werden sollte, das seine Wirkung so langsam und doch so sicher verrichten sollte. Was! sollte Ich weiß das alles, wenn ich nicht tatsächlich die Schwester des Mannes wäre, dem du es gegeben hast?"

„Aber warum", fragte er, halb überzeugt und dennoch zweifelnd, „warum braucht der edle Herr ein Gegenmittel? War der Trank zu langsam oder zu schnell? Hat er seinen Zweck nicht erfüllt, wie ich es vorhergesagt habe?"

„Ja, aber zu sicher", rief das Mädchen schaudernd. „Aber es ist noch Zeit, alter Mann. Gib mir schnell das Gegenmittel, und du wirst Gold haben – ja, Gold."

Während sie sprach, zog sie eine Tüte hervor, und im trüben Licht funkelten die scharfen Augen des Zauberers, als er den Glanz der glitzernden Münzen wahrnahm. Dennoch hielt er sich noch einen weiteren Moment zurück.

„Mit Gold kann man die Geheimnisse des Lebens nicht kaufen", murmelte er grinsend.

„Kann es nicht?" flehte sie und kniete einen Moment später auf dem schmutzigen Boden und ergoss einen Strom goldener Münzen auf den Sitz neben ihr.

Die Versuchung war groß, doch ihre Stärke ließ ihn erneut zögern.

„Aber wozu brauchst du das Gegenmittel?" er blieb hartnäckig. „Und woher soll ich wissen, dass es dein Bruder ist, der dich gesandt hat? Wenn dabei eine List steckt, wird er sich an mir rächen, der nur ein armer, unschuldiger alter Mann ist, der –"

"Unschuldig!" sie weinte und stand auf; Dann änderte sie ihren verächtlichen Ton und wandte ihrem Begleiter ein flehendes Gesicht zu.

„Ich schwöre dir, dass es keinen Trick gibt, ich schwöre bei allen Heiligen im Himmel, oder", fügte sie bitter hinzu, als sie den Verdacht in seinen Augen bemerkte, „bei allen Teufeln der Hölle, wenn das ein Eid mehr ist." im Einklang mit diesem Aufenthaltsort.

Er lachte leise und richtete seinen zärtlichen Blick auf das Gold, dann auf das Gesicht darüber und schließlich auf die geschlossene Tür.

Als würde das Mädchen in dem Blick eine Bedrohung erahnen, steckte sie ihre Hand in ihr Kleid, und das bedrohliche Glitzern des Stahls warnte den Mann, dass dies kein Anlass für ein schlechtes Spiel war, dachte er darüber nach.

„Nein", sagte er, als würde er plötzlich der Versuchung nachgeben, die glitzernd vor ihm lag, „ich werde dir vertrauen, Mädchen; du sollst die Phiole haben. Aber der Preis ist hoch."

Er wiederholte leise die letzten Worte und blickte erneut von ihrem Gesicht auf den Goldhaufen.

"Gold!" schrie sie und warf das Wort verächtlich von sich; „Ja, du sollst Gold haben – siehe, mehr Gold als dieses, – viel mehr; ich habe es hier – beeil dich nur, beeil dich, sonst wird es zu spät sein."

Er beobachtete sie mit gierigen Augen, während sie noch mehr Geld auf den ohnehin schon stattlichen Haufen warf. Kein Ledergeld, die verarmte Münze eines verarmten Landes – sondern gutes Gold, französisches Gold, warm gefärbt und glitzernd.

„Und so lebt er noch ", sagte der Zauberer langsam, während er sich noch einmal über seinen Schmelztiegel beugte. „Ich hatte gehört – nein, was zählt, was ich gehört habe? Der Wind singt seltsame Lieder in deinen dürren

Zweigen, und die Nachteulen bringen viele falsche Geschichten. Und so lebt er? – und du, schöne Dame, bist froh, dass der Tod es getan hat Du hast ihn noch nicht aus deiner warmen Umarmung genommen? Ach! Es ist gut, in der Jugend zu lieben. Seht, einst war auch ich jung, und ich erinnere mich; deshalb bereite ich hier meine Liebeszauber für die Jungen und Fröhlichen vor, obwohl für Für mich tragen die Zweige des Waldes keine grünen Blätter und meine Arme sind leer.

Aber Diane de Coray antwortete nicht auf die spöttischen Worte, sondern stand nur da, blass und voller Angst, doch mit einem Trotz in ihren dunklen Augen, der den Tod selbst zum tödlichen Kampf herauszufordern schien.

„Liebe und Hass", murmelte der alte Mann halb vor sich hin, während er die Drogen umrührte , die er in einer winzigen Kristallschüssel aufbewahrte; „Liebe und Hass, Liebe und Hass, sie sind starke Herren, Herrinnen, starke Herren und werden von seltsamen Wegen geführt. Ich bin es, der es weiß – aha! Wer so gut? Es wurden Geheimnisse in diese Ohren geflüstert – nicht wahr? mein Pedro? Ja, solche Geheimnisse, die diese schönen Wangen dort erblassen lassen könnten ; aber sie soll nicht hören – nein, nein, denn Geheimnisse haben ihren Preis. Ja, einen guten Preis!"

Der Rabe krächzte düster, als ob er auf die Worte seines Herrn antwortete, und rieb seinen Schnabel in einer unheimlichen Liebkosung an der Schädeldecke; während die Katze, als ob sie eifersüchtig wäre, schnurrend aufstand und ihren schlanken Körper gegen seine Beine drückte. Aber Dianes Augen waren nur auf die dunklen Flüssigkeitstropfen gerichtet, die mit ruhiger Hand langsam in das Fläschchen gegossen wurden.

„Es ist fertig", sagte Lefroi , als er es ihr reichte. „ Sage deinem edlen Bruder, dass ich es mit meinen demütigsten Grüßen sende. Auch wenn du später einen Liebestrank für deinen eigenen Gebrauch benötigst , süßes Mädchen, wirst du Henri Lefroi , den Zauberer, nicht vergessen."

„Vergiss", murmelte das Mädchen hysterisch. "Vergessen!" Sie sagte nichts mehr, sondern ergriff eifrig das Fläschchen, zog ihren Umhang um sich und verließ die Hütte ohne ein weiteres Dankes- oder Abschiedswort.

KAPITEL XXI

"Er lebt?" flüsterte eine sanfte Stimme, die dennoch vor Angst zitterte.

Pater Ambrose hob ein ernstes, besorgtes Gesicht und blickte überrascht in den Blassen, der dicht neben ihm beugte. Aber Diane de Corays Augen blickten nicht antwortsuchend auf ihn, sondern auf das ausgemergelte, weiße Gesicht, das zwischen den Kissen des großen Bettes lag. Um den geschlossenen Mund und unter den eingefallenen Augen waren bedrohliche blaue Linien zu sehen, während auf jeder Wange ein brennender Farbfleck deren Blässe noch verstärkte. Es war das Gesicht eines Mannes, der am Rande des Todes schwebte, und bereits waren die Locken, die dick auf der weißen Stirn lagen, feucht vom Todesschweiß, während die dünnen Hände, die ziellos über die Bettdecke wanderten, von Zeit zu Zeit daran zupften , als ob ein Krampf sie zusammengezogen hätte.

„Er lebt", antwortete der Benediktiner traurig; „Aber schon, Tochter, ist seine Seele zum Flug beflügelt. Lass ihn in Frieden, damit seine Gedanken, wenn das Bewusstsein vor dem letzten wieder zurückkehrt , eher auf das Bekenntnis seiner Sünden und die ewige Liebe gerichtet sind, zu der er aufbricht zur verlöschenden Flamme menschlicher Leidenschaft."

Aber Diane schreckte nicht im Geringsten vor dem Tadel oder der kalten Art des Priesters zurück.

„Nein", rief sie mitleiderregend, „er wird nicht sterben, Vater; siehe, ich – ich habe zu den Heiligen gebetet, und es wird geschehen, dass sie ihn retten werden."

„Still, meine Tochter", sagte Pater Ambrose in strengerem Ton. „Rebellieren Sie nicht gegen den göttlichen Willen und stellen Sie ihm auch nicht Ihre eigene vergebliche und vergängliche Liebe entgegen. Yvon de Mereac liegt im Sterben, und keine Ihrer Kräfte wird ihn aus dem Grab zurückholen, zu dem er eilt."

„Wird es nicht so sein?" Sie weinte leise, und das Licht der Herausforderung und des Trotzes, das in der Hütte des Zauberers in ihren Augen geleuchtet hatte, erhellte sie erneut, als sie dem tadelnden Blick des Priesters begegneten . Dann änderte sie ihren Ton zu einem sanften Flehen: „Vater", rief sie, „vergib einem, der wahnsinnig ist, seinen großen Kummer; und doch bitte ich dich, nicht zu sagen, dass Yvon durch den Willen des Himmels sterben wird; denn siehe , er wird als Antwort auf meine Gebete leben. Ich –" ihre Stimme stockte – „ Ich, ich habe hier einen Trank, den mir ein geschickter und gelehrter Blutegel gegeben hat – ein wahres Lebenselixier, Vater; – gib ihn ihm jetzt." ,-jetzt, bevor es zu spät ist, und wahrlich, du wirst die Wahrheit meiner Worte beweisen."

Der alte Mann nahm das winzige Fläschchen und blickte dabei misstrauisch auf das blasse, gequälte Gesicht neben seinem eigenen. „Tochter", sagte er feierlich, „was bedeutet das? Woher kam dieses Fläschchen?"

„Nein, fragen Sie mich nicht", rief sie leidenschaftlich, „sondern geben Sie es ihm, jetzt, jetzt! Sehen Sie, seine Augen öffnen sich, er kennt mich! Yvon! Yvon!"

Die blauen Augen des Kranken leuchteten schwach im Licht des Erkennens; Dann, gerade als sie neben dem Bett auf die Knie sank, schloss sie sich wieder schwer.

„Zögere nicht, zögere nicht, Vater!" rief das Mädchen flehend, „sonst ist es zu spät. Sehen Sie, er schnappt nach *Luft* ! der Inhalt lief ihm in die Kehle. Dann ließ sie den Kranken mit einem Seufzer in die Stützkissen zurücksinken und drehte sich mit gerötetem Gesicht um, um dem strengen Blick des Priesters zu begegnen.

„Tochter", sagte er langsam, „was hast du getan?"

Der anklagende Ton ertönte scharf in der stillen Kammer, und Diane blickte unwillkürlich zum Bett; aber der Leidende rührte sich nicht – selbst die unruhigen Finger waren still, sein Atem ging schon leichter.

„Er wird leben!" schrie Diane und faltete ihre Hände; „Er wird leben, Vater!"

Aber Pater Ambrose antwortete nicht; Stattdessen blickte er mit neugierigen, nachdenklichen Augen in die halb geleerte Phiole, die das Mädchen in seine ausgestreckte Hand gegeben hatte. Aber was auch immer die Gedanken waren, die sich im Gehirn des alten Mannes bewegten, sie waren im Moment zu ungreifbar, um sie in Worte zu fassen; Der Schatten des Verdachts war zu vage, sein Geist war zu chaotisch, als dass er hätte erkennen können, was dieses seltsame Ereignis bedeutete. Er, der Freund der kleinen Gwennola , der sie von Kindesbeinen an mit einer fast väterlichen Zuneigung geliebt hatte, hatte lange mit Sorge und Argwohn die Machenschaften dieser Frau gegen seinen Liebling beobachtet. Aber was ihren Umgang mit Yvon anbelangte, war er noch ratloser; Von Anfang an hatte er an ihrer Liebe zum jungen Sieur de Mereac gezweifelt und vermutete leicht, dass sie eine Rolle spielte, die unter dem Einfluss ihres Bruders stand. Was diesen Bruder betrifft, muss man zugeben, dass in der Brust des sanften alten Mannes wenig von dem Geist der Nächstenliebe für diesen Mann war, dessen Gegenwart sich für diejenigen, unter deren Dach er lebte, und der seine Liebe gewonnen hatte, als äußerst verhängnisvoll erwiesen hatte. Es war die gleiche natürliche Abneigung eines Menschen vor einer gleitenden, heimtückischen Schlange, die er voller Furcht und Misstrauen beobachtete, wohl wissend, dass sich das Reptil dort, wo es sein Objekt am liebevollsten umschlingt, nur auf einen tödlichen Schlag vorbereitet. Und nun war der Schlag gefallen, aber so unerwartet, dass es unmöglich schien, dass er von der betreffenden Schlange hätte getroffen werden können. Dass Gwennola unschuldig war, hätte Pater Ambrose seine Seele aufs Spiel gesetzt; aber wer war der Schuldige, wenn es überhaupt Schuldige gab? War diese Krankheit nicht vielleicht eher der Finger des Himmels? Verwirrt und verwirrt über die Widersprüchlichkeit seiner Gedanken, verwirrte diese neue Entwicklung den guten Mann völlig. Wenn diese Frau sich der scheinbar mutwilligen Vergiftung ihres Geliebten schuldig gemacht hat, warum dann dieser Kummer, dieser vorgetäuschte Schmerz der Liebe und Hingabe? Was war der Zug? Ein neuer Trank vom Zauberer? Ein Liebes- Philtre ? oder was? Hat das Trinken Tod oder Heilung gebracht? Sein erfahrenes Auge sah zu seiner unendlichen Überraschung, dass bereits eine Veränderung über seinen Patienten hereingebrochen war. Der ausgemergelte, verkniffene Blick war verschwunden; die blauen Linien um Lippen, Nase und Augen verblassten zu einem gesünderen Weiß; Die Atmung war regelmäßiger und weniger schwerfällig . Und während Pater Ambrose sich immer noch über das scheinbare Wunder wunderte, drehte er sich um, um zu seinem seltsamen Besucher zu sprechen: Siehe! Ihr Platz war leer, und er hörte das leise Rascheln des Gobelinvorhangs, als er wieder an seinen Platz fiel.

Ein Lächeln lag auf den Lippen von Diane de Coray , als sie einige Stunden später in dem für sie reservierten Zimmer aus dem Fenster blickte. Es schien, als meditierte sie intensiv über angenehme und freudige Dinge, denn sie hörte weder, wie sich die Tür leise öffnete, noch war ihr bewusst, dass sie nicht mehr allein war, bis eine Hand ihre Schulter ergriff.

„Guillaume!" Sie weinte und sah ihn an, während die satte Farbe schnell in ihre Wangen stieg. aber bevor er sprach, war es wieder verblasst, so dass sie im Gegensatz dazu blasser waren.

„Ich bin es, Diane."

„ Das kann ich wohl selbst sehen", lachte sie, aber das Lachen flackerte ein wenig zitternd auf, als ihr Blick vor seinen fiel.

„Er ist nicht tot", sagte er mit leiser, drohender Stimme; „Was bedeutet das, Diane?"

"Meint es?" wiederholte sie vage. „Was sollte es bedeuten? Vielleicht war die Droge weniger wirksam, als Lefroi dir gesagt hat, oder Yvon war zu stark, um ihrer Macht zu erliegen."

„Du weißt, dass es weder das eine noch das andere ist", zischte er. „Verräterin und Narr, das bist du, aber jetzt erzählte mir Pater Ambrose mit scharfsinnigen, misstrauischen Blicken, dass der edle Sieur im Sterben lag, aber dass er von einem Getränk getrunken hatte, das ihm die Dame, meine Schwester, gegeben hatte , er hatte sich auf eine wirklich wundersame Weise zusammengefunden.“

Sie lachte fröhlich und stand da und trotzte ihm, da sie sah, dass es sinnlos war, ihre Tat zu verbergen.

„Und der alte Mann spricht die Wahrheit“, rief sie fröhlich; „Ich habe ihn gerettet – gerettet! Ach! Danke sei den Heiligen, dass ich das getan habe! – habe ihn gerettet, Guillaume, mein Bruder! Und warum? fragst du. Warum, weil ich ihn liebe – liebe ihn mit all meinen.“ Herz und Seele; denn Reichtum, Größe – alles – würde mir nichts bedeuten, wenn er kalt und schweigend im Grab liegen würde. Verstehst du nicht? Kann dein kaltes Herz nicht lernen, was solche Liebe ist? – welches Feuer sie in der Brust entzündet , welche Leidenschaft erweckt es? Nein! Dein Zorn ist mir egal – ich liebe ihn, das sage ich dir.“

"Narr!" Er knurrte: „Und dreimal Narr für deine Mühen! Glaubst du, dass ich jetzt, am Vorabend der Erfüllung all meiner Pläne, von deiner fanatischen Fantasie zurückgehalten werde ? Liebe! Ja, vielleicht kenne ich auch die Flamme, die in mir brennt, und der alles andere verzehren wird, was seiner Erfüllung im Wege steht. Aber meine Liebe mit deiner zu vergleichen —!“ Er brach mit einem verächtlichen Lachen ab und änderte seinen Tonfall in einen kalten Sarkasmus.

„Und so liebst du ihn, diesen schwachen Narren, den du vernichten wolltest ? Nein, erbleiche nicht, sondern stell dir vor, wie groß seine Liebe zu dir sein wird, wenn er die Wahrheit erkennt ! Stell dir seine Wut, seine Verzweiflung, seine Qual vor.“ , als er erfährt, dass seine Schwester in Unschuld umgekommen ist, und die Frau, die sie auf den Scheiterhaufen geschleppt hat, die Frau, deren Arme sich um seinen Hals legten, deren warme Küsse an seine Lippen reichten, deren Sirenenzunge von Glauben und Hingabe flüsterte, war es auch derjenige, der die tödlichen Tropfen in den Verlobungsbecher gießt, die den stolzen Bräutigam dazu schicken sollen, mit dem Tod Fest zu feiern!“

Sie bedeckte schaudernd ihr Gesicht mit den Händen.

„Würde er dich lieben?“ verspottete Guillaume de Coray ; „Würden seine Arme wieder versuchen, eine so üble Braut an sein Herz zu drücken? Würde er um deine Küsse auf seine Lippen bitten, wenn die Todesschreie seiner Schwester in seinen Ohren erklangen?“

„Aber es ist noch nicht zu spät“, rief Diane leidenschaftlich. „Ach! ach! Meine Sünde war groß – die Sünde, die du dir ausgedacht hast, grausamer Dämon, der du bist; aber ich werde sie noch retten – ich werde alles erzählen,

– alles; und es kann sein, dass er mir vergeben wird, auch wenn er mich nicht wieder lieben kann.

„Nicht so", antwortete de Coray sanft, als er sie mit einem plötzlichen Satz in seinen Armen auffing; „Nicht so, schöne Dame. Nein, kämpfe nicht mit mir, sonst wird es für dich noch schlimmer." Und indem er sie mit einem Arm umklammerte, legte er seine Hand vor ihren Mund und trug oder vielmehr zerrte sie dabei zum Bett. Sie war machtlos in seinem Griff und nach ein paar vergeblichen Versuchen, sich zu befreien, lag er passiv da, während er sie knebelte und fesselte.

„Also", sagte er leise, während er über ihr stand und dem hilflosen Glanz ihrer Augen mit einem spöttischen Lächeln begegnete, „deine Flügel sind vorerst gestutzt, mein Vogel. Also hast du gedacht, den Weg deiner Lieben und Wohlergehen zu kreuzen . " -Geliebter Bruder, nicht wahr, süßeste Jungfrau? Ach! Ich fürchte, es war voreilig – zu voreilig. Adieu, Kleines, adieu! Alle werden, das bin ich versichert, es bereuen, von der plötzlichen und gefährlichen Krankheit von Mademoiselle zu hören; das wird es Sei ihnen völlig klar, dass sie verhext wurde – leider! arme Magd! In der Zwischenzeit muss ich dir Ruhe gönnen, Diane; du bist müde – so müde. Es ist ein zu langer und zu gefährlicher Spaziergang für jemanden, der so zart und so unschuldig ist , zu Henri Lefroi Aber – pfui, für ein so voreiliges und unmädchenhaftes Unterfangen! Was hättest du getan, wenn du den Braunen Mönch persönlich getroffen hättest ? Dennoch werde ich dich nicht mit Vorwürfen ablenken, sondern dich deinen Gebeten überlassen, oder vielleicht sogar noch schöneren Betrachtungen, sei es deines Geliebten oder deines Bruders. Haben Sie in der Zwischenzeit keine Angst, dass der liebe Yvon Ihre liebevolle Fürsorge vermissen wird; Ich selbst werde deinen Platz aus Liebe an sich reißen. Ah! Ich werde mich gut um ihn kümmern, meine Diane; Auch er wird Ruhe haben, solchen Frieden und Ruhe! Schlaf ist gut für die Kranken, sagen die Blutegel; deshalb wird er schlafen – so lange, so gut, ich fürchte, es werden wärmere Küsse als deine nötig sein, meine Schwester, um ihn wieder aufzuwecken. Aber ich gehe sofort, denn es scheint , dass dir meine Anwesenheit wenig am Herzen liegt . Tröste dich, denn ich schwöre, niemand wird dich stören, nicht einmal die würdige Jeanne, und bald werde ich dir selbst Essen und Wein bringen; Denn wenn du wirklich verhext bist, wird der böse Geist dich nicht verlassen, bis die heißen Flammen diejenige verschlungen haben, die so böse auf dich war.

Mit sinkendem und qualvollem Herzen sah das unglückliche Mädchen, wie sich der Spötter abwandte, hörte, wie die Bolzen an ihren Platz zurückschossen, und wusste, dass sie einer Gefangenen genauso nahe kam wie jeder andere, der in der Kerkerzelle schmachtete.

„ Yvon! – Yvon! – Yvon!" Es war der stumme Schrei des Schmerzes und des Schreckens, der so hilflos, so leidenschaftlich in ihr aufstieg. Gefesselt und geknebelt lag sie da und konnte sich weder bewegen noch laut schreien; und inmitten all ihrer Qual kam die fatale Ahnung, dass auch jetzt noch einmal der Tod auf ihren Geliebten warten würde. Schreckliche Stunden das; Die Grenzen der menschlichen Belastbarkeit wurden auf der Folterbank bis zum Äußersten ausgeweitet, nicht nur der Liebesängste, sondern auch der gröbsten Folter der Reue. Lebhaft erschien vor Diane de Corays Augen das Bild ihres Lebens – ein Bild, das so traurig, so melancholisch, so erbärmlich war, dass die Tränen des Selbstmitleids und des Mitgefühls über ihre blassen Wangen liefen.

Als Waise von frühester Jugend an war sie unter der Obhut eines Bruders gelassen worden, der kaum geeignet war, eine so zärtliche Magd zu regieren. Da er selbst das Werkzeug eines berüchtigten Schurken war, waren seine Freunde kaum geeignet, als Begleiter eines jungen Mädchens von sanfter Abstammung zu fungieren. und so war Diane in einer wilden und rücksichtslosen Umgebung aufgewachsen und wurde wegen ihrer Schönheit und ihres strahlenden Witzes von Männern umworben und geschmeichelt, mit denen sie niemals hätte in Verbindung gebracht werden dürfen. Für Freunde ihres eigenen Geschlechts hatte sie weder Geschmack noch Neigung; und von den wenigen, die sie besaß, hatte einer einen so schlechten Einfluss auf sie, dass er sie erfolgreich in die Gewalt ihres Bruders gebracht hatte. Obwohl sie ein unwissendes Mädchen war, war sie entsetzt vor der Ausübung der schwarzen Kunst zurückgeschreckt, deren Anhängerin sie eingeladen war; Aber selbst als sie der Gefahr entkommen war, hatte der Schmutz der Verunreinigung das Weiß ihrer Ehre so sehr befleckt, dass sie glaubte, dass ihr Bruder sie, wenn er wollte, als Hexe denunzieren könnte.

Und der Gedanke war so schrecklich gewesen, dass sie bereit gewesen war, jedem seiner Befehle Folge zu leisten, der sein Schweigen sicherstellen würde. Da sie dazu erzogen wurde, alle Arten von Verrat auf die leichte Schulter zu nehmen, traf sie der Plan, den de Coray zu seiner eigenen Bereicherung und Rache ersonnen hatte, ohne Angst vor Schrecken, und sie hatte ihre Reise vergleichsweise leichtsinnig angetreten. Aber alles war so seltsam verlaufen, dass sie es nicht erwartet hatte. Der sanfte, zärtliche Yvon de Mereac mit seinem schwachen, schwankenden Willen, aber ritterlichen Herzen hatte sie nach und nach mit einer bis dahin unbekannten Leidenschaft entfacht. Aus der Verachtung war zunächst Mitleid und aus Mitleid die Liebe selbst entstanden; nicht die ruhige, süße Liebe des sanft fließenden Baches, sondern das rasende, stürmische Rauschen des Gebirgsbaches, der alle Hindernisse beiseite fegt und sich blind über Felsen und Felsbrocken stürzend mit erschöpfter Leidenschaft in den tiefen, stillen Teich darunter stürzt. Die gegenseitige Abneigung zwischen Gwennola und ihr selbst war aus angeborener Eifersucht entstanden. Sie hasste sofort dieses stolze, reine Mädchen, das nie solchen Versuchungen widerstanden hatte, wie sie ihren Weg geplagt hatten, oder in eine Gefahr gelockt worden war, die beinahe in ihrer eigenen Zerstörung geendet hätte; und als sie den Blick der klaren, blauen Augen traf, schien es, als müsse Gwennola ihr schuldiges Geheimnis unbedingt lesen. Dennoch hatte sie sich gegen Scham und die ersten geheimnisvollen Einflüsterungen ihres eigenen Herzens abgehärtet. Angespornt von Gwennolas kalter Verachtung hatte sie lange Zeit den Willen ihres Bruders getan, und erst der Ansturm der schrecklichen Ereignisse der letzten Tage hatte ihr die Augen für die Intensität ihrer Leidenschaft geöffnet und sie zu dem Entschluss inspiriert, es zu tun rette ihren Geliebten um jeden Preis – ay! sogar um den Preis ihres eigenen Lebens; sogar – und das war das Schwerste von allem – selbst auf die Gefahr hin, die Liebe, die so kostbar geworden war, für immer zu verlieren. Und jetzt – jetzt, als sie gesehen hatte, wie die Hoffnung strahlend und herrlich in der Dunkelheit der Nacht aufbrach – schienen Hoffnung, Liebe und das Leben selbst plötzlich erloschen zu sein; und alles, was sie tun konnte, war, in ihrer Verzweiflung kurze, qualvolle Gebete um Beistand an Ihn zu stöhnen, der allein das dem Untergang geweihte Haus Mereac noch beschützen konnte .

KAPITEL XXII

In der Kammer, in der Diane de Coray lag, war es endlich hell geworden – zumindest so hell, wie die graue Morgendämmerung eines Novembertages es schaffen konnte, wenn sie durch die schmalen Schlitze kroch, die als Fenster dienten. Dennoch waren überall Schatten; Sie konnte sie sehen, als sie ihre müden Augen bewegte, um durch die Öffnung zu schauen, wo die Hand ihres Bruders unsanft die Bettbehänge beiseite gerissen hatte. Halb ohnmächtig vor Erstickung und der Belastung ihres überbelasteten Herzens, verspürte sie keinen Anflug von Überraschung oder Angst, als sie sah, wie das schwache Licht schnell von einer dunkel gekleideten Gestalt ausgelöscht wurde. Doch als sich die Gestalt bewegte und mit einem leisen Entsetzensschrei schnell an ihre Seite trat, kehrten ihre Sinne zu ihr zurück, und ihre Augen blickten freudig auf und begegneten dem strengen, aber verwirrten Blick von Pater Ambrose.

„Tochter", sagte der alte Mann ernst, „was bedeutet das?"

Er hatte ihre Fesseln durchtrennt und den Knebel entfernt und so dem armen Mädchen, dessen Gliedmaßen zunächst verkrampft und nutzlos waren, geholfen, sich in eine sitzende Haltung aufzurichten.

Als Antwort starrte Diane vage in die besorgten Augen, die auf sie gerichtet waren; Auch ihr Gehirn war von der langen Qual dieser schrecklichen Stunden verkrampft, aber schließlich kehrte das Verständnis langsam zurück, als das stechende Blut erneut in ihren betäubten Gliedern zu zirkulieren begann.

„Wie bist du hierher gekommen , Vater?" fragte sie schwach und starrte von ihrem unerwarteten Besucher auf die eng vergitterte Tür.

„Es genügt, dass ich hier bin", war die rätselhafte Antwort. „Doch die Zeit drängt, Tochter, und ich muss eine Antwort auf meine Frage haben. Leider! Es könnte sogar jetzt schon zu spät sein!"

"Zu spät?" wiederholte sie, und eine neue Angst ließ ihr Herz kalt werden. „Nein, sag mir, Vater – er lebt? – es geht ihm besser? – er wird genesen?"

„Ich habe nicht von Yvon de Mereac gesprochen ", sagte der Priester in unterdrücktem Ton, „sondern von der reinen und unschuldigen Magd, seiner Schwester, die von bösen Männern fälschlicherweise dazu verurteilt wurde, am Mittag den Tod zu erleiden; und doch", sagte er fügte langsam hinzu und richtete einen durchdringenden Blick auf Dianes blasses Gesicht: „Ich kann bereits sehen, dass viel dahinter steckt. Sprich, Mädchen, ohne

Verzögerung – gestehe alles, was du über diese Verschwörung weißt , und rette deine Seele vor dem Blut der Unschuldigen." ."

"Sterben!" flüsterte Diane langsam; "sterben!"

In diesem Augenblick flackerte das ganze Bild ihrer Schuld vor ihren Augen auf, und die Worte ihres Bruders hallten in ihren Ohren: „Stellen Sie sich seine Wut, seine Verzweiflung, seine Qual vor, als er erfährt, dass seine Schwester in Unschuld umgekommen ist, und die … " Die Frau, die sie auf den Scheiterhaufen schleppte, die Frau, deren warme Küsse sich auf seine Lippen drückten, deren Sirenenzunge von Glauben und Hingabe flüsterte, war auch diejenige, die in den Verlobungskelch die tödlichen Tropfen goss, die den stolzen Bräutigam zum Fest schicken sollten mit dem Tod."

"Sterben!" Sie weinte erneut und streckte ihre Hände aus, als ob sie flehend den Priester anflehen wollte, der streng, ernst und unbeweglich dastand . „ Sterben! – und für meine Sünde! Barmherzige Jungfrau, Mutter der Hilfe! Rette sie! – Rette sie! – denn sie ist unschuldig!"

Bei den letzten Worten war sie zu Füßen des alten Mannes auf die Erde gesunken, hatte sich an sein Gewand geklammert und schluchzte ihr schreckliches Geständnis. In der Reue und Scham ihrer Qual verbarg sie nichts; und während er zuhörte, entspannte sich das strenge Gesicht von Pater Ambrose und nahm einen sanfteren Ausdruck des Mitleids an.

„Tochter", sagte er sanft, als er das weinende Mädchen vom Boden aufhob, „Tochter, sei guter Trost; auch für jemanden, der schwer gesündigt hatte, wurden um der Liebe willen Worte der Vergebung gesprochen, und es kann sein, dass es keine Reue gibt." „Komm zu spät. Aber", fügte er mit verhärtetem Gesicht hinzu, „wir dürfen nicht zögern; komm, Kind – sieh, ich werde dir vertrauen, dass du deinen Teil zur Erlösung beitragst, nicht nur der Unschuldigen, sondern auch des Mannes, den du bist." Liebster . Komm schnell, denn es kann sein, dass dieser Mann voller Blut und Verrat – auf dessen Seele der Fluch Gottes ruhen wird und dessen Verdammnis schnell erfolgen wird – hierher kommt, um dir Nahrung zu bringen. Aber wir werden der Falle noch entkommen und rette das unschuldige Lamm rechtzeitig vor dem grausamen Tod, der ihr bereitet wurde."

Während er sprach, stützte er die weinende Diane durch den Raum und drückte eine unsichtbare Tür zurück, die in Form einer Schiebetür geschickt vor den Blicken verborgen war, durch die er ging, während er sie immer noch vorsichtig führte, während sie eine Wendeltreppe hinabstiegen, die nach unten führte abwärts zu einem anderen Teil des Schlosses.

„Kind", sagte er noch einmal leise, als sie in der Nähe des Gobelinvorhangs innehielten, der sie von Yvons Zimmer trennte – „Kind, der Weg der Reue ist kein einfacher. Die Beichte muss abgelegt werden, nicht nur vor Gott, dem Richter von." alle, außer dem, den du so verletzt hast und gegen den du dieses Übel geplant hast . Ich überlasse dir diese Aufgabe, so schrecklich und doch so notwendig, so schwach und krank er auch sein mag, um des Menschen willen, dessen Leben ich retten werde , wenn der Wille des Herrn und unserer Lieben Frau es erlaubt, was ich wohl tun werde, da sie die Unschuldigen stets vor den Fallstricken der Übeltäter beschützen."

„Aber es wird ihn töten", stöhnte Diane; „Es wird ihn töten, Vater! Oh! Sag mir, dass ich warten kann, bis er stärker wird – dann werde ich alles gestehen – ja, alles, sogar bis zum Äußersten!"

Aber der Priester schüttelte den Kopf.

„Das Geständnis muss unverzüglich abgelegt werden", sagte er ernst. „Du kannst die Notwendigkeit selbst gut erkennen, Tochter; denn so schwach und krank Yvon de Mereac auch sein mag, er muss die Wahrheit über die Unschuld seiner Schwester kennen und auch die Schuld und die bösen Absichten des Mannes, der sich auf diese Weise gegen sein Leben verschworen hat der dich, arme Magd, nur als sein Werkzeug benutzt hat. Aber zögere nicht, denn ich darf nicht mit der süßen Stimme von Gwennola verweilen , die mich aufruft, zu ihrer Befreiung zu eilen."

Mit einem Schluchzen gab Diane dem Willen des alten Mannes nach, hob mit zitternden Fingern den Vorhang und betrat das Zimmer ihres Geliebten.

Er lag regungslos zwischen seinen Kissen; Aber selbst in diesen wenigen, kurzen Stunden war die Veränderung in dem ausgemergelten Gesicht wunderbar . Es war nicht länger das Gesicht eines sterbenden Mannes, gezeichnet, blau getönt und vom Leid gezeichnet. Noch immer hager und hager, doch die Augen, die Diane trafen, leuchteten vor Erkennen.

„Diane! Diane!" er flüsterte; „Schönste Liebe, mit welch schmerzlichem Herzen habe ich auf deine Ankunft gewartet! Sie ist verurteilt, Diane – die kleine Gwennola ist zum Tode verurteilt; und doch hatte ich gestern Nacht einen so schönen Traum von ihr, denn ich dachte, sie wäre wieder ein Kind, Lilienbekrönt und lachend, und dass sie auf mich zulief, vor Freude meinen Namen schrie, und sich an meinen Hals klammerte, ihre Blumen auf mich drückte und sagte, sie hätte sie aus Liebe gesammelt; und ihre Augen schauten so süß in meine eine Zärtlichkeit, die mich schluchzend erweckte und mich daran erinnerte, dass sie eine Hexe war, die nach meinem Tod gestrebt hatte.

„Keine Hexe!" schrie Diane, als sie weinend an seiner Seite kniete; „Keine Hexe, Yvon, sondern rein und unschuldig wie das Kind deiner Träume. Ach! Ach, dass um deiner Liebe zu ihr willen deine Liebe zu mir sterben muss; und doch bin ich ihrer unwürdig, von nichts unwürdig sondern dein Hass, dein Abscheu und deine Verachtung!"

„Mein Hass?" flüsterte er zärtlich, während seine schwachen Hände liebevoll über die Locken ihres gesenkten Kopfes wanderten. „Mein Hass, kleine Diane? Das könnte niemals sein, wenn du – wärst du – ach! Alles, was du nicht bist, meine Liebste!"

„Ach! Ach! Du weißt es nicht!" schluchzte das Mädchen. „Ah! Wie bitter es ist, es dir zu sagen, Yvon! Warum darf ich nicht früher sterben, damit ich nicht in deine Augen schaue und die Verachtung und den Abscheu sehe, die du notwendigerweise gegenüber einer so üblen Sache empfinden musst?"

"Stille!" Er flüsterte leise: „Du sollst solche Worte nicht sagen, Diane, meine Angebetete."

Die Zärtlichkeit seiner Sprache, das Zittern in seiner Stimme machten die Aufgabe noch schrecklicher; Doch es musste versucht werden, und mit gesenktem Kopf und schluchzendem Atem brachte sie es stockend hervor.

Als es fertig war, herrschte Stille im Raum. Draußen stöhnte und kreischte der Wind; Sie erklangen vorwurfsvolle Stimmen und riefen den Menschen im Innern zurufen, dass an diesem Tag die Unschuld für die Schuldigen gelitten habe. Die Regentropfen, die draußen gegen die grauen Wände spritzten, schienen Finger zu sein, die um Einlass klopften, geisterhafte Finger, die spotteten und brachen, während die Stimmen des Windes umso lauter weinten und klagten. Und während sie zuhörte, duckte sich Diane de Coray in tiefer Qual der Selbsterniedrigung und der Reue und wagte nicht, aufzuschauen und zu sehen, wie die Augen, die sie so leidenschaftlich lieben gelernt hatte, hart und grausam wurden, als die Liebe in ihnen erstarb.

„Diane!"

Die Stimme weckte sie und trotz ihrer Vorahnungen hob sie langsam den Kopf. Das Gesicht auf den Kissen war totenbleich, und die armen Lippen zitterten kläglich vor Schmerz und Entsetzen; aber die Augen – ah! jene Augen! Die Liebe war dort nicht tot, aber so tödlich verwundet, dass es umso schrecklicher war, ihren Schmerz mitzuerleben.

„Yvon! Yvon!" sie stöhnte. „Ah! Warum darf ich nicht sterben? Warum darf ich nicht sterben? Ich kann dich vielleicht nicht um Verzeihung bitten, aber oh! Um unserer süßen Dame des Mitleids willen, verfluche mich nicht!"

„Dich verfluchen?" Er murmelte leise: „Nein, ich selbst umso mehr, denn ich liebe dich immer noch und so aufrichtig wie eh und je; und doch ist die kleine Gwennola –"

Ein unterdrücktes Schluchzen erstickte ihn, und Diane wusste, dass, obwohl die Liebe ihr mit ausgestreckten Armen der Vergebung zurief, zwischen ihnen der unwiderrufliche Schatten des Blutes einer Schwester lag.

„Oh, barmherziger Himmel!" schrie sie, faltete die Hände und rang sie in einem Anfall von Kummer und Flehen zusammen: „Gib zu, dass sie rechtzeitig kommen!"

"Rechtzeitig?" flüsterte der Kranke leise; "rechtzeitig?"

„Ja", schluchzte sie, „ja, Yvon, es gibt noch Hoffnung, dass Pater Ambrose und Alain Fanchonic in Höchstgeschwindigkeit nach Martigue reiten , um ihre Unschuld zu verkünden."

„Und – und du hast Pater Ambrosius alles erzählt?" murmelte er und die dünne Hand auf der Bettdecke wanderte noch einmal näher an die gebeugte Gestalt an seiner Seite heran.

"Alles alles!" sie weinte leidenschaftlich; „Um deinetwillen, Yvon, um deinetwillen – und aus Liebe!"

* * * * *

„Um Himmels willen!" Ja, das war der Stachel, der den Füßen des guten Pferdes Flügel verlieh, als Alain Fanchonic mit Pater Ambrose, der auf einem Sozius hinter ihm saß und die Taille des tapferen Waffenträgers umklammerte , in den Sturm hineinritt, der heulend durch den Wald tobte. Eine wilde Fahrt, bei der ihnen der Wind ins Gesicht weht und tote Blätter wie ein Orkan um sie herumwirbeln; Aber keiner der beiden hatte an Wind oder Wetter gedacht, denn immer stand vor ihren Augen die schlanke Gestalt eines jungen Mädchens, das an einen brennenden Pfahl gefesselt war und die Arme flehend ausgestreckt hatte, während ihre Stimme sie aufrief, ihr zu Hilfe zu eilen. Es ist wahr, dass Alain Fanchonic , Enkel der alten Dame, der Gwennola so oft ihre Gabe zuteil werden ließ, sich in tiefstem Entsetzen bekreuzigt hatte, als er die Geschichte vom Braunen Mönch und dem Wachsbild hörte; Aber seine Großmutter hatte ihn wegen seiner Leichtgläubigkeit, solche Verleumdungen gegen einen der Engel des Himmels zu glauben, so heftig gerügt, dass er in den wenigen Tagen, die seit Gwennolas Verhaftung und Verurteilung vergangen waren, in einem Zustand des Zweifels und des Grauens gelebt hatte . Als Pater Ambrosius zu ihm kam und ihm sagte, er solle Barbe, die flinkste Stute im Stall, satteln und mit ihm nach Martigue reiten , um seine Herrin zu retten und ihre Unschuld zu beteuern, hatte er kaum Zeit verloren, dem nachzukommen und Flüche und Gebete zu murmeln Gleichermaßen, während die Tränen über seine braunen Wangen liefen, als er in den Sattel sprang und, mit dem guten Priester, der sich um sein Leben an ihm festklammerte, hinausstürmte, über die Zugbrücke und davon durch den Wald, so wahnsinnig, dass sicherlich nur die Vorsehung ihn hätte bewahren können die Füße der grauen Stute, als sie den schmalen, gefährlichen Pfad entlang raste. Aber sie stolperte kein einziges Mal, als sie schnell dahingaloppierte, und Pater Ambrose spürte, wie sein Herz vor Freude und Fröhlichkeit schlug, als sie sich ihrem Ziel allmählich näherten. Doch nicht ohne Unterbrechung reisten sie so weiter, denn während sie ritten, wurden sie plötzlich von einem anderen Reiter aufgeschreckt, der unerwartet auf den Pfad vor ihnen sprang. Es war Guillaume de Coray ; Und selbst als sich ihre Blicke trafen, verspürte der alte Priester einen Schauer der Verwunderung, als er das Gesicht des Verräters sah. Es war in der Tat nicht das eines Mannes, der vom Schauplatz seines Triumphs und der Verwirklichung seiner Hoffnungen und Pläne eilt, sondern eher das des verwirrten Hasses und der Wut. Sein wilder Blick traf den des Benediktiners nur für einen Moment, als er sein Pferd zügelte, das zitterte, als es dastand, als hätte sein Herr es auf seinem Ritt kaum geschont. Dann, noch bevor einer von ihnen Zeit zum Sprechen hatte, fegte ein Windstoß durch den Wald und brachte einen der mächtigen Bäume in der Nähe mit einem fürchterlichen Krachen zu Boden. Der so nahe und so unerwartete Lärm erschreckte de Corays Pferd; Es richtete sich auf seinen Hinterbeinen auf, scharrte erschrocken mit den Füßen auf dem Boden, dann sprang es mit einem ängstlichen Schnauben so wild vorwärts, dass es seinen Reiter vom Platz warf, der, schwer gegen einen der Bäume geschleudert, bewusstlos und blutend auf dem Boden lag.

Einen Augenblick später war Pater Ambrose neben ihm; Doch noch bevor er sich bückte, um die Verletzungen des Verletzten zu untersuchen, hielt er inne und wandte sich an den bewaffneten Mann.

„Fahren Sie schnell weiter, Alain Fanchonic ", rief er gebieterisch; „Schone dein Ross nicht, sondern reite für dein Leben, oder besser gesagt für das, dessen du liebst ; rette deine Herrin, bevor es zu spät ist."

Ohne zu zögern stieß der Mann dem braven Pferd die Sporen in die Seite und verschwand schnell zwischen den Bäumen. und Pater Ambrosius wurde allein neben seinem bewusstlosen Feind zurückgelassen und in der Stunde seiner Rache von etwas niedergeschlagen, das für den einfachen Glauben des Priesters nichts Geringeres war als der Finger des Ewigen Richters.

KAPITEL XXIII

Es war ein großartiger Tag in der kleinen Stadt Martigue , denn sie waren nicht von der Welt, hier am Rande des Waldes von Arteze , und das Leben neigte dazu, eintönig zu werden. Zwar gab es Feste und ähnliche milde Aufregungen; aber sie konnten den Vergleich mit der Verbrennung einer Hexe auf dem Marktplatz nicht ertragen. Und sie war, wie Sie sehen, keine gewöhnliche Hexe, sondern eine schöne und hochgeborene Dämonin, von deren bösen Taten niemand auch nur geträumt hatte, bis sie auf so wunderbare Weise ans Licht gebracht wurden. Und sie hatte ihren eigenen Bruder ermordet! War es zu zeugen? Aber es war schrecklich! – trotzdem sehr interessant. Einige sagten, sie glaubten es nicht und der neue Sieur de Mereac sei selbst ein übler Teufel und Pierre, der Narr, sein Begleiter; Aber das waren nur die Dummheiten, denn wäre nicht schnell und zweifelsfrei bewiesen worden, dass diese schöne junge Hexe oft dort im Wald an satanischen Versammlungen teilgenommen und mit dem Braunen Mönch selbst getanzt hatte, während sie und … Ihr gefürchteter Partner sang so tödliche Beschwörungsformeln, dass es ein Wunder war, dass nicht alle im Château de Mereac in ihren Bann gezogen waren, sondern nur der unglückliche junge Sieur?

Es war eine leichte Aufgabe gewesen, einen so schrecklichen Übeltäter zu verurteilen; Es war keiner Durchsuchung oder Folter bedurft, um die Schuld sowohl der Herrin als auch der Magd zu beweisen. Die Gerechtigkeit greift schnell, als ein mächtiger Arm dahinter steht, der die Maschinerie in Ordnung bringt, und Guillaume de Coray galt bereits als Sieur de Mereac , da Yvon Berichten zufolge qualvoll gestorben war und nach Rache an seiner schuldigen Schwester schrie. Und Rache sollte er haben; Die guten Leute von Martigue und Mereac waren davon überzeugt und versprachen sich einen Tag Urlaub und Vergnügen obendrein.

Dass der Tag selbst so stürmisch sein sollte, war nur ein weiterer Beweis für die Schuld und Böswilligkeit der Hexen; Offensichtlich war es von dämonischer Macht ins Leben gerufen worden, um den Lauf der Gerechtigkeit aufzuhalten. Aber die Gerechtigkeit sollte nicht verhaftet werden. Stapelt die Schwuchteln hoch! – ja! höher, – höher! Parbleu ! Was für ein Feuer würde es geben! – Wie würden sie schreien und fluchen! – Wie würden sie sich winden und stöhnen! Die Aussicht, die die Wildheit unwissender Naturen ansprach, erfüllte alle mit angenehmer Aufregung und Freude. Einige fragten sich, ob der Teufel selbst seine Anhänger mitreißen würde; andere freuten sich darauf, abscheuliche Geständnisse zu hören, die ihnen durch die Folter der Flammen aus den Lippen gepresst wurden. Insgesamt gab es nur wenige, die Mitleid mit zwei jungen und schönen

Mädchen hatten, die einen grausamen Tod erleiden sollten, der so stark von den Leidenschaften und dem Aberglauben der damaligen Bauernschaft geprägt war. Doch es gab Menschen in der kleinen Stadt, deren Herzen vor Angst und Ungewissheit klopften und deren Blick nicht auf das düstere Schauspiel gerichtet war, das sich auf dem Marktplatz abspielte, sondern auf die wilde Heide, die sich nach Westen erstreckte, halb verborgen von ihnen der blendende Regen und der Wind.

In der Nähe der Tore standen Job Alloadec und eine kleine Gruppe von Männern aus Mereac , die ihrer unglücklichen jungen Geliebten treu ergeben waren. Selbst wenn die Hilfe, nach der sie suchten, nicht kam, sollten Gwennola de Mereac und Marie, seine Schwester, an diesem Tag nicht allein auf dem Marktplatz sterben − so hatte Hiob geschworen, die Hände fest in den Händen derer gehalten, die versprachen, Seite an Seite zu stehen an seiner Seite. Aber da draußen, durch Nebel und Regen, ritt ein Mann hastig die Straße nach Rennes entlang. Die Bauern, die auf Martigue zumarschierten, wunderten sich untereinander, als sie ihn vorbeigaloppieren sahen. Es sei eine dringende Angelegenheit, sagten sie zueinander, was einen Mann an diesem Tag von Martigue wegschickte! und damit verfielen sie erneut in Spekulationen darüber, was geschehen würde, wenn den Hexen von Mereac ihr Untergang drohte. Aber der Reiter galoppierte weiter, mit Sporen in den Flanken seines Pferdes und fest zusammengepresstem Maul, als ritte er auf einer Frage von Leben und Tod. Ja! und für einige sollte es an diesem Tag in der kleinen Stadt hinter ihm um Leben und Tod gehen.

Die Mittagsstunde rückte näher, schon läutete die Glocke aus der nahegelegenen Kirche, und auf dem Marktplatz drängten sich die Menschen so dicht, dass sie in ihrer Sehnsucht nach dem Anblick aufeinander traten. Am Tor warteten Job Alloadec und seine Männer, mit Blick auf den Marktplatz, während die Minuten vergingen. In ihrer Gefängniszelle knieten zwei Mädchen im Gebet. Marie weinte, ihr Kopf ruhte auf der Schulter ihrer Herrin; aber Gwennola war ruhig, ein schattenhaftes Lächeln schien sogar um ihren Mund zu flackern, als sie ihr Gesicht zu dem schwachen Licht hob, das durch den schmalen Schlitz über ihnen hereindrang.

Das Läuten der Glocke, das Brüllen der Menge drangen schwach an sie heran und ließen Marie erneut erschauern .

„Mut, Kind", flüsterte Gwennola ; „Denken Sie daran, wir sind unschuldig, und die Heilige Mutter wird uns auch in dieser Notlage nicht im Stich lassen. Für mich selbst habe ich keine Angst; wenn der Tod tatsächlich unser Los ist, wird Gnade gesandt, um uns für die Prüfung zu stärken, und ich werde darum beten." Stirb, wie Gwennola de Mereac sterben sollte, und trotze ihren Anklägern bis zum Letzten. Aber ich habe eine so starke Hoffnung in meiner Brust, dass es scheint , als könnte ich kaum an den Tod denken. Trockne dann diese Tränen, meine Marie; schau mir in die Augen und fürchte dich nicht ;- Ich sage dir, vor uns liegt das Leben, nicht der Tod.

Doch obwohl ihre Pflegeschwester tapfer mit ihren Gefühlen kämpfte, erschütterte sie immer noch ein entsetztes Schluchzen, als schließlich die Gefängnistür aufgerissen wurde und ihre Wärter erschienen. Ein Wutschrei begrüßte sie, als wenig später die beiden unglücklichen Mädchen, fest gefesselt, in ihren Untergang geführt wurden. Doch selbst als der Aufschrei verstummte, erklang bei vielen ein neues und mitfühlenderes Murmeln beim Anblick der Gefangenen.

Unschuld schien in der Tat auf allen Zügen der Gesichter, die sich ihren Feinden zuwandten, geschrieben zu sein, und Männer und Frauen drängten mit Ausrufen voran, in denen sich Mitleid mit Bewunderung und Empörung über das Urteil vermischte, das vollstreckt werden sollte. Aber die Wachen hielten die Bevölkerung zurück, während die Opfer an den für sie vorbereiteten Pfählen festgebunden wurden. Doch gerade als der Henker mit brennender Fackel vortrat, erhob sich ein lautes Geschrei, am Tor war das Donnern von Pferdehufen zu hören, und als sich alle umdrehten, sahen alle eine starke Truppe Soldaten in vollem Tempo auf den Marktplatz zureiten.

„Mach deine Arbeit, Schurke, und zwar schnell!" schrie ein Reiter, der mit tief in die Augen gezogenem Hut mitten in der Menge, in der Nähe der Pfähle, gestanden hatte . „Zögern Sie keinen Moment – feuern Sie die Schwuchteln ab!"

Gwennola die Stimme erkannte , drehte sie sich um und blickte aus ihrer schrecklichen Position in das Gesicht von Guillaume de Coray .

„Feuert die Schwuchteln ab!" rief er noch einmal gebieterisch zu dem Mann, der mit der brennenden Fackel dastand und zögernd beobachtete, wie sich zuerst die Gesichter der Bevölkerung veränderten und dann die Soldaten, die im Galopp vorrückten.

„Die Franzosen! Die Franzosen sind über uns!" schrie eine Stimme aus der Menge und augenblicklich herrschte Panik. Doch noch immer rückte die Wache um den Scheiterhaufen näher, der Henker zögerte immer noch – es war noch nicht zu spät.

Mit bleichem Gesicht und wütenden Blicken sprang de Coray , dessen schneller Instinkt ihm gesagt hatte, was die Ablenkung bedeutete, zu Boden, riss dem Henker das Brandmal aus der Hand und stürmte vorwärts. Einen Moment lang stand er seinem Opfer gegenüber und starrte sie mit verblüfftem Hass und Bosheit an, während er sich bückte, um die brennende Fackel in das um sie herum aufgetürmte Reisig zu werfen; Doch gerade als es so aussah, als sei sein Ziel erreicht, griff ein starker Arm ein, und Job Alloadec hatte ihm mit einem Fluch die Fackel entrissen und hätte de Coray zu Boden geschleudert, wenn nicht einer der Wachen schnell zu sich gekommen wäre seine Rettung. Aber die Gelegenheit war vertan, und de Coray wusste, dass die Sicherheit zumindest vorerst nur in der Flucht lag. Er hatte gesehen, dass die französischen Soldaten mit d'Estrailles an der Spitze den Soldaten der Stadtwache zahlenmäßig weit überlegen waren; Außerdem hatte er die wechselnde Stimmung der Menge beobachtet und vorausgesehen, dass sich ihre Wut schnell gegen ihn richten würde, den Hauptzeugen bei der Herbeiführung des Urteils gegen die angeblichen Hexen. Deshalb sprang der tapfere Ritter mit rühmlicher Diskretion auf den Rücken seines Pferdes, und durch einige harte Schläge und viele Flüche gelang es ihm, sich aus der brodelnden Menge herauszukämpfen und in Sicherheit den Schutz des Waldes zu erlangen.

Aber Gwennola dachte nicht daran, ihren Feinden etwas Gutes zu tun. Gefesselt und hilflos, wie sie war, hatte sie aus der Ferne einen flüchtigen Blick auf ein gebräuntes, gerötetes Gesicht unter einem hochgezogenen Visier erhascht, hatte die Rufe gehört, die von allen Seiten erklangen, und wusste, dass tatsächlich die Erlösung gekommen war.

Job Alloadec schluchzte an ihrer Seite, als er die Fesseln durchtrennte, die sie immer noch an den grausamen Pfahl fesselten; Während sie ganz in ihrer Nähe war, spürte sie, dass Marie bereits in den Armen ihres Geliebten lag. Benommen und halb bewusstlos fragte sie sich, warum Henri zögerte, und während sie das tat, bemerkte sie eine große, ritterliche Gestalt an ihrer Seite, fühlte sich in eine enge Umarmung gezogen und hörte eine Stimme, die immer wieder ihren Namen flüsterte in ihr Ohr: „ Gwennola , Gwennola , du bist gerettet!"

Ja, er war gekommen, dieser treue Liebhaber – gekommen, durch die Vorsehung Gottes, rechtzeitig, um sie vor dem Tod zu retten, der so unausweichlich schien und selbst jetzt, als er sie in seinen Armen hielt, immer noch allzu gefährlich nahe war . Die Garnison der kleinen Stadt hätte sich tatsächlich als hartnäckiger Feind erweisen können, wenn nicht Hiob Alloadec am Tor gewesen wäre; und d'Estrailles wusste genau, in welche Gefahr er geriet, als er berühmte Hexen dem Tod entriss, und dass sogar seine eigenen Männer sich dafür gegen ihn wenden könnten. Aber eines war zu seinen Gunsten : Die Bauernschaft hatte ihre wilde Morgenstimmung geändert und die Retter zunächst willkommen geheißen. Es war ein Appell an die romantische Seite ihrer Natur, aber ein Appell, von dem d'Estrailles wusste, dass er nicht von Dauer sein würde. Allzu bald würde ihre langsame Argumentation der Angelegenheit ein anderes Gesicht verleihen. Dass die Feinde ihres Landes ihnen auf diese Weise ihre rechtmäßige Beute entreißen sollten, würde dem hartnäckigen bretonischen Stolz nicht schaden. Das kurze Mitleid, das die Schönheit ihrer Opfer hervorgerufen hatte, würde verschwinden, wenn sie sich an ihre gefürchtete Berufung und die angenehme Aufregung erinnerten, die sie von ihren Leiden erwartet hatten. Daher gab es keine Zeit für eine Verzögerung; Ein kurzer Kuss, ein Wort freudiger Zusicherung, und Henri d'Estrailles hatte Gwennola auf den Rücken seines Pferdes gehoben, schwang sich in den Sattel und drehte sich um, um sich einen Weg zurück durch die Menge zu bahnen, die bereits als hungrige Meute zu murmeln begann Wölfe können heulen, wenn sie sehen, wie ihre Beute von ihnen in Sicherheit gebracht wird. Die gemurmelten Verwünschungen über die verhassten Franzosen steigerten sich zu einem Lärm , der jedoch teilweise durch die gewaltige Schar, die sich um ihren Anführer versammelte, gedämpft wurde. Am Tor rief der bretonische Hauptmann der Wache sie anzuhalten. Er konnte nicht begreifen, was geschehen war, armer Mann, so unerwartet und so plötzlich war dieser Eingriff der Gerechtigkeit erfolgt. Wie war es möglich, dass die Tore so schnell geöffnet wurden? Warum wollten diese Franzosen eine Hexe vor ihrer wohlverdienten Strafe retten? Insgesamt war der Geist von Kapitän Maurice d'Yvec ebenso chaotisch wie die Menge hinter ihm.

Es war leicht zu erklären: Die Demoiselle und ihre Frau, die der französische Kapitän entführt hatte, waren keine Hexen; Sie wurden fälschlicherweise beschuldigt, wie Monsieur zweifellos bald erfahren würde. In der Zwischenzeit hatte Monsieur d'Estrailles den Befehl, die Demoiselle und auch ihre Frau nach Rennes zu bringen; Sicherlich würde Monsieur le Capitaine keine Einwände erheben, wenn er hörte, dass es der Befehl von Madame la Duchesse selbst war.

„ Vive la Duchesse!" Das war ein Schrei, den diese bretonischen Soldaten verstehen konnten. „ Vive la Duchesse!" – und Verwirrung für ihre Feinde! Nun, es war etwas ganz Außergewöhnliches, dass die Herzogin Feinde als Boten schickte, um angebliche Hexen vor dem Verbrennen zu retten; und doch – Kapitän Maurice d'Yvec zögerte, aber es gab eine weiche Ecke in diesem Herzen, die nicht nur aus grauem bretonischen Feuerstein bestand, und vielleicht hatte die Schönheit von Gwennola de Mereac es herausgefunden, und vielleicht auch der tapfere Kapitän hatte keine große Liebe für den neuen Sieur de Mereac . Außerdem war der Sieur aus unerklärlichen Gründen verschwunden; Und selbst wenn er selbst sich diesem fair sprechenden, tapferen Feind entgegenstellte, war es wahrscheinlich, dass er und seine Soldaten zahlenmäßig unterlegen und getötet werden würden. So hatte das Zögern endlich ein Ende, und Henri d'Estrailles ritt aus Martigue , mit Gwennola de Mereac an seinem Sattelbogen und den wilden Landen vor ihnen, wo der Wind heulend heulte und der Regen ihnen ins Gesicht schlug wenn sie über ihren Triumph über das rivalisierende Element lachen. Aber was kümmerten Henri oder Gwennola um Wind oder Regen? Hinter ihnen lagen ihre Feinde, besiegt und überwunden, und vor ihnen schien durch die Nebel aus Wind und Regen der Sonnenschein der Liebe und des Lebens – Liebe, Leben und einander.

„ En avant – nach Rennes!" rief d'Estrailles fröhlich, als er mit einem Arm um Gwennolas schlanke Taille vorwärts ritt. „Nach Rennes!"

„Nach Rennes!" wiederholte Jean Marcille und beugte sich mit einem fröhlichen Lachen vor, um die rosigen Lippen der kleinen Marie zu küssen, die unter der eng um ihr Gesicht gezogenen Kapuze zu ihm heraufschmollte. „Nach Rennes, kleiner Schatz – wo du und ich heiraten werden."

"Heiraten!" flüsterte Marie schüchtern, als sie sich eng an ihn schmiegte. „Woher weißt du das, großer Dummkopf ? – Vielleicht habe ich überhaupt keine Lust zu heiraten; und was die Hochzeit *mit dir betrifft* –" Aber er erlaubte ihr nicht, ihren Satz zu Ende zu bringen.

KAPITEL XXIV

Zurück durch das verschwommene Schattenland der Bewusstlosigkeit, noch einmal zurück zu einer noch vagen, schrecklicheren Erkenntnis des Lebens – das Leben wurde in eine einzige große und abscheuliche Kontraktion des Schmerzes hineingezogen, wo Gedanken zunächst unmöglich wurden, bis, als sich die Nebel lichteten, Erinnerungen an Die Vergangenheit forderte neue Qualen des Geistes. Es geschah, dass Guillaume de Coray wieder ins Bewusstsein zurückschlich und sich auf einer Couch in einem Zimmer des Château de Mereac wiederfand. Um welche Kammer es sich handelte, wollte sein müdes Gehirn nicht erkennen: Er nahm nur die Qual wahr, die seinen Körper beim ersten Versuch, sich zu bewegen, durchfuhr. Dann kam schnell die untrügliche Ahnung, dass dies der Tod war – der Tod, schrecklich, unerbittlich, unerbittlich, der gekommen war, um ihn zu fordern, ganz unvorbereitet, von Sünde befleckt, von Angst geplagt. Ein Schauder durchlief den zitternden, gebrochenen Körper, der jetzt weniger litt als die Seele des Mannes. Sie stachen deutlich hervor, diese Sünden, abscheuliche Sünden, die ihn vor dem Richterstuhl des Einen anklagten, dessen Augen notwendigerweise bis ins Innerste des Herzens blicken müssen. War es innerlich ganz schwarz? – ganz schwarz, unwiederbringliche Schuld? Weit hinten in den geheimen Kammern seines Herzens flackerte ein schwaches Licht; Es war der innere Schrein, der so lange leer war, jetzt aber nicht mit dem Bild seines Schöpfers, sondern seines Geschöpfs gefüllt war. Gabrielle Laurent, das bescheidene Bauernmädchen von Arteze – sie war es, die allein dieses Heiligtum gefunden und es auf so seltsame Weise erfüllt hatte. Grausam, böse, heimtückisch gegenüber allen, seine Liebe zu ihr war der einzig reine Punkt in einem schamlosen Leben gewesen. Um ihretwillen hätte er tatsächlich danach streben können, anders zu werden, als er war, wenn nicht das Teufelsgeflüster ihn dazu gebracht hätte, mit üblen und bösen Mitteln für sie zu gewinnen, wovor sie, wenn sie es gewusst hätte, mit Entsetzen zurückgeschreckt wäre. So zwingen uns die Mächte des Bösen ihrem Willen, und Guillaume hatte ohne einen Gedanken an das Verderben seiner Seele geplant, obwohl er spürte, wie in ihm die Geburt einer reinen Liebe entstand. Und nun--? Wieder durchlief ihn ein Schauer. Er hatte mit hohem Einsatz gespielt und verloren. Der Tod war die Strafe. In der Einsamkeit musste sich seine verlorene Seele ihrem Untergang entgegenschleichen und selbst dabei eine Erinnerung an Scham hinterlassen, die mit Trauer und Entsetzen von Augen gelesen werden sollte, vor denen er so sorgfältig versucht hatte, eine so schreckliche Geschichte zu verbergen. Was würde sie von ihm denken, wenn sie ihn als das kennen würde, was er war? Was würde sie sagen, wenn sie erfuhr, dass ihr edler Liebhaber nur das Phantom ihres eigenen reinen Geistes war und dass das, was sie geliebt hatte, das war, von dem sich alle wahren und aufrichtigen Männer und Frauen schaudernd abwenden mussten? Auch im Tod quälte ihn der Gedanke mehr als alle körperlichen Leiden. Wenn er es nur hätte erklären können , wenn er ihr nur hätte sagen können, dass seine Liebe zumindest wahr ist, wenn er nur Zeit gehabt hätte. Aber es war zu spät, alles zu spät; Er würde sie nie wieder so sehen, wie er sie an jenem Sommermorgen gesehen hatte, unschuldig und schön, wie sie dort im Sonnenschein neben ihrem Spinnrad saß. Das Schicksal, das sie mit diesen zarten Händen für ihn hätte gestalten können, war durch seine eigene rücksichtslose Berührung zerstört worden, und Liebe, Leben und Hoffnung – das reinere Leben und die Hoffnung, von denen er vage geträumt hatte – wurden in der völligen Dunkelheit ausgelöscht Tod und Sünde.

Mit einem Stöhnen zuckten seine Augenlider und öffneten sich, während er in die wirbelnde Dunkelheit hinausstarrte. Doch gerade als das Leben in wahnsinniger seelischer und körperlicher Qual von ihm zu strömen schien, wurde eine Hand auf seine gelegt und ein Gesicht beugte sich dicht zu seinem verdrehten, vom Tod verzerrten Gesicht. War es das Gesicht eines Engels, der ihn in diesen letzten Augenblicken verspottete und einen Blick in das Paradies warf, das er verloren hatte? Irgendwo in der Nähe glaubte er , eine tiefe, monotone Stimme zu hören, die Gebete sang, aber die Worte gingen in den turbulenten Wogen seines Gehirns unter.

Dann wurden plötzlich geistige Vision und Erinnerung klar, mit jener seltsamen, überirdischen Klarheit, die Sterbende erreicht und im intensiven, geheimnisvollen Licht des Sommermondlichts Vergangenheit und Gegenwart offenbart. Er erinnerte sich an alles und erkannte, dass er im großen Saal des Château de Mereac im Sterben lag . Ihm wurde klar, dass er auf einer niedrigen Couch in der Nähe des Feuers lag, obwohl die Hitze die Kälte seines Körpers nicht wärmen konnte; Wie in einem Traum sah er Pierre, den Narren, zu seinen Füßen knieen und schluchzend, als hätte er Schmerzen. Er hatte sich oft gefragt, was diesen seltsamen, unheimlichen Jungen dazu gebracht hatte, ihm so viel Zuneigung entgegenzubringen; fragte er sich jetzt vage, als seine trägen Augen in das runzlige Gesicht des Affen blickten, der auf der Schulter des Jungen saß. Dann wurde ihm bewusst, dass sich andere Gestalten um ihn herum befanden; Ganz in der Nähe blickten seine Schwester und Yvon de Mereac in ehrfürchtigem und mitleidigem Schweigen auf ihn herab Yvon de Mereac , der Mann, nach dessen Leben er so oft und vergeblich gesucht hatte. Er versuchte sich zu fragen, warum er danach gesucht hatte, versuchte sich zu fragen, warum er ihn so neugierig ansah – war er Geist oder Fleisch und Blut? Er hatte gehört, dass Yvon tot sei, aber das war eine Lüge gewesen – vielleicht seine eigene Lüge; aber er war nicht tot, obwohl er so hager, so blass, so vorwurfsvoll dastand; er lebte, und er selbst sollte sterben – nicht Yvon de Mereac . Die singende Stimme des Priesters war jetzt klarer – waren das die Gebete für die Sterbenden, die er sprach? Was für ein Hohn ! – Gebete für eine verlorene Seele – die bis zur Erlösung verloren ist! Dann die Hand, die ihn wieder geschlossen hielt, über seinen kalten Fingern in einem warmen, kräftigen Griff. Wem gehörte es? Wieder einmal fiel sein Blick auf das andere Gesicht, das vor seinem halb bewusstlosen Blick geschwebt hatte.

„Gabrielle!" Es war ein Schrei der Angst, des Flehens, der Verzweiflung, obwohl er kaum über ein Flüstern hinausging. Aber sie verstand es, denn es gibt eine Sprache der Seele, die nur ein anderes Augenpaar außer unserem eigenen lesen kann.

„Guillaume!" sagte sie, und die sanfte Aussprache seines Namens schien in ihm das aufzurütteln, was er schon tot geglaubt hatte.

„Ich liebe dich", sagten die Augen, die in seine blickten. „Ja, ich weiß alles, arme, gebrochene, von Sünde befleckte Seele, und doch liebe ich dich – denn die Liebe kommt von Gott und ändert sich nie."

Er blickte in diese Augen und las die ganze Botschaft des Mitleids und der Zärtlichkeit, bis in seinen eigenen Augen etwas weniger als Verzweiflung aufging.

„ Weißt du es , Gabrielle?" flüsterte er, und als Antwort beugte sie sich vor und küsste die zitternden Lippen.

Wie schnell raste das stumme Chaos in seinem Gehirn! Wirbelnde Gesichter, die schon lange tot waren, schauten ihm in die Augen, als sie vorbeigingen, Stimmen weinten in seinen Ohren von der Erinnerung an alte Sünden; und doch blickten diese zarten Augen durch die Nebel und verschwindenden Gestalten in seine herab; Und dahinter, weit in der Ferne, rief eine Stimme, die den anderen Sturm aus Wind und Wellen beruhigt hatte, leise seinen Namen.

Eine verlorene Seele! – eine verlorene Seele! Welchen Sinn hatte es, anzurufen? Er hatte zu tief gesündigt für etwas anderes als die schnelle und schreckliche Verdammnis, die Verdammnis, der er seine zitternden Augen zuwenden musste, als die Hand des Todes ihn ergriff. Und doch verkündeten die Augen, die in seine blickten, immer noch die Botschaft der Hoffnung. Sie, dieser Engel der Reinheit und Güte, kannte alle seine schuldigen Geheimnisse und doch – sie liebte ihn; Ihr Kuss der zärtlichen Liebe und Vergebung blieb immer noch auf seinen ausgetrockneten Lippen. War es dann so unmöglich, dass er eine größere Vergebung finden konnte als die der Erde? Sein Blick wanderte unwillkürlich von dem Gesicht über ihm zu dem abgebildeten Bild einer Gestalt – einer dornengekrönten, leidenden, sterbenden Gestalt – einer Gestalt der fleischgewordenen Liebe mit weit ausgestreckten Armen, die ihn zu ihrer Umarmung einzuladen schien. Die

Stimme von Pater Ambrose erklang klarer und süßer, aber es waren nicht die lateinischen Gebete, die die Aufmerksamkeit des Sterbenden fesselten, sondern eine Stimme, süßer, klarer als alles andere, die den Sturm seiner Seele zu beruhigen schien.

Dann stahl sich mit einem Blitzschlag eine weitere Erinnerung in ihn ein. Gwennola de Mereac – das Mädchen, dem er grausamer Unrecht zuzufügen versucht hatte als ihrem Bruder, dem unschuldigen Mädchen, das durch seine Sünde und seinen Verrat vielleicht bereits die letzten Todesqualen erlitten hatte.

„ Gwennola ?" flüsterte er leise, und der Frieden, der sich über ihn beraubt hatte, schien für einen Moment in seinen Grundfesten erschüttert zu sein, während er auf die Antwort lauschte.

Es war Diane, die antwortete. Sie löste sich von Yvons Seite, kniete sich neben ihn und blickte ihm freudig in die Augen.

„Sie ist in Sicherheit", flüsterte sie mit einem glücklichen Schluchzen. das die Geschichte der großen Freude erzählte, die ihr die Befreiung gebracht hatte; „Sie ist in Sicherheit!"

Guillaume de Corays Augen schlossen sich. Ja! Sie war in Sicherheit, und die goldenen Tore der Barmherzigkeit, von denen er geglaubt hatte, dass sie sich langsam öffnen würden, waren ihm wegen dieser Todsünde nicht verschlossen. Und so verstummten langsam die spöttischen, grausamen Stimmen – jene Stimmen, die ihm das schreckliche Urteil des ewigen Todes ins Ohr riefen. Und obwohl die körperlichen Schmerzen immer quälender wurden, konnte er noch einmal in das wunderschöne Gesicht lächeln, das ihm so nah war.

„Vergeben?" flüsterte er in einem schwachen, aber ehrfürchtigen Ton, während er mit letzter Anstrengung versuchte, seine Hände zum Gebet zu falten. „Vergeben?"

Er sah, wie sich auch ihre Lippen zum Gebet bewegten, als sie sich gemeinsam dem großen Kruzifix zuwandten, das Pater Ambrosius in die Höhe hielt. Für den Sterbenden wurde es dunkel – dunkel und kalt; er hörte nicht die Worte der Absolution, die seine reuige Seele von der Last der Sünde befreiten; er spürte die reinigende Berührung des heiligen Öls nicht. Alles, was er sah, war das gesenkte Haupt eines gekreuzigten Erlosers ; Alles, was er hörte, war die Stimme der Frau, die er mit so seltsamer und leidenschaftlicher Hingabe geliebt hatte, als seine Seele ins Unbekannte hinausging, mit dem Echo ihrer Worte, die ihn auf seiner letzten Reise führten.

„Um der Liebe willen, mein Guillaume, – um der Liebe willen!"

KAPITEL XXV

Dunkel und düster waren diese Novembertage für die junge Herzogin der Bretagne gewesen. Ihre trotzige Antwort an ihren überheblichen Oberbefehlshaber hatte die Banner Frankreichs in Sichtweite der Burgmauern ihrer Stadt Rennes gebracht, und nicht nur der Schrecken Annes selbst, sondern offenbar auch der ihrer Räte und Damen war groß gewesen
.

Aber Charles schien seltsamerweise nicht geneigt zu sein, irgendwelche Feindseligkeiten zu zeigen, sondern hatte stattdessen eine Deputation geschickt, die einen Vertrag vorschlug. Dem musste Anna zwangsläufig zustimmen, und auf Befehl des Königs wurden auf jeder Seite zwölf Personen ernannt, um die Ansprüche zu prüfen, die jede Seite auf das Herzogtum Bretagne hatte. In der Zwischenzeit wurde die Stadt Rennes beschlagnahmt und in die Hände der Herzöge von Orleans und Bourbon gelegt, um vorerst vom Prinzen von Oranien regiert zu werden. Nachdem dem zugestimmt worden war, versprach der König, seine Truppen zurückzuziehen und der Herzogin und den Gesandten Maximilians in Deutschland Durchreise und sicheres Geleit zu gestatten, wo sie sich dem Ehemann anschließen könnte, der zu mittellos gewesen war, um persönlich für seine Braut zu kommen.

Nachdem alle Vereinbarungen so getroffen waren, befahl der König seinen Truppen, sich aus der Bretagne zurückzuziehen, und war, wie berichtet wurde, selbst nach Touraine zurückgekehrt, während der Herzog von Orleans als außerordentlicher Botschafter zur Herzogin geschickt wurde, um den Vertrag zu bestätigen und lobe sie für den Abschluss.

Während diese Ereignisse von historischem Interesse die Hauptakteure im Schicksal der Bretagne beschäftigten, standen die unbedeutenderen Schicksale von Gwennola de Mereac und Henri d'Estrailles auf dem Spiel.

Mit seiner geretteten Braut zu seinem Schloss an der Loire zu reiten, war der erste Impuls des jungen Ritters; Aber es gibt eine Macht, die noch stärker ist als sie . Liebe und Pflicht riefen ihn unaufhaltsam an die Seite seines Herrn. Der Graf Dunois war kein Mann, der leichtfertig ungehorsam war, und Dunois hatte ihm geboten, die Demoiselle de Mereac zu übernehmen und sie der Obhut der Herzogin Anne zu übergeben, falls es ihm gelänge, sie vor ihrem drohenden Schicksal zu retten. Dass Dunois dabei seine eigenen Pläne verfolgte, daran zweifelte d'Estrailles nicht, denn Dunois war jemand, der jeden Faden der dünnsten Faser sorgfältig in der Hand hielt , der die Verwirklichung seines Lieblingsplans fördern konnte. Da er aufgrund seiner enormen Statur nicht in die kriegerischen Fußstapfen seines tapferen Vaters treten konnte, gab es im Königreich keinen Mann, der Karl mehr gedient hätte als François Dunois, Comte de Longueville, und vorerst war Dunois Herz auf die Vereinigung der beiden gerichtet seinen königlichen Herrn zur Erbin der Bretagne, oder mit anderen Worten, die Bindung des widerspenstigen Herzogtums durch unauflösliche Bindungen an sein Mutterkönigreich.

Anne hatte tatsächlich jemanden an ihrem verfolgten kleinen Hof willkommen geheißen, dessen Gefahren und Unglück auf andere Weise noch größer gewesen waren als ihr eigenes. Gwennola de Mereac hatte sich in früheren Jahren oft bei ihrem Vater und ihrem Bruder am Hofe Franz II. aufgehalten, und die kleine Anne hatte die kaum drei Jahre ältere Spielkameradin kennen und lieben gelernt. Deshalb hörte sie Gwennolas Geschichte von ihrem Unglück mit offenen und mitfühlenden Ohren zu und versprach, dass sie, wenn ihre eigenen Angelegenheiten ihr Muße gäben, keine Mühen scheuen würde, um den Ruf ihres schönen Untertanen reinzuwaschen und die Übeltäter vor Gericht zu bringen, obwohl sie diese Gerechtigkeit kaum kannte war bereits von einer höheren Macht verwaltet worden als selbst der Herzogin der Bretagne.

Aber der freundliche und großzügige Schutz Annes bedeutete eine zeitweilige Trennung von ihrem Geliebten, und eine solche Trennung musste notwendigerweise bitter sein, da keiner wusste, wann sie sich wiedersehen würden; und Gwennola vermischte bereitwillig ihre Tränen mit denen der trostlosen Marie, die bei dem Gedanken, sich von der treuen Marcille zu trennen, hemmungslos weinte . Aber die Pflicht war unerlässlich, und es musste sein, dass Henri d'Estrailles und Jean Marcille den sich zurückziehenden Lilien Frankreichs folgen und schworen, so schnell wie möglich zurückzukehren.

Die Möglichkeit ergab sich tatsächlich früher als erwartet, da Henri d'Estrailles zu seiner unendlichen Freude ausgewählt wurde, den Herzog von Orleans selbst auf seiner Mission nach Rennes zu begleiten. Eine weitere Enttäuschung erwartete ihn, denn zu seiner Überraschung wurde ihm befohlen, außerhalb der Stadtmauern zu bleiben, während Louis allein zu seinem Interview ging.

Die Herzogin Anne empfing ihren Botschafter , aber kühl, mit dem ganzen stolzen Hochmut einer Person, die sich ungerecht und tyrannisch behandelt fühlt. Was auch immer ihre Gefühle waren, als Ludwig von Orleans, der offenbar die Tatsache ignorierte, dass er einst seine eigene Sache vor dieselben Ohren gebracht hatte, sie mit all der überzeugenden Beredsamkeit, deren Meister er so vollkommen war, drängte, dem Wunsch des Königs nachzugeben und Obwohl sie den Wünschen ihrer vertrauenswürdigsten Ratsmitglieder entsprach, Königin von Frankreich zu werden, war sie äußerlich dasselbe kalte, unflexible Mädchen, das sich geweigert hatte, auf die Bitten von Dunois und anderen zu hören, und ihn schließlich mit hochmütiger und gleichgültiger Miene an ihren Rat verwies. „die", teilte sie ihm mit, „mit ihrem Vergnügen vertraut waren."

Scheinbar besiegt, verließ Ludwig von Orleans den Sitzungssaal, aber zuvor hatte er demütig und als besonderen Gefallen darum gebeten, dass sein junger Diener mit seiner Geliebten, der Demoiselle de Mereac , sprechen möge . Der Bitte wurde entsprochen, und Louis machte sich glücklicher auf den Weg, als ihm seine Zuhörer offenbar zugetraut hatten.

An diesem Abend fanden im alten Schloss von Rennes zwei Interviews statt, von denen nur eines in der Geschichte überliefert ist, und selbst das auf eine so vage Weise, dass der Inhalt und die Fortsetzung für immer im Dunkeln bleiben . Henri d'Estrailles betrat die Burgtore nicht allein; auch sein Gefährte, dessen Gesicht zum Teil von einem Umhang verdeckt war, der treue Jean, auf dessen Ankunft die kleine Marie vergeblich wartete. Und so geschah es, dass ganz unerwartet vor Anne der Mann erschien, den sie sich als ein Monster der Grausamkeit vorgestellt hatte – der Mann, von dem sie liebevoll geglaubt hatte, er sei in der fernen Touraine. Es war tatsächlich Charles selbst, der sanfte, freundliche König, den sein Volk „le Petit Roy" genannt hatte. Vielleicht nicht der ideale Liebhaber, um ein schönes, aber widerspenstiges Mädchen zu umwerben. Gutaussehend war Charles sicherlich nicht. Sein Kopf war groß, ebenso wie seine Adlernase, mit großen, hervorstehenden Augen, einem runden Kinn mit Grübchen, dünnen, flachen Lippen, einem zusammengedrückten Körper und langen, dünnen Beinen; während seine langsame Sprache, seine nervösen Bewegungen und sein ständig geöffneter Mund zu seinem Anschein von Dummheit beitrugen. Sein großer Charme lag jedoch in einer einzigartig süßen Stimme und einem Ausdruck sanfter Liebenswürdigkeit, der sofort die großzügige Seite seiner Mitmenschen ansprach. Das war der königliche Freier, das genaue Gegenteil der Braut, die er so vergeblich suchte. Anne war kaum älter als ein Kind und hatte bereits bewiesen, dass sie ein übermütiges und entschlossenes Wesen hatte. Äußerlich war sie zweifellos schön, mit schwarzen Augen, ausgeprägten Brauen, strahlendem Teint, Grübchen am Kinn, langen schwarzen Haaren und feinen Gesichtszügen. Ihre Haltung war trotz einer leichten Lahmheit majestätisch und ihr Benehmen etwas hochmütig; Aber trotz ihres Stolzes und ihrer Rachegelüste hatte sie viele schöne und edle Eigenschaften: Großzügigkeit, Ehrlichkeit und Treue gegenüber ihren Freunden.

Von dem, was während dieses geheimen Interviews geschah, ist nie etwas herausgekommen; Aber es scheint, dass Anne, obwohl sie sich zu freundlicheren Gefühlen gegenüber dem Mann geäußert hatte, den sie zuvor gehasst hatte, immer noch fest an ihrem Entschluss festhielt, ihre Heirat mit

Maximilian verbindlich zu erwägen, und Charles musste sich notgedrungen ebenso erfolglos zurückziehen seine Botschafter. Aber der König ging nicht weit; seine Freunde in Rennes waren zahlreich und mächtig, sonst hätte er es sicherlich nie gewagt, praktisch allein und verkleidet eine feindliche Stadt zu betreten.

Unterdessen war das zweite Interview voller Freude. Es gab so viel, was Gwennola zu erzählen hatte – so viel Freude und Fröhlichkeit, denn ein Bote war aus Mereac selbst angekommen, ein Bote, der kein anderer war als der treue Hiob, der seine junge Geliebte durch Nebel und Regen davonreiten sah An jenem Wintertag über das windgepeitschte Land – weg von den Gefahren und Gefahren, die sie umgeben hatten, in die Sicherheit. Und doch hatte der treue Bretone manchmal sogar an dieser Sicherheit gezweifelt, denn sein eifersüchtiges Herz hatte gegen die Tatsache rebelliert, dass die Beschützer, die sie umgaben, Franzosen waren – denn es dauert lange, sich von der eigensinnigen Natur des Bretonen zu überzeugen, dessen Ideen sich nur langsam verbreiten, und so weiter In seinem Leben hatte Job Alloadec „Franzosen" als „Feind" gelesen. Deshalb war er so froh gewesen, die Botschaften und den Brief von Pater Ambrose seiner Geliebten zu überbringen und zu sehen, wie es ihr und seiner Schwester erging und ob sie unter dem Schutz der Herzogin wirklich in Sicherheit waren. Aber das Kommen Hiobs war für Gwennola weniger wichtig als die gute Nachricht, die er überbrachte. Ihre Unschuld wurde bewiesen. Diane hatte gestanden, und das schuldige Gehirn, das all das Böse gegen sie und ihren Bruder geplant hatte, hielt sich für immer von solchen Verschwörungen fern. Auch damals ging es ihrem Bruder besser, viel besser; und obwohl die Verlobung zwischen ihm und Diane de Coray durch neue Bindungen einer tieferen und wahreren Hingabe erneut gefestigt worden war, gab es von einer solchen Liebe dennoch nichts mehr zu befürchten. Tatsächlich schien das unglückliche Mädchen, wie Pater Ambrose sagte, nur allzu gern Wiedergutmachung für die Vergangenheit zu leisten und diejenigen, die sie verletzt hatte, um Vergebung zu bitten. Und so kam es, dass Yvon dank ihres großen Einflusses der Heirat seiner Schwester mit Henri d'Estrailles zugestimmt hatte .

Wie glücklich waren die Liebenden, als sie zusammen saßen und flüsterten, welche Freude und welches Glück diese gute Nachricht ihnen beiden bereitete! Ja, der Traum stand jetzt kurz vor der Verwirklichung; Der Sturm war vorüber, und der Sonnenschein schien über den Weg der Jugend und Liebe, ohne den Schatten einer Wolke dazwischen. Aber wann würde die Zeit kommen, in der sie gemeinsam reiten würden, wie sie es schon so oft in der Fantasie getan hatten, und die grauen Mauern des Château d'Estrailles dicht über den lachenden Wassern der Loire emporragen sehen würden? Ah! Wann? Vielleicht sogar früher, als sie dachte – es war möglich. Nur gab es einen geflüsterten Ratschlag für ihre Ohren, bevor er sich von ihr verabschiedete: Sollte die Herzogin ihre Anwesenheit für eine plötzliche und unerwartete Reise in Anspruch nehmen, dürfe sie nicht zögern, ihr nachzukommen, so seltsam es auch erscheinen mag; – das war alles, was er sagte könnte sagen. Und so trennten sie sich mit neuen Liebesschwüren, obwohl Gwennola kaum vermutete, dass weder ihr Liebhaber noch ihr verhüllter Diener in dieser Nacht bis zu den Stadtmauern vordrangen.

Eine Abordnung ihrer Ratsmitglieder wartete am nächsten Morgen auf die junge Herzogin. Es scheint, dass sie voller Angst waren; Tatsächlich schien tatsächlich eine neue Gefahr entstanden zu sein. Dass sie von der geheimen Befragung am Vorabend wussten, machten keinen Versuch, sich zu verstecken, und beriefen sich darauf, dass sie es im Interesse ihrer Herzogin zugelassen hätten. Da sie feststellten, dass sie hinsichtlich der französischen Heirat unerbittlich war, gaben sie offenbar ihren Wünschen nach, drängten sie jedoch aufgrund der Gefahren ihrer Position, zumindest einen Kompromiss einzugehen. Charles war auf die eine oder andere Weise zu einer Verlobung bereit; und die Ratsherren deuteten an, dass es wenig Skrupel geben würde, mit Gewalt einzunehmen, was nicht auf Verlangen nachgegeben wurde. Er hatte geschworen, Anne zu seiner Braut zu machen. Die Armeen Frankreichs waren nicht weit entfernt; Maximilian war weit weg. Was sie vorschlagen würden, wäre, dass Anne den Aufdringlichkeiten des Königs nachkommen und sich heimlich verloben sollte. Dann, als sein Verdacht beruhigt war, würde Anne mit größerer Leichtigkeit aus ihrer Stadt fliehen und mit einem kleinen Gefolge, darunter den Botschaftern Maximilians, zum Schutz ihres Mannes fliegen. Solche List und Doppelzüngigkeit passten wenig zu Annes geradliniger Natur; aber so sehr sie auch von Feinden und Schwierigkeiten geplagt war, gab sie schließlich nach, und noch in dieser Nacht wurde in der Kirche Notre Dame unter größter Geheimhaltung diese seltsame und romantische Verlobung des Königs von Frankreich mit der Herzogin der Bretagne gefeiert , Zeugen waren die Herzogin von Bourbon, der Graf Dunois, Philippe de Montauban und Ludwig von Orleans, die damit das von ihm sowohl gewünschte als auch gefürchtete Match vollendet sahen.

Nachdem die Verlobung vorüber war, zog sich Anne mit knapper Zeremonie eilig in ihr Schloss zurück, um dort auf die Entwicklung der Ereignisse zu warten, die ihr von ihrem Kanzler und ihrem Rat so leichthin versprochen worden waren.

Alle hatten der jungen Herzogin die unbedingte Notwendigkeit eingeschärft, ihre Flucht geheim zu halten – so geheim sogar, dass sie niemandem mitgeteilt worden war; Tatsächlich teilte ihr die Kanzlerin mit, dass die Botschafter selbst erst im letzten Moment von ihren Plänen erfahren würden.

Doch zu gegebener Zeit kam die Stunde, und in Begleitung von Gwennola de Mereac , Marie Alloadec und Madame de Laval, ihrer Gouverneurin, stahl sich Anne aus ihrem Schloss, um eine Reise anzutreten, von der sie nicht anders konnte, als vorherzusehen, dass sie sowohl beschwerlich als auch gefährlich sein würde ; und doch erfahren wir bis ins kleinste Detail, dass das Reisekleid der Herzogin aus Samtstoff bestand und mit einhundertzweiunddreißig Zobelfellen besetzt war, während ihr Zelter mit drei Ellen aus purpurrotem Samt geschmückt war!

Aber wer kann die Wut und den Schrecken dieses unglücklichen Mädchens erkennen, wie geschickt sie betrogen wurde und dass der Mann, der an ihrem Zügel ritt, so eng verhüllt und verkleidet, kein anderer war als die Gesandten Maximilians? als König Charles selbst!

Der Morgen war angebrochen, als die Herzogin die verhängnisvolle Entdeckung machte und erkannte, wie aussichtslos ihr Fall war. Zurückzukommen, zu erklären, wäre sinnlos. Die mitternächtliche Verlobung in Verbindung mit der geheimen Flucht würde in einem Licht erscheinen, das den empörten Botschaftern des Mannes, zu dem sie gehen wollte, unmöglich zu erklären war. Für die übermütige Anne war sogar der Tod selbst besser als Schande , und nach einem solchen Abenteuer nach Rennes zurückzukehren, würde sicherlich zu unzähligen Vermutungen und schlechten Reden führen. Außerdem ritt an ihrer Seite jemand, der seine eigene Sache gut vertreten konnte; und obwohl sie sowohl ihn als auch die bretonischen Adligen, die sie umgaben, weinte und tadelte, musste Anne sich zwangsläufig den Erfordernissen ihrer Position beugen. Und so ritten sie vorwärts, eine seltsame Brautgesellschaft: eine weinende Braut und ein Bräutigam, die vielleicht zwischen Scham und Triumph geteilt waren; während hinter ihnen die Männer kamen, die ihre Herrin zum Wohle ihres Landes – oder aus einem tieferen Grund – verraten hatten, darunter der Kanzler de Montauban, der Sieur de Pontbrient und der Großmeister Coetquen . In der Tat eine seltsame Party, aber zumindest vier Mitglieder der Gruppe achteten kaum darauf. Dicht am Zaumzeug von Gwennola de Mereac ritt Henri d'Estrailles , während Jean Marcille im Hintergrund bereits die leuchtenden Augen von Marie Alloadec entdeckt hatte .

Im Osten brach die klare, kühle Morgendämmerung eines Dezembertages an, als in der Ferne die grauen Türme von Langeais aufragten , wo Anna von der Bretagne Königin von Frankreich werden sollte.

„Touraine! Touraine!" flüsterte Henri d'Estrailles , als er sein dunkles, hübsches Gesicht nach unten neigte, um der Schönen zu begegnen, und errötete einen so nah neben sich. „Willkommen, meine Braut, willkommen zu Hause!"

Die Sonne stieg hoch und erleuchtete eine kalte und freudlose Welt. Vor ihnen lag Frankreich und Glück; aber über allem strahlte wolkenlos und unvergänglich in ihren Herzen der Stern der Liebe. Es war sicherlich ihr Willkommen in seinem Herzen, das Henri d'Estrailles flüsterte, als sich ihre Lippen zu einem anhaltenden Kuss trafen.